中国古典诗词
名家菁华赏析丛书

李商隐诗歌赏析

马　玮 主编

商务印书馆国际有限公司

丛书主编

马　玮

本册撰稿人

南　方

总　目

说　明

一、本书选取唐代诗人李商隐不同时期不同风格的代表性诗作 80 首。

二、所收诗以《全唐诗》为底本，同时参考其他版本。

三、所收诗按照创作年代的先后顺序排列。

四、正文前撰有李商隐简介，内容涉及诗人的生卒年、名号、籍贯、主要仕历或人生经历、创作经历、创作特点、他人评价或在文学史上的地位等。

五、诗原文后列有对一些难解字词、生僻字、历史词、方言词、古地名、出典、重要事件等的注释。

六、每首诗都设有题解，内容包括诗词类型、写作背景（或人物关系）、思想内容以及其他需要交待的内容等。

七、每首诗都有赏析，主要阐述诗词所蕴含的文学性和思想性，对于比较难懂的诗词，一般有逐句翻译式的串讲，有名句的，大都给予点出。

八、一般对一首诗撰写一篇赏析文字，某些内容联系紧密的组诗，也有合撰一篇的情况。

九、本书使用简化字和现代汉语标点，在可能有歧义时，酌用繁体字或异体字。

十、行文中涉及的年份，一般用旧纪年，其后括注公历纪年，“年”字从略。

十一、行文中如涉及与今地名不一致的旧地名时，在旧地名后括注今地名或其归属地。

序

梁 静

“中国梦”，这个富于诗意的名词，激发了国人对于未来的美好憧憬。这一梦想承载着每个华夏子孙的使命与担当，寄托着无数神州儿女的未来与希冀。中国梦更是面向未来的事业，需要一代又一代青少年励志成长成才，矢志逐梦圆梦，努力让美丽青春焕发绚丽光彩！

实现美丽的中国梦，必须走中国道路，弘扬中国精神，凝聚中国力量。在中华民族五千年悠悠文明史中积淀的优秀传统文化，无疑是凝聚民族精神的思想内核。一代文学大家巴金曾说：“我们有一个丰富的文学宝库，那就是多少代作家留下的杰作，它们教育我们，鼓励我们，要我们变得更好，更纯洁，更善良，对别人更有用。文学的目的就是要人变得更好。”这座文学宝库中，唐诗宋词等闪耀着瑰丽光芒的奇葩，历千年而不朽，给世人以丰润的精神滋养：这里有杜甫“穷年忧黎元，叹息肠内热”的忧国忧民的伟大情怀；有李白“仰天大笑出门去，我辈岂是蓬蒿人”的自我肯定；有王维“行到水穷处，坐看云起时”的随缘自适；有李商隐“春蚕到死丝方尽，蜡炬成灰泪始干”的无私奉献；有苏轼“莫听穿林打叶声，何妨吟啸且徐行。竹杖芒鞋轻胜马，谁怕，一蓑烟雨任平生”的淡定、旷达。每每读之，掩卷沉思，这些诗词不仅给我们带来了唯美的精神享受，帮我们构筑起永恒的精神家园，同时，让我们的人生变得更加诗意。

众所周知，文学即是人学。无论是文学创作，还是文学阅读，出发点与归宿都是“人”，是人的心灵，人的情感，人的精神。“古人为诗贵于意在言外使人思而得之”（司马光语）。对于正处在接受德育、修养品性最佳年龄段的青少年来说，大量阅读唐诗宋词等经典作品，不仅能够让他们突破时空的限制，与千年之远、万里之外的人、生物乃至宇宙的一切生命进行对话，进行思想的沟通与心灵的交流；而且能够让他们从中汲取丰富的精神养料，以此陶冶性情与提高修养；同时，还能够让他们从先贤的境遇中学会如何面对人生，解决人生的种种问题，最终成长为具有美丽心灵的健全的“人”。

此外，大量阅读经典也能够让青少年对汉语的魅力有更深刻的感受。汉语是世界上最精练的语言文字，唐诗宋词则将汉语的这种优势发挥得淋漓尽致。在这些文学大师的笔下，语言就像是被赋予了生命一般，富有灵气，蕴藉深邃。

随着“国学热”“汉语热”的回潮，以凝聚着民族和时代精神的“文学名作”为主体的大量青少年课外读本被开发、推广。商务印书馆国际有限公司出版的这套中国古典诗词名家菁华赏析丛书，首批十本，分别选取了唐代开宗立派的诗人，如王维、李白、杜甫、白居易、杜牧、李商隐，以及宋代成就卓著的词人，如柳永、苏轼、李清照、辛弃疾。每本选取一位诗词大家的具有代表性的作品近百篇，在尽可能尊重原作意旨的基础上，进行深层的赏析与阐发；同时，对作品的创作背景简单介绍，做到知人论世。至于诗作版本方面，则择善而从，一般不作校勘说明。

这套书应时而出，定会对广大青少年提高审美鉴赏能力、提升思想境界起到积极的作用。

李商隐简介

李商隐（812—约 858），晚唐诗人。字义山，号玉溪生、樊南生，怀州河内（今河南沁阳）人。他在唐代的诗歌历史上占有重要的一席之地，才情天分不输唐代任何一位诗人，与杜牧合称“小李杜”，与温庭筠并称为“温李”。他的诗歌风格沉婉，与同时期的段成式、温庭筠相近，因为同是排行家族十六，文学史上称之为“三十六体”。

李商隐生于唐宪宗元和七年（812），高祖李涉位至美原县令；曾祖李叔恒（一作叔洪）曾任安阳县尉；祖父李俌曾任邢州录事参军；父亲李嗣曾任殿中侍御史。在李商隐出生的时候，李嗣任获嘉县令（今河南省新乡市获嘉县），并曾到浙江做幕僚达六年之久。

李商隐十岁那一年，遭遇了人生第一次痛楚。父亲的意外去世，迫使他的母亲带领着儿女们回到了老家河南，生活没有来源，只好靠亲戚的接济生存。李商隐是长子，穷人的孩子早当家，幼小的李商隐过早地担负了家庭的重担。他在后来的文章中提到自己少年时曾“佣书贩舂”，靠抄书挣一点小钱来买米买粮贴补家用。少年时期的艰苦与早熟，让李商隐具备了隐忍与坚强的品质，依靠这种品质，李商隐矢志振兴家业。

每一个成功者的背后都会有无数个人的扶持提携。尽管父亲在世时李商隐对诗书耳濡目染，确立了启蒙教育阶段最牢固的美学基础和文品基础，但要说真正对李商隐产生重要影响的人物就不得不提到他同族的叔父。这时，李商隐已经家道中落，根本没什么能力求拜名师。但这位叔父上过太学，在经学、小学、古文、书法等方面颇有所成，且终身隐居不求仕宦；正是他，像发现璞玉一样发现了李商隐，并对他悉心传授，异常器重，仿佛上天特地赐给他一个文学道路上的明灯。那个时候的李商隐还不太喜欢写诗，却写得一手好古文，其中有两篇曾得到当时一些士大夫的赞赏。这些士大夫中，就包括当时任天平军节度使的令狐楚。

令狐楚是李商隐发展道路上又一位重量级的人物。他在唐文宗太和三年（829），将李商隐招致帐下。如果令狐楚只是一个俗常之辈倒也罢了，偏偏他又文武兼备，尤精通骈体文，这让两个人一见如故。令狐楚非常赏识李商隐的才华，不仅将骈体文的写作技巧传授给他，指导他如何用当时最流行的文体写奏折，还将他介绍给自己的弟子，让他与众弟子切磋琢磨。令狐楚在文学和经济上对李商隐的帮助，加快了李商隐的成长速度，也让李商隐收获了前所未有的信心。太和六年（832），令狐楚转河东节度使，李商隐一路相随，来到了太原，就是在这里，他得到了令狐楚之子令狐绹的帮助，于唐文宗开成二年（837）考中进士，初步实现了振兴家业的愿望。

李商隐生命中又一个重大转折来自于另一个重要的人物王茂元。令狐楚去世之后，李商隐做了泾原节度使王茂元的幕僚。王茂元同样对他赏识有加，最终发展到将自己的女儿嫁给他。但正是这一层亲密的关系招来了祸患，因为令狐楚、王茂元分属当时最大的政派牛、李两党，李商隐就自然而然被视为“李党”成员。作为“牛党”成员的令狐绹对他发难，指责他忘恩负义。左右摇摆的结果就是两边不讨好，由此引发了一连串的人生挫折，仕途一度黯淡无光。他虽然曾经在唐文宗开成四年（839）、唐武宗会昌五年（845）两度进入秘书省，担任的不过都是一些不起眼的低级官职。李商隐一生总是仕途不得志，除了在开成四年至五年做过弘农县尉，余下的不过都是外派人员的幕僚。这种骑墙式的政治位置，让他饱受仕途之苦，两边不得势，没有一点晋升的机会。唐宣宗大中十二年（856），郁郁不得志的李商隐为盐铁转运使柳仲郢担任盐铁推官。好景不长，在柳仲郢被提拔担任兵部尚书之后，李商隐彻底告别了他的政治生涯回到了故乡，不久便因病离世。

李商隐一生遭遇坎坷，始终生活在政治的旋涡中，生活在朋党之争中，这种痛苦也许只有经历过的人才能体会一二。青年时代的政治理想，就这样被扼杀在肮脏的政治角力之中。但正是这一经历，让李商隐失去政治生命的同时，获得了人生的复杂况味，这些正是成就一位大诗人的先决条件。

李商隐存诗约六百首，涉及七绝、七律、七古、五绝、五律、五古等多种体裁，可谓诗中巨擘。内容上，不仅有当时流行的感怀诗、咏史诗、咏物诗、寄赠送别诗，还有不少政治诗、爱情诗、寄内悼亡诗、无题诗等，几乎包罗了唐代所有的题材。本书将其诗作归纳分类为：咏史诗、爱情诗及抒情感怀诗三类，想以此来追索李商隐的诗歌艺术特色。李商隐的诗歌追随杜甫对人生对生命的观照，也在诗歌艺术上与杜甫一脉相承。他创作了接近一百首的政治诗，这些诗歌如《富平少侯》《隋宫》《马嵬》《瑶池》《贾生》等大多都以“咏史”的形式再现现实生活，抒发现实感喟。从中我们能深切体会到李商隐在政治的旋涡中理想一再被撕碎的悲情、挣扎与幽怨的低回。这种格调代表了衰落的晚唐的一种典型情绪，也成就了李商隐诗歌独特的味道。

咏史诗是李商隐作品中比例较大的一类诗，大体可分为政治咏史诗和咏怀诗两类。政治咏史诗，大多采用讽喻的笔法，对历史上那些腐朽没落的王朝，对荒淫无度的君主进行嘲讽，目的在于警醒当朝统治阶级，以史为鉴，提醒他们不要重蹈历史覆辙，这算是他抒发自己政治主张的一个宣泄口。而他人生的怀才不遇的种种滋味大多是通过咏怀诗来抒发的，比如书中所选的《安定城楼》《天涯》等。

李商隐的咏物诗则是他作品中另一个不可忽视的品类。他的咏物诗自成一格，体人之所未体，察人之所未察，借助自然界中细致入微的事物，表达丰富而细致的情感，可谓小中见大，落叶知秋。本书中所收录的如《蝉》《流莺》《野菊》《落花》《霜月》《微雨》《细雨》等诗，大多选择那些生长在相对恶劣环境中的细小事物，发现其中的微妙情境，将小物的生存追求与现实的残酷恶劣相对照，在悲剧性的冲突对峙中，发酵悲情，引人深思。这种作诗特点不能不说与诗人的遭遇密不可分，只有身在底层的小人物才能发现那些不起眼的小事物，与之产生内在的共鸣，并由此阐发更深隽的人生苦味。

李商隐的爱情诗则别见一种风情。他虽然因为这命中注定的婚姻卷入朋党之争，因而仕途不顺，却从未在诗歌中对妻子表现出怨恨。相反，大多数诗歌如《夜雨寄北》《正月崇让宅》等，情真意切，缱绻缠绵，表达了对妻子深沉的思念与缅怀，从中可见伉俪情深。这些爱情诗构思新颖，善于捕捉特别的人生场景，将深邃的情感寄寓于看似平淡的细节描写中。

无题诗是李商隐诗歌中个性最突出的精品，历来是诗歌研究的重点、热点。之所以称为无题诗，大体因为下面几点：一种着眼于题目，认为标明无题、以首二字或篇内二字为题、题目本身无意义或与诗意不相涉者，均归为无题，如《锦瑟》《为有》等；一种着眼于题材，认为一部分写艳情或爱情的诗，即使有题，也可归于无题，如《圣女祠》等；一种着眼于体裁，主要指那些以七律为主的爱情诗。关于这些无题诗，历来有两种主要的看法，即爱情说与寄托说。李商隐无题诗的艺术成就是毋庸赘言的。其诗含蓄蕴藉、流丽婉转、意味深长，于唐代众多诗歌中是光芒璀璨的明珠，上不逊李白的飘逸俊朗，下不输乐天的清丽温雅，又独出机杼，朦胧隽永，让人浮想联翩，不同的人有不同的理解，而体会又都是回甘无穷，仿似印象画，各有所感，各有所钟，这就扩大了诗的情趣和神韵，丰富了唐代诗歌的艺术成就。

本书选编李商隐诗作共八十篇，结合中学语文教学要求，所选作品皆为思想性及艺术性较优秀的篇章。李商隐诗作中有许多名篇佳句，有的含有深邃的哲理意味，有的富有深刻的思想性。如“天意怜幽草，人间重晚晴”（《晚晴》）、“夕阳无限好，只是近黄昏”（《乐游原》）、“身无彩凤双飞翼，心有灵犀一点通”（《无题》）、“春蚕到死丝方尽，蜡炬成灰泪始干”（《无题》）等，都蕴含着深邃的哲理，赋予了诗作丰富的思想内涵，并对历代求学者都产生过深远影响。

目　次

[编年诗]

[未编年诗]

[编年诗]

春　　游

桥峻斑骓疾①，川长白鸟高②。
烟轻惟润柳③，风滥欲吹桃④。
徙倚三层阁⑤，摩挲七宝刀。
庾郎年最少⑥，青草妒春袍⑦。

注　释

① 峻：言高。斑骓：指杂色马。
② 川：一马平川。
③ 润柳：谓浸润着柳。
④ 滥：这里指春风充溢。
⑤ 徙倚：犹徘徊，留恋不去。
⑥ 庾郎：南北朝著名诗人庾信，诗人自比。
⑦ 春袍：古诗："青袍似春草。"

题　解

本诗写于唐文宗太和四年（830）春，正值作者春风得意的十七八年华。全诗着笔于春游之事，借春游的美景与主人公行为情态，寄寓作者青春年少的书生意气，表达作者志存高远的情怀，格调高昂，用语生动，全然一幅春天般的青春画卷，满卷透露出逼人的英气。

赏　析

这首诗内容上没有奇特可言，不过是春游即怀，四句写景，四句写人，却能跳出俗套，自成一格，以春天的蓬勃朝气与年少的豪迈得意两相对照，抒写青年人的意气风发、志存高远，代表了李商隐“不识愁滋味”的青春诗作。

首联“桥峻斑骓疾，川长白鸟高”状写两幅画面——骏马飞驰、白鸟高飞，突出“峻”“疾”“长”“高”四字，着眼于高桥长川，着力于马蹄轻、鸟高翔，其用意自然在于“活力”二字，正所谓景语皆情语，读者受到感染，读后胸中长舒青春意气，可见作者笔力。细作揣摩，又可见作者别具之匠心。高桥长川，是活动之舞台，其用意是渲染骏马疾驰的轻快与俊逸，烘托白鸟飞翔的高远，此第一层手法；百鸟高飞极言天地之开阔，骏马纵横极写人物之年少得意，二者互为依托映衬，更见春游之意兴情态，此第二层也；在如此开阔的天地中自由驰骋，不正是人生理想的具象再现吗？于此，眼中景、心中情巧妙融会，意味隽永，却又全乎一体，浑然天成。

颔联扣住“春”字来写，选择了烟、风、柳、桃四种最具代表性的事物，手法与首联也颇多相似，也是第二句诗引申而来的长镜头，侧重写春景。“烟轻惟润柳”，写烟轻柳新，正是春意刚刚萌发的初春小景，自然水汽轻淡、柳色淡黄，且“润”字有拟人化之倾向；“风滥欲吹桃”句在第一句基础上又更进一步，不但写出了桃花含苞欲放的姿态，而且将风拟人化，写出一种急不可待的青春心态，不正是作者心中的桃花吗？作者抓住了初春景物的典型特征，数字勾勒，境界全出，正如当年韩愈写初春“草色遥看近却无”一样，笔力同样精准传神。烟柳、桃花在古诗中是最常见不过的事物，作者却能借助烟、风之人化的情态

烟轻惟润柳

性格，将景物写活，让读者感觉到天地之间无一处不是春意萌发，无一处不是活力四射，仿佛告诉我们，正是青春大好时光，正是人生施展才华的黄金季节，其内心的动荡不安不言而喻。

颈联由景物的描摹转到对人物动作情态的聚焦。联系首联、颔联，我们发现颈联完全是承接而来，不得不写。既然写到飞马驰奔，一路都是大好春色眼底掠过，那么主人公到底要去往何处，又有何心事呢？作者登高望远，大好春色尽收眼底，胸中志气自然挥斥方遒，难以寄发，只好摩挲着七宝刀，念天地之悠悠，心绪难平，壮怀激烈，让人联想到辛弃疾的“少年不识愁滋味，爱上层楼”“醉里挑灯看剑”等句，不过一个是踌躇满志，一个是壮志难酬。诗歌中常有一些人物的动作细节，仿佛很不经意，却意在深远，值得把玩品味。此联含蓄地写出作者的心事，为下联铺垫蓄势。

尾联“庾郎年最少，青草妒春袍”几乎是直抒胸臆，以才华横溢的庾信自比，又年轻又才堪当世，就连他的春袍都要被青草妒忌，更何况是活力四射的青春才俊呢？这时候的李商隐还没有经历他人生的挫折，一路顺风顺水，自然怀抱青春理想跃跃欲试。而正是这种心无城府的心理描写，成就了一个明快的青年形象：心无挂碍，意气风发，胸怀天下。读至此，联系义山后来的遭遇挫败，联系历代志存高远最终怀才不遇的才子，不能不让人生出一些感慨。

整首诗色调明丽，节奏欢快，格调清新，状写了一个翩翩少年策马在初春的桃红柳绿之中，疾驰在草长莺飞的美好季节，借春天意象，以春天比喻青春，用景物写出活力，抒发书生意气，气脉通畅，不事雕琢，自然洒脱通透，感染力强，是李商隐早期诗歌的代表作。

夕阳楼[1]

花明柳暗绕天愁[2]，
上尽重城更上楼[3]。
欲问孤鸿向何处[4]，
不知身世自悠悠[5]。

注释

① 夕阳楼：原注："在荥阳，今遂宁萧侍郎牧荥阳日作。"夕阳楼是萧浣任郑州刺史时所建。

② 花明柳暗：写秋天的景色，形容绿柳成荫、繁花灿烂的景象。绕天愁：即漫天愁，形容愁苦之多。

③ 重城：高城。楼：指夕阳楼。

④ 孤鸿：孤雁，单飞的鸿雁。此喻指萧浣。

⑤ 悠悠：飘忽不定的样子。

题　解

写这首诗的时候，正是唐文宗大和九年（835）秋天，作者二十二岁。夕阳楼在今郑州，是曾任郑州刺史的萧浣所建。郑州，也就是唐代的荥阳，是李商隐的第二故乡。当时，萧浣因为“牛李党争”被贬到远州，诗人重登夕阳楼，触景伤怀，无限感慨发乎胸中。当年萧浣对自己有知遇之恩，如今被贬，自身难保，更无法兼顾李商隐。失去了要好的朋友，李商隐自感身世浮萍，仕途难测，人生的百般滋味俱上心头，于是提笔写下这首寄寓深远的作品，来抒发无法排遣的人生愁绪。虽然只有二十二岁，虽然写的是春景，却能读出一股秋凉之气，不禁让人扼腕叹息。

赏　析

写景诗重在一个“情”字，景中自有真情，此诗堪为典范。

首句“花明柳暗绕天愁”，自然让人想起杜甫“花近高楼伤客心”来。不同的是，李商隐点染一个“愁”字，杜甫点染一个“伤”字，皆是统领全篇之眼。比较而言，写花，李商隐重在以“柳暗”衬托“花明”，突出花之美艳；杜甫运笔于“高楼”，隐写花盛开的姿态。两个人同时用花开正好反衬心绪伤悲，同样笔法，俱见真情，起笔便抓住了读者。最为不同的是，杜甫只着一个“伤”字，而李商隐却能写出自己那种“泪眼望花”的漫天愁苦。这些愁绪正如柳絮漫天一样无处不在，互相缠绕，飞尽天涯，仿佛整个世界里没有一处是喜悦。李商隐家道中落，又是长子，自然知道那份无人相助的孤愁，所以也特别看重知己，这是支撑他人生信念的基础。一年前，一向赏识他又对他进行过长期培养的崔戎在兖海观察使任上溘然离世；如今，另一个生命中的知己萧浣又远谪荒州，剩下他自己，茕茕孑立，形影相吊，“怎么一个愁字了得”！更何况自己有过两次应试不第的经历，人生一波三折，怀才既遇，又高山别了流水，怎不自悼孤独无依？尤其是朋党之争，朝廷里小人当道，真正有才华的人得不到重用，真是前途无望，望洋兴叹。强烈的时代悲剧生发出个人悲剧，而眼前偏偏正是大好春光，真叫人心有戚戚焉。所以，回头来看“绕天愁”三字，字字是实，不仅写出了愁绪之多之乱，更写出了愁绪的无法排解，一上来就满纸皆忧愁，何处觅行舟，愁之深之广可见一斑。

按照常理，一、二句应该调换句序，先说登上城楼，再说放眼望去一片孤愁才好，而这正是作者匠心所在，与杜子美诗异曲同工，无非是一上来即以忧愁笼摄全篇，使得诗歌中每一个字都浸染了难解的愁绪，如同影视作品中背景及格调的铺陈，可谓之“先声夺人”手法，突出诗人愁绪之浓之深，亦可见跌宕笔法，比起平铺直叙更别有韵致。不但如此，作者重笔巧设“尽”“更”二字，一句之中两处波折，层次顿挫之感全出。古人登高远望常抒悲怀，大概是高处望去，天地悠悠，无限广阔之天地中，人是如此渺小，故常言悲。此处，登上高城已经愁绪满怀，再登更高的夕阳楼，岂不是上到了忧愁的最高点，怎不让人愁上加愁？其不堪愁伤、欲说还休的心理跃然纸上。如此说来，这一打破常规的句序的调换，起到了意外的表达效果，可谓构思独到。

三、四两句与第一句一脉相承，皆为眼中所见：仰望苍天，天地寥廓，夕阳之下，孤鸿哀鸣，渐行渐远，不知要奔向何处，将来命运又会如何。第一句中的柳暗花明是近景，此句的孤鸿是远景。比较而言，第一句只能算作一个背景，中心之景却是“孤鸿”。孤鸿远飞，字面上当然可以看作是比喻远谪的萧浣，一向要好的朋友一朝别离，天南地北不知命运如何，又何时可以重逢；更何况，没有了萧浣的支持，李商隐又将走向何方？这里表达了李商隐对萧浣不幸遭遇和前途命运的担忧关切。这是一解。众所周知，李商隐的诗歌常常可以有多重用意，此处也不例外。那一点孤鸿，孑然无助，身世飘蓬一般，不正像前途叵测的自己吗？这种三者类比的手法在古诗中还是很少见的，不但显出诗歌的跌宕之姿，更将一、二句所言之孤愁推到极致，让人三叹。除此之外，“欲问”与“不知”“悠悠”的配合，也能见出曲折来：欲问而不能问、不得问，欲知而不能知、不得知，更增进一层命运叵测之感，可谓一波三折，曲尽其致。这两句诗，其中蕴含着关切、担忧，也生发出对人生命运的伤感，仿佛不单指孤雁、朋友的前路，也不仅仅指向作者自己的命运，从更深的层次理解，也正是人生的共同感伤。以此言之，李商隐的诗歌包含了人生悲情的典型因子，这就不是小家之愁可与比竟的。

李商隐的诗歌重在味道不单一，构思不单一，匠心独运之外，又别添李氏风致。这首写景诗，写景有主有次，主次相辅相成；历代诗人以“孤鸿”入诗的不少，能将此意象用到厚重的不多。这首诗也可以看作是怀远诗或表达思念之诗。思念之外，又自伤命途；自伤之外，又别有人生悲情的大主题，整首诗走向了更深沉的悲哀，更深刻的悲剧，所以味道才深厚。全诗虽仅有四句，却能设置六处以上的波折，典型地表现出了李商隐七绝“寄托深而措辞婉”（叶燮《原诗》)的特点，在历代诗歌中也属罕见。这些，都提高了此诗的艺术品质，可谓之唐诗中的精品之作。

重 有 感

玉帐牙旗得上游①，安危须共主君忧②。
窦融表已来关右③，陶侃军宜次石头④。
岂有蛟龙愁失水⑤，更无鹰隼与高秋⑥！
昼号夜哭兼幽显⑦，早晚星关雪涕收⑧？

注 释

① 玉帐牙旗：指刘从谏及其部队。玉帐：主帅所住的营帐。牙旗：古代用爪牙比喻武臣，所以把军前大旗叫牙旗。亦又说旗上刻绘成牙形，或以象牙装饰，故称牙旗。上游：本意指水的上游，引申为地理形势险要和军事地位优越的意思。

② 安危：这里是偏义复词，侧重“危”义。主君：指皇帝。

③ 窦融：东汉初人，字周公，扶风平陵（今陕西咸阳西北）人。西汉末割据河西，后归顺光武帝，授予凉州牧一职。关右：函谷关以西地区。

④ 陶侃（kǎn）：东晋庐江人，字士行。出身寒微，励志勤力，官至太守。宜：应该。次：进驻。

⑤ 蛟龙失水：比喻皇帝失去权力。蛟龙：指皇帝。失水：比喻文宗受宦官所制，失去权力和自由。愁：一作长。

⑥ 更无：难道就没有。鹰隼（sǔn）：鹰和隼都是凶悍的禽鸟，脚爪强健，善于搏击。古人常比喻武将。高秋：秋天的高空，秋季天高气爽，是雄鹰飞翔捕禽的好季节，也是用兵的好时节。

⑦ 幽显：指所谓的阴间的鬼神和阳间的人。幽：暗，指鬼神。显：明，指人。

⑧ 早晚：何时，多久。星关：今天的北极星。古代以北极星代表皇帝居住的地方。雪涕：指流泪。

题 解

此诗作于唐文宗开成元年（836）。大和九年（835）发生了“甘露之变”，之后，昭义军节度使刘从谏多次上奏疏询问王涯等人因何罪过被诛，并表示要进军长安清君侧。李商隐在事变后写了五言长律《有感二首》，叙述事变，抒发愤慨。此诗即为刘从谏而写，是《有感二首》的续篇，所以名为《重有感》，希望刘从谏从大局出发，与君主共忧患，并满心盼望他进京消灭宦官，使皇帝得到自由，重立皇威。在殷切期望中，李商隐还表达了不满与焦急，再现了诗人内心为国事忧虑不安的心情。

赏 析

这首诗从肯定刘从谏上书指责宦官、表示愿意为朝廷效力的前提出发，对他寄予了厚望，希望他能兵临长安，平定宦官之乱，以清君侧，正皇位，扶大厦于既倒，挽社稷于将倾，彻底改变京城危乱的局面。作品恳切诚挚，言简意赅，用典精到，政治倾向鲜明，用语深刻入理，体现了一个满腹才华的青年诗人的救社稷、安黎民的政治理想，满腔正义声音，一怀浩然正气。

首联用借代手法以营帐代指统帅，以牙旗代指军队，以上游代指有力的军事形势，实际上是对政治时局的清醒判断，表明主帅拥有改变时局的政治主动权，为第二句做铺垫。既然主帅拥有如此大的优势，理应与皇帝共患难，与国家共存亡。第二句诗可以说是全诗的表达基础，大有统领全篇论说的架势。

颔联引用典故，以历史为据，以贤人故事召唤刘从谏果断出击。史载，窦融在得知刘秀将讨伐宦官时，上表问出兵日期，准备效力。这里是用窦融暗指刘从谏，一方面赞叹他有古代忠良之风，另一方面又暗设伏笔，引出第二句“陶侃军宜次石头”。虽然刘从谏在“甘露之变”发生后，曾多次上书表示要训练人马，清除皇帝左右的宦官，但依然是兵马未动。于是作者拿出陶侃的例子来对比刘从谏的态度，其用意不言自明。陶侃，东晋时为荆州刺史。苏峻叛乱时，陶侃等起兵讨伐，陶侃被推为盟主，兵进石头城，杀掉苏峻。这样，巧妙借用典故，一方面肯定刘从谏有心杀贼，另一方面又委婉地批评他缺乏果断的行动，不能像陶侃那样快刀斩乱麻，直捣黄龙。此联虽然是劝说期望，却不是一味说教，期待中有焦虑，直言中有委婉，这是规劝的艺术。

颈联在前两联的基础上，道理更进一层。诗人不无悲戚地叙述了皇权失势的现实：哪有皇帝整天为失去权力、被人挟制而忧愁的道理呢？难道就没有人站出来像鹰隼那样，振翮飞，击长空，给仇士良等人以有力的还击吗？这既是对宦官颠倒正邪的针砭，也是对坐视朝廷危难毫无表示的其他藩镇的不满，更是对刘从谏挺身而出的激发，希望他能联合天下忠臣，尽快派兵讨伐贼党，匡扶社稷。“岂有”“更无”两个虚词配合尤好，使语气更进一层，让人感觉作者的愤慨和期待都是毋庸置疑的。颈联运用了两个贴切的比喻：“蛟龙愁失水”，比喻文宗受制于宦官，失去权力和自由；“鹰隼与高秋”，比喻忠于朝廷的猛将奋起反击宦官。前者，本不该出现，作为臣子也是有责任的；后者是在“蛟龙失水”的情况下理应挺身而出却依然按兵不动的局面，所以用“更无（根本没有）”表达深切的忧愤及强烈的失望，不难体味出其中隐含着对徒有空言而无实际行动、能为“鹰隼”而竟未为“鹰隼”者的不满与失望。

写至此，按理说该收拾起前三联的道理做一个公文式的总结吧。但尾联二句，作者依然再作波澜：京城内外，昼夜听到的只是哭声连天，贼党的滔天罪行，甚至也激起了神人的共愤，所谓的天理难容、天下共难啊。但什么时候才能平定这场叛乱，收复旧河山重整旗鼓，让君臣不再因为江山危难而涕泗横流呢？国君自身难保，国民水深火热，难道有识之士不该立马横刀，芟除大难吗？最后一句虽然表达的是疑问的语气，读来却有胜券在握、正必压邪的高瞻远瞩，表达了作者急切盼望着平叛之兵能迅速到来，拯救国家拯救人民。用这个美好的胜利展望来激励刘从谏等人的斗志，可谓用心良苦。

本诗依然保持了李商隐诗歌一波三折、曲折有致的特点，先从大局出发，以为国家肝脑涂地乃天下臣子的本职为基点，以古代贤良的忠君报国为策应，以正邪颠倒为激将法，以天下共陷危难天理难容为引爆点，以胜局何时到来为收束，步步紧逼，仿佛刘从谏就在对面，滔滔正义之辞过后，必让他拍案而起，当夜发兵，转瞬取胜，其中可见作者心情之焦急，期待之殷切，忠臣一片热忱跃然纸上。

初食笋呈座中

嫩箨香苞初出林①，
於陵论价重如金②。
皇都陆海应无数③，
忍剪凌云一寸心④。

注　释

① 嫩箨（tuò）：鲜嫩的笋皮。箨：竹笋皮。香苞：指笋心。

② 於（wū）陵：地名，唐时为长山县，治所在今山东邹平县东南。此地少竹，故曰“价重如金”。

③ 皇都：指京城长安。陆海：旧指关中一带高原，此指陆地、海中所产的山珍海味。

④ 忍：即岂忍心。凌云：直上云霄，形容志向崇高或意气高超。寸心：即心愿、志向。

题 解

这是一首托物抒怀的作品。当年作者应举不第，在宴席上初食笋时有感而作。诗人二十一岁首次进京应考，因被考官所憎而名落孙山，其凌云之志受到摧折，作品故以“食笋”为题，借竹笋托物言志，既抒发其凌云之志，亦暗寓被剪伐之忧虑，写出了他对当政者损毁人才的强烈不满。

赏 析

这首诗作以嫩笋起兴，抓住嫩笋寸心被剪的特征，在物的命运与人的命运中找到契合点，由此生发开去，寄寓人生之慨。

首句“嫩箨香苞初出林”，写眼中所见刚刚运出山林的鲜竹笋，以“嫩”写其初生，以“香”状其味道，描绘了竹笋初生的鲜明特点。像如此口感脆嫩、味道香美的竹笋正刚刚萌发，在春天的大好环境中正欲拔节而起。第二句“於陵论价重如金”，紧承首句，写鲜笋正因为嫩香，刚挖出来，所以价格贵过黄金。“於陵”在文中可视为泛指，代称各地，意思是全国上下都是如此来因鲜论价，隐隐之中传达出一丝不易察觉的悲伤意味。如果不了解李商隐此时的遭际，不看最后两句，首二句诗也很平常，不过是叙述常识，最多可以说对竹笋的描写抓住了特点，此外别无特色。诗歌有时就是这样，看前几句平淡无奇，读到最后才恍然大悟，此时境界全出，盖因前几句铺垫造势所致也。读完前两句，看不出平淡冷静的诗句下面隐藏着愤懑的盛气。

最后两句诗在前两句布置好舞台之后，议论喷薄而出。突然的转折让读者毫无防备，印象也极其深刻。这里的“陆海”代指竹林，竹林暗喻天下，而天下正是人才济济。“凌云一寸心”是说刚长出来的竹笋虽然只有一寸大小，其心还未成熟，热情却正盛，有凌云之志。这里明显采用象征手法，暗指自己的境况和遭遇跟竹笋一样，刚生长出来的青春志向还没得以实现就被横刀斩断，由哀而愤，那种壮志未酬的扼腕之气昭昭可见。而天下像自己这样的人才还有很多，不知道有多少人有此遭际！不禁让人对统治阶级选拔人才的弊政提出质疑，对人才被扼杀在摇篮里表示由衷的愤慨。最后一句作者用了反问句，语气强烈，其势一发而不可收。在遣词上，采用借喻。凌云之志本是无法剪掉的，看似不合常理，如此移用，却能形象地表现壮志被人为扼杀的残酷，更平添一种气愤，从中可以想见作者很难接受如此不公的遭遇，表达出作者对前途的无限忧虑，又分明感受到年轻的诗人胸怀磊落、气冲牛斗的少年个性。

全诗紧紧抓住嫩笋虽小而有凌云之志自比，言说自己的政治理想。不同的是，嫩笋被吃的原因是它鲜嫩，而自己落第的原因却不是因为年少有才，人的遭遇还不如一物。他们有共同的悲剧，都是在刚刚萌发凌云壮志的时候夭折。鲜笋天下遭遇一样，像自己这样有才华的年轻人不也有同样的不幸吗？那些留在山林里继续生长的大概都是失去壮志的老笋吧。作者借用鲜笋言志，抒发壮志难酬、怀才不遇的怨愤，矛头直指用人不当的朝政。

全诗表现了李商隐早期诗歌的风格特色——切峻深力，但依然能看出他后期诗歌的端倪——宛转有致来。全诗虽然只借用一物，看似简单，四句之间依存照应之法毕见，尤其是在铺垫、起势之间的匠心独运，带给人以非凡的艺术感染力。加上比喻象征的合理运用，诗意初见丰婉，以此言之，这也可看作他后来诗歌成熟的铺垫之笔。

宿骆氏亭寄怀崔雍、崔衮[①]

竹坞无尘水槛清[②]，
相思迢递隔重城[③]。
秋阴不散霜飞晚[④]，
留得枯荷听雨声。

注　释

① 宿：夜宿。骆氏亭：似在京郊灞陵附近，具体不详。寄怀：托以怀念。崔雍、崔衮（gǔn）：李商隐早年幕主、从表叔崔戎之子，即诗人的从表兄弟。

② 竹坞：指池湖周围竹林环抱荫蔽、可供停船的地方。水槛：指临水的有栏杆的亭轩。槛：栏杆。

③ 迢（tiáo）递：含有高、远之意。重城：高城，指京城。

④ 秋阴：秋天阴霾的天气。

题 解

这是一首借景抒情的诗歌，大约写于唐文宗大和八年（835）。当时诗人没有考中，失意离开京城。此时正值崔戎调任兖州观察使后病故，李商隐离开崔家寄宿在骆氏人家的园亭里，寂寥之时想起崔雍、崔衮这两位情深义重的兄弟和朋友，于是万千感慨化于笔端，写下了这首诗，借景抒情，抒发他对朋友的怀念之情和身世遭际的落魄寂寞之感。

赏 析

这首诗是作者众多诗歌中的奇葩，以抒写冷静的孤独感和超然的境界为写点，将人生落寞之感与怀友之情暗蕴其中，笔致曲婉，感受独特，尤其是最后一句，写尽孤独之沉静，历来为人称道。

首句直接描写了骆氏亭及其周围的环境。作者不是先写中心景物，而是环顾四周，首先落笔于茂林修竹。那苍翠的竹子将纤尘不染的船坞环抱，好一个清雅所在！而清澈静美的湖面上清晰地倒映着骆氏亭的靓影。竹林、船坞、湖面、骆氏亭各有特点却又相得益彰，组成一幅清幽雅洁、远离尘嚣的意境来。此情此景，仿佛是在渲染与世隔绝、自在清幽的情怀。其实不然。正因为心有烦忧，所以才对无忧无虑的自然美景过分留意。换言之，清幽的环境虽然让人清心静耳，却也免不了在寂寥中勾起一股相思的惆怅：如此美景良辰，如果有知心朋友同在该有多好啊。可惜的是，孤身一人，独对清雅，情何以堪。这样一来，清雅之景自然增添了一份孤寂之感，那种隐隐的孤独心绪仿似从寂静中悄然而出，慢慢弥漫开来。

首句采用铺垫手法，既点明环境特点，又为第二句伏笔缀连。“相思迢递隔重城”，既然孤独，就希望故友同在；流觞曲水，把盏言欢，岂不为妙？可是，崔雍、崔衮这两个从表兄弟，如今已在遥远的陌生之地，相隔着重重高城，又如何能促膝晤谈呢？此句一出，孤独感更加深一层。这一句妙就妙在写出了孤独的空间感，仿佛是诗人的想念之情一点一点地向远方的朋友传递，受阻于重城而无法抵达，想象奇绝，意境深沉，表达了思念的无奈。“隔”字用在这里，不仅表明了诗人与相思之人所在两地的实际距离，同时暗含了他们心灵上的距离，并不因重城阻隔而断绝，反而正因相隔甚远，才见情意相通的可贵之处。在此也塑造了诗人孤立于世的形象。

借景抒情，重在寓情于景。作者选择最能表达孤独情绪的清幽之景，用孤独的现状和相思的无奈做对比，突出寄怀之情与孤寂之意。这样，作者只好又回到眼前的现实。既然无法相聚，无处诉说，那只有安于现状，且自我沉寂吧。“秋阴不散霜飞晚，留得枯荷听雨声。”此时已是深秋时节，连日阴霾的天气预示着秋雨将至，天色灰蒙蒙的一片，霜也下得晚了。在这样暗淡萧瑟的秋景里，诗人本来就因相思而不能入睡，听到落在早已枯萎的荷叶上的雨声嘀嗒作响，更增加了诗人无限的孤寂情思。本来天气阴沉，眼看要下雨了。既然霜降来得晚些，那不妨留下这一片残荷，在落叶时节里，静听雨打荷叶的寂寞回声，也好慰藉早已寂寥的心情吧。“秋阴不散霜飞晚”为末句“留得枯荷听雨声”做了伏笔。由于“秋阴不散”，故有“雨”；由于“霜飞晚”，所以“留得枯荷”。“留得枯荷听雨声”句是全诗的点睛之笔，也是一直为历代读者津津乐道的神来之笔，描写了诗人聆听雨打枯荷的声音和诗人的心情变化过程。可想而知，在一个无人陪伴的寂寞的深夜里，耳边传来雨打枯荷的声音，一时间孤独的情感弥漫全身。联想自己前途未卜，怎一个愁字了得！但读诗至此，还不算读得通透。如果联系首句我们可以顿悟出来，原来作者最后一句也绝非全是悲叹，悲叹之中不是又有一种安于寂寞的宁静吗？“留”字蕴含了一种不期而遇的喜悦。诗人旅居外乡，又因思友而夜不能眠，突然听到这萧瑟的秋雨敲打残荷的声韵竟别有一种美的情趣。枯荷本是残败之物，但也幸而没有被铲去，要不然也听不到枯荷秋雨的清韵了。夜听枯荷落雨，正是无奈之中安然地放下。此时的李商隐已经表现出晚期作品中沉郁深隽的特点，所以最后两句才会在历代读者心中常起波澜，因为它代表的不仅仅是李商隐的心情变化，也是普天下落寞之人共同的心灵归宿吧。

李商隐的诗一般多用典故，这首诗一反常态，没有用典，以沉静之笔，不急不缓地写出孤独的韵致来。他所写的不过是一些寻常景物：竹坞、亭槛、湖水、秋阴、枯荷，但是作者能在景物之中加入个人情感，让每一个景物都浸染了作者的孤愁，平处见奇。最为可贵的是，作者选择景物不是随意的，首句虽然不动声色，却与最后一句遥遥呼应，构思之高让人不禁赞叹。这首诗正像一幅别有韵味的秋景图，前几句是广角镜头，最后一句是特写镜头，一远一近，一放一收，也同样让人叫好。更为紧要的是，在作者心中，既然霜降以后只能孤守，倒不如在彻底寂寞之前静听雨声，以孤独排解孤独吧，这正是诗意上的高绝之处。

曲　江[1]

望断平时翠辇过[2]，空闻子夜鬼悲歌[3]。
金舆不返倾城色[4]，玉殿犹分下苑波[5]。
死忆华亭闻唳鹤[6]，老忧王室泣铜驼[7]。
天荒地变心虽折[8]，若比伤春意未多。

注　释

① 曲江：又称曲江池，周七里，占地三十顷，是唐代长安最大的风景区（旧址在今西安市东南郊）。

② 望断：望尽而不见。翠辇（niǎn）：皇帝乘坐的车，车盖上以翠羽装饰，故称“翠辇”。

③ 子夜：半夜子时。

④ 金舆：用金银装饰的华贵车子。倾城色：出自《汉书·孝武李夫人传》：“北方有佳人，绝世而独立。一顾倾人城，再顾倾人国。宁不知倾城与倾国，佳人难再得。”在此形容女子美色迷人。

⑤ 玉殿：即宫殿。下苑：即曲江。曲江与御沟相通而地势较高，所以说“分波”。

⑥ 华亭鹤唳（lì）：华亭，陆机故宅旁谷名，在今上海市松江县西。这里指陆机临死前还忆想着华亭的鹤鸣之声。唳：鸟鸣，一般指鹤鸣。

⑦ 泣铜驼：西晋灭亡前，索靖预感天下将乱，指着洛阳宫门前的铜驼叹息道：“会见汝在荆棘中耳。”

⑧ 折：摧折。

题　解

这是一首借物寄怀之作。作者借写曲江兴衰之事来寄托对时事的忧虑。曲江于安史之乱后荒废，大和九年春，郑注上言秦中有灾，需要兴工役消除灾祸。唐文宗颇想恢复昔日升平故事，于大和九年(835)二月派神策军修治曲江。十月，赐百官宴于曲江。后因甘露之变，十二月下令罢修。李商隐的这首诗，就是事变后第二年春天写的，抒发了诗人对国事日非的忧伤，带有浓重的悲怆色彩。

赏　析

本诗与众多借古讽今的作品一样，在茫茫物象中选择最有代表性的景物寓怀寄情，以衰败之景写衰败之象，寄托作者对国事的忧虑和高瞻远瞩的政治远见。

首联“望断平时翠辇过，空闻子夜鬼悲歌”有怀古诗的笔法，与“旧时王谢堂前燕，飞入寻常百姓家”相似。首句将今古进行对比，渲染今非昔比、繁华已逝的悲凉氛围：昔日车如流水马如龙，繁盛异常的曲江，如今却是望到尽头也看不到皇帝驾着翠辇临幸的盛况了，在半夜子时还能听到冤鬼的悲歌声。“鬼悲歌”用想象手法写荒废之貌，但在这里却是暗写甘露之变中朝臣惨遭杀戮的事。作者用“平时翠辇过”和“子夜鬼悲歌”两个极端的场景做对比，暗示甘露之变对于大唐的重要影响：盛唐之象已然远去，过去的繁华已然不在，只有荒败之景凄凄惨惨，这是何等鲜明的对比。这些话绝不是空穴来风，有颔联为证。

颔联写曾经乘坐金舆与皇帝出游的倾城倾国的妃嫔们也不会再来，只有曲江水依然在寂静中流向玉殿旁的御沟。“金舆”是指后妃乘坐的车子。“倾城色”这里代指有倾城美色的后宫嫔妃。此联让人想起唐代诗人李华的“宜阳城下草萋萋，涧水东流复向西”，同样写到今昔对比，同样提及流水无情。诗歌中“不返”“犹分”对比鲜明，语气递进，突出了昔盛今衰的沧桑感。从文法上来看，颔联与首联同出一辙，反复对比之中，一系列多米诺式的效应之后，怎不引人浩叹。

颈联用了两个典故，借典故说理。其一是指西晋的陆机被宦官孟玖谗言所害致死，临死前悲叹道：“华亭鹤唳，岂可复闻乎？”这里借陆机被宦官所害，喻指甘露事变中朝臣被宦官杀戮，呼应首联的“鬼悲歌”，引出尾联的“天荒地变”。其二是指西晋灭亡前，后将军索靖预感天下将有大乱，指着洛阳宫门前的铜驼叹息道：不久后你可能就埋在荆棘野草之中！后来，“铜驼”“泣铜驼”之类的说法都含有王朝将倾、天下将乱的哀叹，同时也成为王朝即倾的象征。作者借索靖预感到国家将败的典故，寄寓了作者忧国忧民的深思。

尾联“天荒地变心虽折，若比伤春意未多”写诗人那颗忧国之心早被无情的现实摧折过数次了，但是如果同伤春比较起来还不算太过悲戚。为什么呢?伤春之情，在历代诗歌中都有表现，不过是借春天即将远逝抒发自己年华易逝的感伤。如果仅仅把“伤春”理解为个人的忧思，那这首诗的深意就很难体味，从字面上也很难搞懂，这就是最后一句的高深之处。此处的春天不是指自然的春天，也不是比喻人生好年华，而是指唐王朝的春天，意为盛唐已经远去，衰败在所难免。国家之沉落比起甘露之变一样的事情更让人心伤不已。这种从一个事件窥见国家前途命运趋势的见解，在当时情况下不能不说是高瞻远瞩的，历史也证明了这一点。这最后一句将主旨推向一个更深刻的结论，立意之高远非一般怀古诗所能比。既然国家眼见着衰败，那么个人的遭遇也好不到哪里去。所以最后一句，也深含着作者对个人前途命运的忧思。

纵观全诗，“曲江”的兴废从侧面反映着唐王朝的盛衰。

诗人通过“夜鬼悲歌”“华亭鹤唳”等一些衰败场景的描写，客观地反映了甘露之变使朝臣惨遭宦官杀戮的政治事实，突出了昔盛今衰的国运，表达了“升平”难返、忧患“铜驼”的主题。诗歌层次也很丰富：前两联写空间的变迁、人事的盛衰，颈联写历史的变迁、人事的兴替，最后统一到更深刻的历史规律上来，步步为营，亦见曲折。而情感也是由眼前而想到过去，由历史而想到未来，也是层次纷披的，这正是此诗独特的艺术魅力，也是李商隐诗歌常有的构思方法。

[注：甘露之变：唐文宗时，宦官专权，文宗对此深恶痛绝，决心依靠宰相李训、凤翔节度使郑注等铲除宦官势力。大和九年（835）十一月的一天，李训谎称一棵石榴树上夜降甘露，是吉祥的预兆，企图在宦官仇士良等前往观看时，将其诛杀。不料事情败露，仇士良挟持文宗，李、郑被杀，连未曾预谋的宰相王涯等也遭到灭族，同时株连千余人。这就是历史上著名的甘露之变。甘露之变后，宦官越来越胡作非为，唐王朝也迅速败落下去。]

安定城楼

迢递高城百尺楼[①]，绿杨枝外尽汀洲[②]。
贾生年少虚垂涕[③]，王粲春来更远游[④]。
永忆江湖归白发[⑤]，欲回天地入扁舟[⑥]。
不知腐鼠成滋味[⑦]，猜意鹓雏竟未休[⑧]。

注　释

① 迢递：有高、远两个意思，而这里是高的意思，形容城墙、城楼连绵起伏。

② 尽：尽头，指视线尽处。汀（tīng）：水边的平地。洲：水中洲渚。

③ 贾生：即贾谊，西汉初期著名的政治家。虚垂涕：指白流泪。

④ 王粲：东汉末期著名的文人，“建安七子”之一。早年曾避乱南京，远赴荆州依刘表，春登当阳城楼，感远游不得志而作《登楼赋》。此处以王粲自比。

⑤ 永忆：长想，一贯向往。江湖：与朝廷相对，指归隐的处所。

⑥ 回天地：旋转乾坤，指在政治上做一番大事业。扁（piān）舟：小舟。

⑦ 腐鼠：这里比喻诗人所鄙弃的利禄。

⑧ 猜意：猜疑。鹓（yuān）雏：凤凰一类的鸟，比喻有雄心壮志和高洁品格的人物，作者用以自喻。

题　解

本诗为李商隐青年时代的作品，是登楼感怀的佳作。诗人虽然在唐文宗开成三年（837）有机会出人头地，但是在参加博学宏词科考试时，受到牛党的排斥而不幸落选，于开成三年春回到泾州。当时的情形是：以李德裕为首的李党和以牛僧孺为首的牛党互相倾轧。李商隐原来依附的令狐楚是牛党，令狐楚死后，李商隐入泾原节度使王茂元幕，并做了他的女婿，而王茂元被认为是李党。李商隐成了党争的牺牲品，因而苦闷忧愤。这首诗发泄内心苦闷，对那些诽谤进行了回答和反击。安定郡，即泾州，唐玄宗天宝元年（742）曾改为安定郡，唐肃宗乾元元年（757）又改为泾州。诗中描写登楼所见春色，抒发心忧国事的情怀和对自己身世的感慨。

赏　析

登高望远，在无尽的气象中将国事、家事、天下事融为一体，写景、用典并行，在古代人物身上寄寓个人政治理想与身世沉浮之感，是本诗的构思大概。文法虽然难免俗套，但个中滋味却复杂含蓄，可谓深隽之作。

首联“迢递高城百尺楼，绿杨枝外尽汀洲”写自己登楼望远的情形。作者仰望高峻的城墙上耸立的百尺高楼，登楼远眺，越过近处葱郁的绿杨枝条，泾水岸边的一片沙洲跃然眼前。作者写城墙的连绵层递，目的是衬托城楼的高峻；写望远之景，由近及远，一片辽阔苍茫。古人登高望远，常常由天地的开阔引发胸中情怀。面对此情此景，李商隐同样万千感慨俱上心头，但他所感慨的并不是自然山水。这里也颇有点《诗经》中比兴手法的妙处，由景而发幽思，睹物而思人生。此时情感在心头郁积，大有一发而出的趋势。首联不仅写出了空间的开阔感，也写出了春天给人带来的伤时的时间感。

如此开阔天地，如此美好春色，本来该是赏心乐事吧。春天正生机勃勃，而自己正值青年，不该有一番驰骋天地的作为吗？于是，自然联想到古代两位才子贤人，过渡到颔联，用贾谊和王粲的典故自比，表达自己身世遭遇的感慨。贾谊少年时向帝王呈上《治安策》，提出富有远见卓识的见解，指陈时弊，罗列得失，建议朝廷巩固中央政权，但都没有被采纳，所以少年贾谊郁郁不得志，其涕泪等于白流。而此时的作者不也正有像贾谊一样优秀的才华吗？自己也同样不得赏识，成了党争的牺牲品，入仕无门，空有满腹才华，空有报国济世的理想，忧伤也是白白忧伤。王粲年少时远游荆州，依附刘表，春日登当阳城楼作《登楼赋》，发出"虽信美而非吾土"的慨叹，与自己也何其相似。李商隐早年离家远游，寄人篱下，在别人手下做了一个小小的幕僚，本来就志向不得伸展。而此次参加博学宏词科考试，本想扶摇直上，却遭遇了与王粲同样的命运。历史是如此的巧合，相距百年的青年才俊在春日登楼心绪竟是如此一致。作者春日登安定楼满腹辛酸无处排解，想到古人，不禁心绪难平。用典进一步扩展了全诗的内涵，丰富了读者的联想，同时也将诗人当时那种去国怀乡、忧时伤世的情感暗写出来。用典强调妙合，妙合才能引发共鸣。所以，作者的身世命运与古人遥遥相应，表达的是更为深广的带有普遍性的人生感喟。"更"字承上句的"虚"字，突出了诗人深切的政治失意。

颈联继续用典，将春秋末期越国大夫范蠡辅佐越王勾践灭吴功成后，弃官乘扁舟游五湖而归隐的事与自己志不得伸的窘迫相对比，表达了复杂难抑的情愫。"永忆江湖"，是说他并不贪图功名利禄，而是始终向往归隐江湖，希望过洒脱飘逸的生活。但必须有个前提，那就是"欲回天地"，即希望自己能一展才华，挽救国家混乱的局面，重新让唐王朝恢复强盛，然后功成身退，泛舟五湖，过自由自在的生活。李白当年也有此类的理想，可见真正有才华的人并不是追名逐利，而是始终抱有献身国家的宏愿。颈联紧承上联中两个典故，一放一收，一开一合，既写出了志不得伸的悲情，又描绘了理想的政治生活和人生计划，丰富了诗歌的内蕴，更清晰地表达了作者的政治理想，突出了诗人不慕荣华的高洁品质。"江湖""天地""扁舟"之想，亦是由登楼远眺之景触发。句法回旋交错，境界开阔高远，恰切地表现了诗人宏伟的抱负和高尚的情操。范蠡在五湖之东泛舟归隐，这是一幅美好的远景图，眼下自己连半步都跟不上，可见作者心绪复杂。这也是中国传统知识分子所共有的典型心理。既存兼济天下、建功立业的理想，又不忘淡泊名利的操守追求。有了理想，一腔才华才有了归宿，毕生愿望才能实现；有了功成身退，才能标明操性德行。这是儒家道家思想的融合，当年李白身上就纠结着这两种情思。

尾联借用庄子的寓言将矛头直指那些猜忌无耻的小人。《庄子·秋水》中说，惠施在梁国当宰相的时候，庄子前去见他。有人对惠施说，庄子想取代你的相位。惠施很恐慌，于是下令全城搜索。庄子见到惠施，用寓言讽刺他道：那南方有一种叫鹓雏的鸟，不是梧桐不歇，不是竹食不吃，不是甘泉不饮。猫头鹰捉到一只腐鼠，看到鹓雏飞来，怀疑它要来抢食，就冲着它怒吼，但是鹓雏只是不屑地飞过。诗人借用这个寓言，以鹓雏自比，以猫头鹰比喻那些追名逐利、尔虞我诈、利禄攻心、猜忌恶毒的小人，以腐鼠比喻权位利禄，辛辣讽刺了那些嗜腐成癖的小人。“不知”和“竟”，传达出一丝愤慨和轻蔑，境界自然高出一筹。颔联颈联目的在于写出自己的现状和心理矛盾，最后一联指出原因，表达鄙视的情感，层次分明，入情入理，耐人寻味。

这首诗，围绕抒发远大的政治理想，将忧国忧民、感伤身世、抨击腐朽、蔑弃庸俗等内容融为一体，展示了诗人开阔的胸襟和在逆境中积极进取的人生境界。“虚垂涕”“更远游”及受“猜意”的处境遭遇，在诗中正成为宏远胸襟抱负的有力铺垫与反衬。在理想与现实、个人与时代环境的矛盾对立中，再现了青年诗人高尚的人生理想和高洁的人生追求。

本诗的结构依然保持了李商隐诗歌的层次感、严谨性。首两句写登楼所见，即景抒怀；三、四句自比年少有才华的古代才俊，抒写对国事的担忧；五、六句补充了完整的高尚的政治抱负；末两句表达深刻的感慨。几部分之间依情入理，步步为营，相互照应，浑然天成，深得律诗技法之妙。整首诗借鉴了古诗中赋比兴手法，虚实相生，语句曲折萦回，意蕴悠远。最大的特点就是用典贴切，含蓄自然，堪称典范之作。

无　题

昨夜星辰昨夜风①，画楼西畔桂堂东②。
身无彩凤双飞翼③，心有灵犀一点通④。
隔座送钩春酒暖⑤，分曹射覆蜡灯红⑥。
嗟余听鼓应官去⑦，走马兰台类转蓬⑧。

注　释

① 辰：众星，很多的星星。

② 画楼：彩画雕饰的楼。桂堂：用香木构筑的房屋。

③ 彩凤：有彩色羽毛的凤凰。

④ 灵犀：古代把犀牛角视为灵异之物。犀角中心的髓质像一条白线贯通上下，诗中借喻相爱的双方心理的感应和暗通。

⑤ 送钩：古代一种游戏，又称为藏钩，几个人围坐在一起，然后准备一个小钩，最后猜究竟钩在谁的手上。

⑥ 分曹：分成摊子。射覆：古代游戏，用丝巾等物覆盖好东西让人来猜。射：猜。

⑦ 余：我。听鼓：唐朝的制度，五更二点击鼓，鼓响天明，即须上班。应官：上衙应差，即上班办公。

⑧ 兰台：汉代藏图书秘籍的宫观叫兰台，这里借指诗人供职的秘书省。唐高宗曾改秘书台为兰台。类：类似，好像。转蓬：飞转的蓬草。

隔座送钩春酒暖

题 解

此诗是作者众多无题诗中的一首名作，写于作者任职秘书省期间。全诗重点描写一次宴会，通过宴会上男女主人公之间心有灵犀的情感细节，委婉曲折地表达了美好的爱情，流露出诗人对爱情的狂热追求，但又由于种种原因受到阻碍而又显得惆怅、痛苦和痴迷。全诗交代了宴会的时间、地点，写男女主人公之间的情感默契，写宴会上喝酒的感人的细节，最后用不得不去应付官差结句，反衬了爱情之美好，让人回味留恋。虽然名曰无题，不好直接点明，但情感昭然，亦似有题之作，耐人寻味。

赏 析

这首无题诗历来被人称道，除了颔联两句引发读者共鸣外，那种不得而有的爱情也让人唏嘘感叹。人生乐事有几何？这些曾经的细节历历在目，可见作者心中久久难忘，可见爱情之深沉。

首联从字面看不过是点明宴会时间、地点，好像乏善可陈。诗人追忆昨夜风情，追忆刻骨铭心的贵族宴会，好风如水，繁星满天，于画楼桂堂之上，遇到了一位中意的姑娘，彼此虽不能相亲相爱，却心有灵犀，眉目含情，心心相印。回头看这些景物描写，仿佛在转述一场梦境，却如此之清晰，一想起来就会重回那个场景，久久萦回在作者心头。这个场景一是用景色之美好来衬托爱情之美好，一是写爱情如梦如幻，仿佛现实中未曾有。此处虚实相生，别有一番韵味。

颔联是全诗的魂。尽管现实中不能实现两情相悦，但两人分明已是效彩凤之双飞，心灵相通。此句也是全诗的总领，使下联所写之事都暗含此句所言之情愫。一个“无”，一个“有”，既写出了不能正大光明相爱的遗憾，也写出了两人心灵默默相通的喜悦，极具代表性。“身无”和“心有”两相映照，不仅写出心能相通但是身不可触及的苦闷，而且写出阻隔中的契合、苦闷中的欣喜、寂寞中的慰藉，将对立感情的相互渗透与交融表现得深刻细致又主次分明。

颈联描述了一些宴会上的小细节，通过细节描写进一步表达心有灵犀的感受，是颔联的具象化，更有质感动感，形象生动，细腻传情。送钩射覆，酒暖灯红，宴会热闹非凡。于觥筹交错间，双方目成心会。我们分明看到了众人之中，两人暗送秋波，仿佛跟众人一样戏谑玩耍，但只有两个人彼此心明，那些小动作里，那些小细节里包含了多少欣慕爱恋的情感，无人可懂，只有两人心领神会，这种细腻温暖的感受谁人可以写出？

尾联却宕开一笔，从回忆的喜悦一下子落到现实的冷酷里。一热一冷，那份惆怅失意不言自明。晨鼓催人，不得久留其间；聚散匆匆，只留下了诗人迷惘的追思。这里的现实反衬了宴会的美好、感情的美好，也传达出难以释怀的遗憾，让人无语，与“无题”两字是何等的一致。还说什么呢？美景转瞬即逝，快乐短暂若梦，一份惆怅从纸上流出，让人唏嘘叹惋。

诗作开篇直写“昨夜”在西楼西畔、桂堂之东的幽会。虽然只相隔一天，好似漫长的几月；虽然历历在目，又好似梦中情境，未曾有过。可见作者是多么留恋惆怅。这种追忆回想更增添了诗人追忆的思慕之情。“星辰”“风”暗示美好情景中无法言传的两人的缱绻缠绵。今夜夜幕再次拉开，我怎么才能再见到心仪的女子呢？起笔就把复杂的情感融到景物之中，借景抒情，情真意切。情虽复杂，景物却如此直白，直白之外，别蕴深意，与后代的朦胧诗异曲同工，发人想象，是高深之笔法，删繁就简，简约中见繁复。颔联承上启下，又统摄全篇，是情不得已的奔泻，一改李商隐笔法细致，逐层递进的风格。颔联也别有深意：虽然囿于世俗规矩，两人不能挑明情感自由相爱，虽然身份不同无法亲近，但是彼此欣悦，心若一体，不是更让人痴迷吗？这显然是自我安慰之语，可见其心内苦闷之极。颈联又回到宴会上的一举一动，好像触手可得，分明在游戏中我们已经尽享了爱情的喜悦，至今还在心头流连，怎不让人朝思暮想。可叹身在江湖，还要为谋生计，不得不离开宴会，回到冷漠的现实中，遗憾惆怅是在所难免的。相思之情太深，诗人追忆昨夜参加的一次热闹的盛会。星辰好风、灯红酒暖的追忆，加深了今夕相隔的惆怅。丽人就坐在诗人的邻座，曾一起做藏钩的游戏，彼此罚喝着暖融融的醇酒。猜谜射覆，气氛是那么热烈融洽，让人愉悦。由此可见双方的目成心会之情早已表露。可惜美景不常在，更鼓之声催促着分离。全诗情感层次颇多，除了最后一联界限分明，其余各句完全把复杂的情感融为一体，不过各有侧重。

作者把深情融于“灯红酒暖”等细节，从灼烧之爱情的痛苦，升华为热烈执着的追求。尾联在写爱情惆怅之外又转到身世如蓬草飞转不定之感，又别出自伤身世的意味，那么这个爱情就不是简单的分离不能相恋的愁苦，而是与作者的人生遭际紧密相连的，使得诗歌的情感再进一层，更让这个爱情的故事增添了一抹愁云，更丰富了情感的层次，开掘了情感的深度。总之，全诗复杂的情绪抑郁于心，百转千回，均从“昨夜”这一特定的时间切入，曲折流出，使全诗细致丰婉却又引人入胜。

碧城三首（其一）①

碧城十二曲阑干②，犀辟尘埃玉辟寒③。
阆苑有书多附鹤④，女床无树不栖鸾⑤。
星沉海底当窗见，雨过河源隔座看⑥。
若是晓珠明又定⑦，一生长对水精盘⑧。

注　释

① 碧城：《太平御览》：“元始天尊居紫云之阁，碧霞之城。”可见“碧城”暗喻“碧霞之城”之简称，暗喻武宗所筑之望仙台。

② 碧城十二：王融《望城行》诗：“金城十二重，云气出表里。”这里指望仙台高达十二层。曲阑干：古代谓“阑干十二曲”，故云“曲阑干”。阑干：同“栏干”。

③ 犀：指犀牛角。辟：同“避”。《述异记》：“却尘犀，海兽也，其角辟尘，置之于座，尘埃不入。”

④ 阆苑：阆风之苑，传说是仙人所居之境。阆风在昆仑之巅。书：即书信。附：寄附。

⑤ 女床：《山海经·西山经》：“女床之山……有鸟焉，其状如翟（野鸡），而五彩文，名曰鸾鸟。”

⑥ 河源：河流的源头。

⑦ 晓珠：《唐诗鼓吹》注：“晓珠，谓日也。”

⑧ 水精盘：亦作“水晶盘”，指透明的玉盘。

题　解

《碧城三首》是借古讽今的作品，大约写于唐武宗会昌五年（845），是讽刺唐武宗李炎求仙好色之作。“碧城”就是传说中仙人所居的“碧霞之城”，暗喻武宗所筑之望仙台。《碧城三首·其一》类似“无题”诗，通过对神仙所居之阆苑幻境美好生活的描述，说明那些都只是虚幻，是尘世间所不能得到的。同时，也指出统治者求仙的虚妄及统治阶级的荒淫。

赏　析

在这首诗中，作者选择神话中的碧城作为抒情议论的主要对象，撷取众多仙境物象，一顿一挫，隐曲地讽喻统治阶级求仙的虚诞、疏政的荒唐，笔锋锐利，政见高卓。

首句“碧城十二曲阑干”写仙人所居之地。“碧城”即仙人居所。“十二”指碧城，形容城阙之多，不是实数。碧霞为城，交叠映衬，四周栏杆曲幽，云气缭绕，写出仙人居所的奇伟壮丽华美。第二句“犀辟尘埃玉辟寒”由外而内，摹写仙台之内的陈设，以犀牛角、玉器为代表，用具华美贵重，摆设温煦静雅。显然，如此豪奢的生活，普通人家谁曾有过，正是暗指武宗等贵族的荒淫奢侈。

颔联在首联的器具华美的基础上，转而描摹仙境的日常生活。“阆苑”，传说中仙人所居之处（《集仙录》说西王母所居宫阙在“昆仑之圃，阆风之苑，有城千里，玉楼十二”）。女床仙山，树上常栖着鸾鸟。《山海经·西山经》：“女床之山……有鸟焉，其状如翟（即野鸡），而五彩文，名曰鸾鸟。”朱鹤龄《李义山诗笺注》引道源注云：“仙家以鹤传书，白云传信。”作者以鸾鸟比喻神仙们，他们住在豪华的阆苑仙宫，就连送信都用仙鹤。这两句同样采用以点带面的写法，目的在于说明仙宫生活的奢侈奇幻，言下之意就是讽刺武宗等统治者生活的奢靡超过了神仙，为下文的议论做好铺垫。此联从一个生活小侧面巧妙地指出了统治者生活骄奢淫逸的现状。

颈联继续采用赋的铺叙手法，进一步写神仙生活的奢靡无度。“星沉海底当窗见，雨过河源隔座看”，写的都是奇绝之象，皆人间少有，但在仙界却是如此平常。从窗户里就可以看到星沉海底，可见仙台之高；隔座就能看到雨过河源，同样笔法。“星沉海底”，是说长夜将晓之际；雨脚能见，则必当晨曦已上之时。“河源”即黄河之源，此处指天河（银河）。据宋代周密《癸辛杂识》引《荆楚岁时记》载，汉代张骞为寻河(黄河)源，曾乘槎（木筏）直至天河，遇到织女和牵牛。又宋玉《高唐赋序》写巫山神女与楚怀王梦中相会，有“朝为行云，暮为行雨”之句。因此，“雨过河源”，同时用两个典故，写仙女佳期幽会之事，其指向不言而喻。

尾联“若是晓珠明又定，一生长对水精盘”紧承上联中“隔座看雨”句意，说天色已明，如果太阳明亮而且不动，永不沉落，那将终无昏黑之时，仙人们只好一直住在这里，无复幽会之乐了。反而言之，如果昏夜不晓，就能长夜欢娱而无尽头。这两句巧用比喻，极其尖刻地否定前者，肯定后者。最后两句用假设的方式表达了自己的观点倾向，借用推论阐发作者的推想。

通览全篇，自始至终诗人都在写神仙生活，没有出现以前诗歌中辗转跌宕的层次，基本上都是采用赋体写法，极尽铺陈之能事，明修栈道，暗度陈仓，写得隐晦深曲，对所指当朝事只字不提。全篇重点表现仙境的华丽奇幻，暗指当朝武宗寻仙求仙、修建望仙台而劳民伤财的荒淫作法；写仙人们乘风驾鹤、极度逍遥的生活场景，矛头对准当朝统治者奢靡荒淫的生活场景。诗人采用象征、暗示、双关、用典等表现方法隐晦曲折达意，乍一读去，似觉摸不着头脑，难明其意。然而只要联系作者所处的时代背景，反复吟诵体味，就能体悟到不寻常的笔法，曲径通幽，捕捉到诗的主旨。诗作想象极其丰富，把场景安排在天上，将神话传说引入诗中，不但很好地表现了诗的主题，而且使诗显得极其瑰伟奇丽。尤其是诗作的第三联，设想之新奇，景象之壮美，用典之巧妙，词意之幽深，达到了很高的造诣。在这一点上，堪与李贺的《李凭箜篌引》相媲美，但其旨意是李贺所不及的。

寄令狐郎中①

嵩云秦树久离居②，
双鲤迢迢一纸书③。
休问梁园旧宾客④，
茂陵秋雨病相如⑤。

注 释

① 令狐郎中：此处指令狐绹。令狐绹于唐武宗会昌二年（842）任户部员外郎，会昌四年（844）为右司郎中，会昌五年（845）初为湖州刺史。

② 嵩云：指李商隐所居的洛阳城。秦树：指令狐绹所居之长安。

③ 双鲤：此处代指书信。古诗谓："客从远方来，遗我双鲤鱼。呼儿烹鲤鱼，中有尺素书。"

④ 梁园：西汉梁孝王建苑囿名兔园，即梁园。

⑤ 相如：《史记》本传："司马相如称病闲居，不慕官爵，为孝文园令；既病免，家居茂陵。"茂陵：古县名，今陕西兴平县。汉初为茂乡，属槐里县。武帝葬于此，因置县，属右扶风。

题　解

本首诗是七绝赠诗。李商隐早年曾知遇于令狐绹之父令狐楚，后来登第也是因令狐父子的推荐。唐武宗会昌五年（845）秋天，作者闲居洛阳，收到令狐绹的来信，就给他写了一封回信，以高妙的文笔，曲折述说自己的冷清与孤寂，既有怀念之情，又希望令狐郎中勿忘当年情谊，却无半点乞怜之意。令狐绹当时任右司郎中，所以题称"寄令狐郎中"。这首诗表面上是感谢故人关心，实际上期望两人能重修旧好，用典贴切，意在不言。

赏　析

本诗虽然是赠诗，除了表达对友人的思念之外，还将个人身世的伤感暗蕴其中，其情之深，其意之难，极见曲折。

首句"嵩云秦树久离居"中，用借代手法写两人暗含志趣相投之感。嵩云、秦树各指诗人自己所在的洛阳和令狐绹所在的长安。"嵩云秦树"，云、树是分居两地的朋友即目所见之景，也是彼此眼前景触发心中思念，是情感的寄托物。"嵩云秦树"更能够同时激发起对他们相互思念情景的想象，给我们勾勒出一幅白云远树遥相翘望、神飞天外的思念画面，这种意味远非直写两人可比。"久离居"说明二人已经很久没有见面，怀念之情、期待见面之意跃然纸上。

次句"双鲤迢迢一纸书"，字面上就是指令狐绹从远方寄来书信问候自己。双鲤，在这里用作书信的代称。两人分隔两地，长久别离，常常怀想当日情景，思念尤甚。而此时正好自己又闲居多病，无人可与谈心排解忧绪，再加上秋雨绵绵，更别添一份寂寥孤愁。在这种情况下，朋友一封殷切问候的书信，让作者顿然感觉由衷的温暖。空间的迢迢，时间的久远，都不能斩断相知相念的情感，更显示出对方的情意深长和自己接读来书时油然而生的亲切之情、感念之意。短短一句，不过七个字，却能自成曲折，感情之丰富蕴藉，尺书难表。

三、四两句"休问梁园旧宾客，茂陵秋雨病相如"是对来信的回答。回答借用了两个典故，曲折表达自己的境况。据《史记·司马相如列传》，司马相如曾为梁孝王宾客。梁园是梁孝王的宫苑，在此暗指李商隐当年在令狐楚手下为官的往事。作者从大和三年到开成二年，曾三居令狐绹父亲令狐楚幕，得到令狐楚的知遇；开成二年应进士试时又曾得到令狐绹的推荐而登第，此处作者自比为“梁园旧宾客”。司马相如晚年“尝称病闲居，既病免，家居茂陵”，而作者也在会昌二年因丁母忧而离秘书省正字之职，几年来一直闲居无事。他大概是期望能够用事于当朝，继续施展他的政治才华。出道心切，苦无门路；而自己本自体弱多病，更多一份抑郁难耐。以司马相如自比，当有才堪贤人之意。殷殷切切，心情自然流露，并无媚态。

本诗以来信为发端，回忆与令狐父子之间的深情厚谊，感谢对方的关心问候，又对这种关怀表示愧疚，除表达思念之情外，又含蓄曲折地表达了内心对个人前途命运的茫然，隐隐地透露出希望得到帮助的殷切之意。作者正值闲居在家，恰恰又遇到秋雨连绵，不禁触发了内心的孤寂无助。而友人的一封问候信无疑是打开了一段尘缘，又开启了一段未来，字里行间难避喟然之叹。联想到自己坎坷的人生遭际，作者以“休问”领起，伤感之情溢于言表。最后又以景结情，余味悠长，寄寓遥深。

落　　花

高阁客竟去①，小园花乱飞。
参差连曲陌②，迢递送斜晖③。
肠断未忍扫，眼穿仍欲稀④。
芳心向春尽⑤，所得是沾衣。

注　释

① 竟：竟然，表转折。
② 参差：落花先后相接的状态。曲陌：曲径。
③ 迢递：遥远。
④ 稀：残留稀少。
⑤ 芳心：指惜花之心。

题 解

这是一首咏物诗，借落花寄寓惜花伤春的感慨。本诗写于唐武宗会昌六年（846）作者闲居永乐期间。当时，李商隐因娶王茂元之女一事得罪了牛党的令狐绹，遭遇了不公正的待遇。这时，作者登高赏景，看到落花，不禁悲从中来，用自然景物的变化抒写命运的忧愁苦闷，借园中落花隐晦曲折地吐露自己复杂的心境。

赏 析

落花本是无情物，作者寓情于景，由落花生发开去，以落花自比，将个人的身世浮沉与落花的陨落飘散情景交融，表达命途多舛、仕途不顺、怀才不遇、报国无门的哀叹。作者并不是泛泛而写，他关注落花的细节，逐层来表现情感，极尽情感的风致，体物至深，写情孤绝。

首联“高阁客竟去，小园花乱飞”写事状景，寄寓茫然之慨。落花本来是寻常之景，无非是触发诗人心底的惜花之情。作者在这个基本意象的蕴意之外，又别开新境。这里一个“竟”字是突然意识到的意思。以前与客同游的时候竟然对落花视而不见，客走以后，热闹退去，孤独之感突然如此强烈而清晰，以至于放眼望去，曾经忽视的落花竟如此切入心境。表面上好像说花是因为“客去”才乱飞的，实际上是写作者心情的巨大变化，技法之高、感触之细令人叫绝。虽然出人意表，却又在情理之中。而前后两句之间的逻辑黏合得是如此紧密：落花虽然早已有之，客在之时因为欢悦而无所察觉；待客去楼空，一切归于沉寂，心底那份沉落已久的孤独寂寥感瞬间浮上心头。触景伤情，情何以堪。这两句很有画面感：高楼孤影，落英缤纷，四周无边愁绪，渲染的手法运用得极为精道。所以，首联既点明诗题，又总写孤愁之缘由，是情感的第一层风致。

颔联“参差连曲陌，迢递送斜晖”是续写落花，目光由近及远，由狭及广，境界一下子开阔起来。作者从不同角度描写落花的具体情状：花在夕阳下纷纷而落，残红满径。“参差”句从空间着眼，写落花四处飘散，曲折的小路上都落满了；“迢递”句从时间入手，写落花连绵不断，无休无止让人想见天地间落花迷蒙的景象。这哪里是落花，分明是愁绪满天涯。作者用无处不飞花状写落花满天、愁绪绵延的情景，虚实相生，意在言外：繁花曾经绚烂，春尽之时难免光华一现，斯情不在。诗人站在高楼之上俯瞰花园，一切春败之景尽收眼底。落花范围之广正是愁绪无边无际的写照。如果说，这两句是对眼前景的客观的描摹，那么对“斜晖”的点染就透露出作者内心的骚动不安，仿佛那即将落山的夕阳也与这落花有了心灵感应。一个“送”字既像是落花送斜晖，也像斜晖送落花，实际上都是作者送别落花，借物为言罢了。此时此刻，在他眼前出现的“落花”和“斜晖”，已经不是常人眼里的自然现象，而是同人一样充满感情具有生命的事物，它们像是在同自己十分美好的青春和年华告别。这一层意味，如果不能身临其境，是很难体会的。这两句为我们创设了凄清愁苦的氛围，透露出诗人心灵的深重伤感和深切悲哀。至此，对落花情状的描写已经极尽风致，完成了眼前景的深度描摹，自然引出下联。

五、六两句“肠断未忍扫，眼穿仍欲稀”在前四句铺垫酝酿的基础上直抒胸臆。因为作者看到落花，不忍其飘零之败状而伤心不已，所以也不忍心将它们打扫干净，仿佛落花也像人一样，有着活生生的复杂的情感。再加上放眼望去，落花越飘越少，怎么忍心再去加快它们终将成泥的进程。作者因为朋友别离而伤悲，因为看到落花而断肠，反过来又不忍心清扫落花。人与物之间如此情真意切，诗人伤痛欲绝之心可见一斑。“眼穿仍欲稀”一句写出诗人的痴情和执着，他望眼欲穿，希望树上残留的花朵莫再飘落，却事与愿违，花朵仍然纷飞不止，大有很快落尽的趋势。此刻，枝头已是越来越稀疏，这时的伤感已经到了无以复加的地步。

尾联两句“芳心向春尽，所得是沾衣”收束全篇，写花朵用生命装点了春天，无私地奉献出自己的一片芳心，最终却落得个凋零残破、沾人衣裾的凄凉结局，不正是诗人自己的写照吗？诗人曾胸怀天下，一心要出仕为国，却因为朋党之争受到牵连，仕途坎坷，前途渺茫，结局跟落花殊无二致。原以为颈联已将愁苦写尽，尾联却又更加一笔，把落花情结写到无法再写。那种随着春的离去而彻底走进绝望的情绪满纸淋漓，诗人只好泪落沾襟，无语对落花。

不知有多少诗人写落花，但大多只是单纯表现怜花惜花的情绪，或抒发及时行乐的感慨，很少能像李商隐这样一层一层剥笋，将情感的内里一丝一丝呈现出来，最终与自己的身世前途结合起来，把情绪推到伤感的极端，非写尽而不罢手。同是咏落花，诗人还有一首《和张秀才落花诗》，其中“落花犹自舞，扫后更闻香”两句，用舞姿来形容飞动的落花，既形象鲜明又蓬勃富有生气，对经久不灭的花香的描写更表现了落花形象的美好和品格的高洁，创造了新鲜的意境，可见，诗人虽然观照了同样的景物，却每次都不相同，与前人落花诗也自有不同。

离亭赋得折杨柳（二首）[①]

暂凭樽酒送无憀[②]，莫损愁眉与细腰[③]。
人世死前惟有别，春风争拟惜长条[④]。

含烟惹雾每依依[⑤]，万绪千条拂落晖。
为报行人休尽折[⑥]，半留相送半迎归。

注　释

① 离亭：指古时建于城郊道旁的亭子，供往来旅人歇息，古人常常于此送别，故称离亭。赋得：一种诗体。即景赋诗者也往往以“赋得”为题。折杨柳：古《横吹曲》名，唐人多为伤春惜别之辞。

② 无憀（liáo）：即无聊。

③ 愁眉、细腰：指柳叶与柳枝。

④ 争：怎么。

⑤ 依依：形容杨柳枝条轻柔披拂的样子。《诗经·小雅·采薇》：“昔我往矣，杨柳依依；今我来思，雨雪霏霏。”

⑥ 报：告知。杜甫《秦州杂诗》之十三：“船人近相报，但恐失桃花。”

题 解

本两首是赠别诗，也是托物言情之作。唐武宗会昌六年（846）三月，武宗崩，宣宗即位，重用牛党，大黜李党。李商隐因有李党之嫌，难以保持秘书省之职，于是受桂管观察使郑亚之邀，入桂为幕僚。此诗通过对离别场景的描写，表现了不忍离别的不舍之情。离亭是诗人与友人分别时所在之地，亭即驿站。赋得某某，是古人诗题中的习惯用语，即为某物或某事而作诗之意。诗人在即将分别的驿站之中，写诗以表达惜别之情。

赏 析

这两首诗与其他饯别诗主题大体相似，都是为了抒发难分难舍的情感，但写法却不同于其他同题材的作品。诗人不是重点放在离别的情形上，而是借助中心意象“柳”，以它为发散的中心，将折柳分别的习俗品咏再三，翻出新意，以此来表达不忍离去的惜别之情。

首句“暂凭樽酒送无憀”写送别的酒已经喝过，无聊之时，只有借助杯中酒来排遣打发离情别绪，但又不得不分别，无奈之余，只好再次以酒为媒，来排解不忍分离的哀伤情绪。首句并未提柳，却是为下面写柳渲染气氛。

第二句“莫损愁眉与细腰”紧承首句，说明之所以以酒饯别，是为了不去损坏柳条柳叶，这是字面意思，而实际上“愁眉与细腰”也用来比喻朋友，意思是既然事已至此，无可挽回，那又有什么办法呢？只是希望你能够保重身体，你本来就如此清瘦，眉如柳叶，腰似柳枝，又怎么经得起丝毫的损伤呢？这是对女性朋友的安慰之词，也是自我宽慰之词。这一劝慰，表面上也许能放松彼此的愁离情绪，而实际上在作者心中却是更加深了一层感伤。这一构思实在是新奇，一箭双雕，既言柳以示别离意，又喻指朋友，希望她能放下离情别绪多多保重，还暗写自己情绪难控。前两句一张一弛，情绪由重到轻，第二句貌似放松下来，目的在于为下面的诗句铺垫造势，让另起的波澜有一点承接关系，使情感具备一波三折的风致。

第三句“人世死前惟有别”忽然一下子跃至情感的顶端，出语惊心动魄，

暂凭樽酒送无憀

尤显突兀。除了死亡，还有什么比分别更令人痛苦的呢？读到这里，我们才恍然大悟，原来第二句的轻松只是表面之词，内里却是逐层深入的离情，直到第三句如此沉痛的抒情。所以，我们读李商隐的作品，要像他一样细致地去体会那层层的情感波澜。写到这里，情感表达应该是到了顶点了吧。

第四句“春风争拟惜长条”，实际上承接的是第二句，写法上紧承第三句，重新回到“折柳”之上，可谓迂回曲折。即使春风有情，又怎么能因为爱惜柔长的柳条，而不让那些满怀着“人世死前惟有别”的痛苦的人们去尽量攀折呢？这一句的“惜”字，与第二句的“损”字遥相呼应，再一次将情感抒发到更深的阶段。一方面，面对别离，不忍别离，伤离别；另一方面，别离之际，十分担心朋友的身体，怕对方陷于忧愁中以至不爱惜自己的身体。于是作者将离别、嘱咐等千愁万绪凝结在短短四句诗里，回味无穷。至此，感情终于有了归宿，惜别之情让人久久不能释怀，之所以会这样，就在于作者匠心独运，把本来很简单的离愁用较为曲折的方式表达出来。

第二首四句一气直下，又与前首写法不同。

“含烟惹雾每依依，万绪千条拂落晖。”描写杨柳姿态柔美，婀娜多情，无论是水汽弥漫，还是夕阳西下，都是千枝万缕，依依有情。既然杨柳如此有情，那么它也不该只管送人远行而不管迎接远客。联系上一首“莫损愁眉与细腰”那句双关语，可知暂时的别离，将来还有归期，何必过于伤感以至于损了愁眉与细腰呢？这两句也是借景抒情，诗人因伤离别而转为爱惜离别时之“折杨柳”这一古老的送别习惯，同时，又丰富了这一物象的意蕴，将杨柳赋予人的情感，在此即赋予送别者的感情寄托于柳树。柳树与送别者，时而转化，使人迷离，然而这种迷离，正是对不忍分别的离愁别绪的最佳演绎与表达。从另一角度看，烟雾迷蒙是背景，落晖用来渲染气氛，杨柳依依是情感的具象化，各有分工，又彼此配合。

三、四两句一改前两句写离别的常规方法，突发奇想：今日折柳送行，须当留下一半，以盼行人速归，好为他一洗风尘！正所谓“迎送俱是有情，故休尽折”。既然柳树如此多情，何必将它全部折光，还不如折掉一半告慰离去的人，再留下一半迎接远归的人。实际的意思是，我们在此分别，你不忍心我离开，我也不忍心与你分别，我们两个都彼此稍作安慰，不必那么伤心满怀，因为将来总有相聚的时候，等到重逢的那一刻，我们就能彻底化解心中的相思之苦，所以，今日又何必过于伤感呢？这两句诗是全诗的眼，因为想象奇特所以寓意新颖。同是写离愁，只有翻出新意的才具有持久的艺术生命力。从这两句可以知道，为什么李商隐会有大量的名句流传于世，不单是因为他善于抒发细腻的有变化层次的情感，也在于他能从寻常事物里寻得新颖奇妙的灵思，这才是真正的诗歌的创造力和生命力。

第一首先是采用暗喻的手法教人不去折柳，借言惜柳而写足离愁别绪；然后突然转到非折不可的情感告白，把话说得坚决果断，充满悲观情调。第二首如法炮制，也是一个巨大的转折，以退为进，宛言杨柳依依送别，亦依依盼归。人生固难免离别，然有别自盼有归，有离自望有合，要折也最好只折一半，把另一半留待重逢时再用。把话说得含蓄缠绵，富有艺术的感染力。这两首诗用意一正一反、善于对比，一悲一乐、富于变化，其互相针对的写法，实从赠答体演化而来。

晚　　晴

深居俯夹城①，春去夏犹清②。
天意怜幽草③，人间重晚晴④。
并添高阁迥⑤，微注小窗明⑥。
越鸟巢干后⑦，归飞体更轻⑧。

注　释

① 深居：指自己幽静的住所，这里指作者在广西桂林的住所。俯：俯视。夹城：瓮（wèng）城，大城门外层的月城，用以增强城池的防御力量。住所地势较高，俯临夹城，所以如此说。

② 夏犹清：指初夏气候清爽宜人，这里用的谢朓的《别王丞僧孺》诗句“首夏实清和”的句意。

③ 天意：指天晴。怜：爱。幽草：生长在幽暗处的草，这里作者以此自比。

④ 晚晴：指傍晚的晴日，在这里代指人生的暮年。

⑤ 并：更，益。迥（jiǒng）：远。高阁：指作者幽居的高阁。

⑥ 注：照射。

⑦ 越鸟：南方的鸟。古代称今广东、广西一带地区为百越。巢干：居处晒干。

⑧ 归飞：飞回。体更轻：鸟羽干燥，飞回迅速，比喻自己精神奋发。

题　解

此诗作于唐宣宗大中元年（847）初夏，当时诗人在桂管（今广西桂林）观察使郑亚幕中为支使兼掌书记。初居桂林，雨后傍晚放晴，心情舒畅。诗中描写初夏雨后晚晴的景象，表达了初居幕府时的欣慰心情，借景抒情，情景交融。颔联二句，即景抒情。以天意犹怜幽草使之欣欣向荣，兴起人间应重晚晴，岂能让韶光虚度，体现了一种积极向上的人生态度。从晚晴的幽草得到人生重晚晴的哲理，寄兴深微自然，历来传为名句。另外，本诗在描写景物上极为细腻优美。

赏　析

唐宣宗大中元年（847），诗人到桂林为官。初到南方，桂林秀美的山光水色和初夏时生机勃勃的自然景象吸引了他，他自然感到无比欣悦，又重新燃起了对生活的希望和憧憬。

诗人的观景点是在居所的楼阁上，俯瞰眺望城外的秀丽景色，不禁情随景动。春天离去了，夏天来到了，此时正是温度适宜天朗气清之时，天地间一片清朗和美的景色。一个“深”字，表明所居之地的幽深僻静，也暗示出生活的安逸闲静；一个“犹”字，表明春和景明的特点依然保持着，正是一年中最为美好的时节。上句写作者登高远眺，美景在眼前缓缓展开，点出晚晴景物的观测点；下句则告诉我们当下的时节——气候冷暖适宜的初夏。诗的开头就营造了一种轻松愉快的氛围、清和秀丽的意境，与作者的心境相吻合。

颔联重笔抒发了初夏晚晴的主观感受。雨后晚晴，生长在幽僻之处的小草因余晖的点染而平添无限生意，似乎是天意特为爱恋着细小平凡的生命。这里显然是在暗写自己，意为上天也不会总是对自己不公，也有怜惜普通生命的时候。既然天意如此，那么人间也该因云开日出、夕辉照映而分外珍重晚晴吧。来到桂林后的作者，已经经历了很多人生不顺，能够找到这样一个清净所在，继续人生美好的向往，不也是晚来的幸运吗？在众多的意象中，作者特别选择了“幽草”“晚晴”，是因为这两个意象正与作者的身份、年龄相吻合，以此言情，再恰当不过了。下句写盼望美好的晴天，传达出诗人对未来生活的乐观态度。两句即景抒情，赋予晚晴中的幽草以人生命运的象征意味，由天意安排幽草的命运总引出珍重人生“晚晴”的态度。“重”字是在意识到“晚晴”短暂的前提下对它的价值更深刻的认识，在颔联中微寓身世之感和珍重现实人生的态度。

颈联写景角度有所变化，内外兼顾，从不同的侧面写居于高阁的感受。大雨过后，天地仿佛更加宽广，站在高阁上似乎望得更清更远了。夕阳的余晖淡淡地流注在小窗上，给整个房间带来一线光明。作者描绘了雨后新晴的总体情景，上句由内而外写景，下句反之。斜晖柔和清淡，故说“微注”。虽然夕阳不是那么强烈地照在轩窗上，但也一样让我的房间一片明朗。一“微”一“明”地对照来写，也是诗人心情逐渐转好的变化。想想也是，以前那么多事情，到了这一年，好像都有所改观，虽然是小小的一点变化，心里还是能感受到充足的快乐。

最后两句诗人将目光锁定在飞鸟身上，借飞鸟归巢再写晚晴，反复照应题目，以增进更深的意蕴，仿佛是诗人欣悦的反复。“干”暗合“晴”字；鸟归，暗合“晚”字。巧妙地点题照应，反映出作者构思写法的严谨和灵巧。越地的小鸟在巢干之后，暮归时飞翔得更加轻快，这不就是在写作者吗？作者总是能从大自然中找到契合心灵的物象加以转化阐发，注入个人情感，暗含着作者对未来生活的无限向往。

全诗描绘了雨后晚晴明净清新、生意盎然的景象，借助众多意象，传达出欣慰喜悦的感受和明朗乐观的襟怀。诗中既有如颈联景物那样细致优美的描绘，又有颔联那种曲笔的抒怀，可谓是描绘细腻，寄托自然。晚晴的景物与诗情、哲理融为一体，寄兴深微而自然。风格在清新秀朗中含有深沉凝重的成分，是李商隐晚期诗歌的显著特点。

桂林道中作

地暖无秋色①，江晴有暮晖②。
空余蝉嘒嘒③，犹向客依依④。
村小犬相护⑤，沙平僧独归⑥。
欲成西北望⑦，又见鹧鸪飞⑧。

注　释

① 无秋色：指已到秋天，但四处仍郁郁葱葱，毫无秋天萧瑟肃杀之感。

② 暮晖：落日余晖，指太阳西下时映照的光辉。

③ 嘒嘒：拟声词，指声音微小。《诗经·小雅·小弁》："菀彼柳斯，鸣蜩嘒嘒。"

④ 依依：不舍，惜别状。

⑤ 犬相护：狗熟识他、亲近他才相护，说明诗人在此小村定居。"相护"状，喻示犬不止一只。

⑥ 僧：苦行僧，自嘲之语。独：独自一人。

⑦ 西北望：家乡西安在西北方向。

⑧ 鹧鸪飞：朱鹤龄注引《禽经》："子规啼，必北向。鹧鸪飞，必南翔。"鹧鸪鸣叫声似曰"不如归去"。

题　解

这是一首借景抒情的五言律诗。此诗写作者从桂林返回居所的途中所见所感。唐武宗会昌六年（846）三月，武宗崩，宣宗即位，重用牛党，大黜李党。李商隐难以保持当时秘书省之职，于唐宣宗大中元年（847），应桂管（故治在今广西桂林市）观察使郑亚之邀，入其幕为书记。此诗即为在桂林幕府期间，游历所作。作者借返回居所所见景物及生活景象的描写，抒发客居他乡的寂寞孤独，寄寓浓浓的思乡之情。

赏　析

这首诗以客居思乡为情感原点，以回程景象为发散点，将远居他乡的孤愁与对家乡的思念融为一体，借景抒情，寓情于景，动静结合，声色俱见，表达深沉的怀想。

首联“地暖无秋色，江晴有暮晖”写江边之景：南方因为温度高，所以到了秋天依然感觉不到萧瑟的秋意，四处依然是葱郁旺盛的植物；夕阳的余晖映照在江面之上，本来清朗的江面，似乎迷蒙着霭霭的雾气。秋士见阴而悲，毕竟是到了秋天，依然能捕捉到来自心底的一丝愁绪。这里显然是以乐景写哀情，不过含蓄了一点。江上的迷蒙更能让人想起“日暮乡关何处是，烟波江上使人愁”的相同感受，所以，起笔虽然是直写，好像不动声色，其实已将思乡的情丝悄悄缠绕在景物之中，不过是难以清晰感受到罢了。总而言之，首联用乐景哀景相帮衬，一反一正，目的是为诗歌后面抒发思乡之情渲染氛围，蓄势造情。

颔联“空余蝉嘒嘒，犹向客依依”，重点描写寒蝉凄切。作者感觉到它的低鸣好像是在抚平自己远离故乡的愁绪，又像是在呼唤自己，不忍其离去。作者虽然采用移步换景的写作顺序，但是选择意象上还是逐层入情的。“空余”，写眼前除了蝉鸣外再无一点声响。此二字更是指示性的伏笔，让读者不致误解颈联“村小犬相护，沙平僧独归”之义，又为收尾做铺垫。到了颔联，作者所要抒发的情感线路更加清晰，就这样慢慢过渡到核心情感的出现。

颈联“村小犬相护，沙平僧独归”写小村上的群狗跑来迎接并护送我这孤独的苦行僧回宅，沙路平整，曲径幽幽。这说明作者已经离开了江边，距自己的住所越来越近了。犬一直围着自己跳来跳去，说明作者在此居住已有一段时日，也正是说明离开故乡已经很长时间了，已经到了萧瑟的秋天了，时间过得可真快。此情此景下，作者一边是从任上回到住所的喜悦，另一边又是回去之后的孤独无聊，不知道自己是该向前走还是向后走，踌躇在心，迟疑不前，就那么站在原地，思绪邈邈。此时的李商隐，妻子已经病故，孑然一身，远在他乡，虽然做了幕僚，杂事也不多，但是那份孤独无依的感受一刻也未曾远离，所以我们可以理解他此时矛盾的心情。作者把自己比喻成僧徒，实是调侃之语，言外有一丝的苦涩辛酸。在这样的心境下，再引出本诗主旨——思乡，那种苦味就不是一般思乡之作可以相比的。

尾联“欲成西北望，又见鹧鸪飞”写作者因为思乡之情油然而生，正想抬头向西北方的故乡看上一眼，但地平无高处，无高处可以观望，只有阵阵鹧鸪的哀鸣在耳边萦回，好像是正在催促他赶紧回家。鹧鸪啼鸣在历代诗歌中是常见的意象，用在此处，与西北望相比衬，则愈见思乡之深切。诗歌结尾，作者用鹧鸪飞鸣来烘托思乡的情感，使得整个意境饱满深沉，更何况此时已是向晚时分，天色渐暗，思情渐浓，那种自伤自怜的情感自然溢于言表。

全诗以写思乡为核心，从眼前景写起，一层一层逼近内里，正是作者情感自然发展的轨迹。诗作前六句写一路上的秋景，虽然恬静悠闲，结句却抒发了思乡不得归之感慨。秋日暮色中，寒蝉依依、群犬相护、鹧鸪催归，好像只有这些虫、兽、禽等天物懂得苦行僧般的诗人孤独至极的心情。尤其犬护独归的画面让人久久不能释怀。犬把作者看成本乡人，又隐隐透露出谁人可知的悲凉，一个寂寥独归、西北望乡思愁的诗人形象跃然纸上。

夜雨寄北

君问归期未有期①，
巴山夜雨涨秋池②。
何当共剪西窗烛③，
却话巴山夜雨时④。

注　释

① 君：此处指李商隐的妻子王氏。
② 巴山：泛指巴蜀之地。涨秋池：使秋池水涨。
③ 何当：何时才能。剪烛：古代点烛为灯，蜡烛点久了，烛心会结穗形成烛花，剪去它，烛灯才会明亮。
④ 话：再讲，再来谈。

何当共剪西窗烛

题　解

此诗为李商隐于唐宣宗大中二年（848）留滞荆巴时寄怀其妻王氏之作。这首脍炙人口的抒情短章，以诗歌形式的书信，运用巧妙的构思，抒写了作者羁旅之愁和思乡之苦，抒发了悲欢离合之感与相思深恋之情，情真意切，含蓄动人。

赏　析

这首抒情诗从内容看当是怀念妻子的，却写得别有一番韵味，历来被人称道。

首句写妻子询问丈夫何时归来，丈夫却不能给出明确的归期。一问一答，简练入诗，其中的情感却并不简单。妻子希望丈夫归来，说明作者离别妻子已经很久，好似天地两隔，可见妻子思念之深。言外之意，作者已向妻子透露过急切回家的念想，却无法马上实现，只好不情愿地答以“无法确定归期”，有一点愧疚，更多的是失落。一个急切，一个无期，顿挫转折所造成的情感落差一开始就把思念之苦推向了高处，不能不说作者笔法精到，而又纯熟自然。不但如此，几个字里还暗含着作者滞留异乡、思恋亲人而归期未卜的羁旅之愁，真是耐人寻味。

第二句，作者又用“巴山夜雨涨秋池”来补充说明“未有期”的缘由。这一句总共七个字，却有五个意象，一时间，景象纷披而来，让人目不暇接，却并不见繁复，因为五个物象用一个“涨”字巧妙连接到一起，塑造了寂寥、凄清、绵长、萧瑟的意境，勾勒出一幅清晰的异乡图画，构成了极富包蕴的抒情氛围：客居异地的孤寂凄寒，对妻子的深长思恋及郁积心底的种种愁思，似乎都随着单调的雨声暗暗涨满秋池。这句诗妙就妙在不动声色，借景言情。巴山交通不便，道路阻隔，要想回家何其不易；更兼孤独的深夜，思念之情该是多么深切；而彼此长久思念的情感正像这秋水一样慢慢涨满心胸，不言愁而尤其愁，又显露出作者高超的写作技法。

既然现实无法相聚，那只有心存一丝未来的期待吧。“何当共剪西窗烛”，写什么时候能够相聚，一起剪掉蜡烛的芯花呢？这一动作细节看似简单，实则内容丰富，韵味无穷。“何当”二字呼唤之强烈，仿佛从诗中喊出声来。西窗燃烛，说明两人相聚之后，有说不完的知心话，一直到深夜还不休息，蜡烛都快燃尽了。由思恋写到希冀，使思恋之情更深一步。

从深重绵长的愁思中生出异想、转出新境，遥想他日重逢，今宵巴山夜雨的情景都将成为西窗之下剪烛夜谈的内容，那时候就不知道是何种滋味了。在重逢的欢愉中回首凄清的往事，不但使重逢显得更为珍贵而富于诗意，而且那遥想中的重逢本身也多少给眼前凄冷的雨夜带来一丝温暖，给寂寞的心灵带来一点慰藉。这样，情感反复交织，由实而虚，实虚相生，将思念之情燃烧到炽热的极致，诗歌的艺术性也达到了极致。

本诗用语浅近，并不繁难。四句明白晓畅，一写妻子，二写自己，三写愿望，四写向往。短短的四句，诗人用朴实无华的文字，承载了多少生活的滋味，写出了夫妻之间多少无法言传的深情。全诗以会晤的欢愉结束，反衬出客居异地的孤寂和思恋之情的深切。作者设想出奇，善于选用具有典型意义的词语恰到好处地重复出现，造成一种回环往返、含蓄不尽的艺术境界，把感情的波澜烘托出来。整首诗平易流畅而又含蓄蕴藉，兼有民歌朴素隽永与文人诗作传情细腻的双重特点。

梦　泽[1]

梦泽悲风动白茅[2]，
楚王葬尽满城娇[3]。
未知歌舞能多少[4]，
虚减宫厨为细腰[5]。

注　释

① 梦泽：古代楚国有二泽，谓云和梦，云在长江之北，梦在长江之南。梦泽，这里约指今湖南北部长江以南、洞庭湖以北的一片湖泽地区。

② 白茅：茅草。春夏间抽生有银白色丝毛状花穗。《诗经·召南·野有死麕(jūn)》："白茅纯束，有女如玉。"意谓用白茅捆束死麕，赠送美女。这里以"白茅"喻女性之美者。

③ 楚王：楚灵王，是春秋时期著名的荒淫无道之君。《晏子春秋·外篇上》："楚灵王好细腰，而国中多饿人。"《淮南子·主术训》："灵王好细腰，而民有杀食自饥也。"娇：指美女。

④ 多少：即多久。

⑤ 虚减：即减少。

题　解

这是一首咏史诗。唐宣宗大中二年（848）秋天，诗人由桂林向北返回长安，途中经过洞庭湖一带，途经梦泽，因眼前景物的触发，引发了作者对历史和人生的感慨，于是写下了这首诗。全诗借古讽今，即借讽刺楚灵王荒淫无道而警策当朝。晚唐时期，世风日下，统治者荒淫无道使百姓处于水深火热之中。

赏　析

咏史诗常常触景生情，本诗写景不多，以典故见长，抓住楚王好细腰这一点重笔深掘，满纸“荒唐”言，一片忧虑心，目的是借古讽今。

首句“梦泽悲风动白茅”写途中所见梦泽的荒凉之景。作者放眼望去，湖泽荒野茫茫，唯有连天的白茅被旷野上的秋风吹来吹去，发出萧萧悲凄的声音，愈见凄楚悲凉。作者借古抒怀，首先从眼前景写起，着笔于景物之荒败肃杀，既呼应题目，创设氛围，又为下几句探明原因埋下伏笔。这种景象正是政治衰败的结果，由果而因，比先说原因再说结果更能触动人的忧思。

这一带原是楚国旧地，眼前的情景最能让作者联想到历史上那个“楚宫细腰”的故事来。因此第二句“楚王葬尽满城娇”，一改以前作品中逐层入深的写法，直笔指向造成荒败凄清景象的统治阶级。楚灵王好细腰的故事，先秦两汉典籍中多所记载，例如有“楚王好细腰，宫中多饿死”（《后汉书·马廖传》）的记载，但范围却由“宫中”扩展到“满城”，为害的程度也由“多饿死”变成“葬尽”，突出了“好细腰”的楚王这一癖好为祸之惨重。“葬尽满城娇”的想象和眼前“悲风动白茅”的萧瑟荒凉景象完全联系在一起无法分离。如今这阵阵悲风、萧萧白茅的地下，也许正埋葬着当日为细腰而断送青春与生命的女子的累累白骨呢！眼前的景象使诗人因历史想象而引起的悲凄之感愈加强烈了。楚王的荒淫无度正是造成这场千古悲剧的直接原因，作者的愤慨之情溢于言表。而历代统治阶级，并不以此为教训，重蹈覆辙，怎不叫人悲愤至极！

三、四句“未知歌舞能多少，虚减宫厨为细腰”又从侧面来写楚王荒淫无度的重大影响。由于楚王喜欢细腰的女子，这条审美标准风靡一时，成了满城年轻女子的共同追求目标。她们心甘情愿地竞相节食减膳，以便在楚王面前轻歌曼舞，显现自己绰约纤柔的风姿，博得楚灵王的垂青和宠爱。她们似乎丝毫没有想到，这样的细腰曼舞又能持续多久呢？今日细腰竞妍，明日谁又能保证不成为过眼云烟呢？这两句中，“未知”“虚减”，前呼后应，构成此句的诗眼，正是对这场全天下竞相追风的悲剧的点睛之笔。讽刺入骨的同时，又深感悲凉彻骨。因为现在的唐王朝的统治者不也正向着这个方向发展吗？同时，三、四两句又采用了倒装文法，意在强调最后的结果，正如本诗要把首句写成荒败一样，都是为了突出政治的悲剧意味。

不少人都认为这首诗一方面是嘲讽荒淫无度的楚灵王，一方面也表达了对那些受到愚弄的女子的深切同情。其实不然，作者中心旨意是借古讽今，主要是讽刺统治阶级。而那些曾经被蛊惑的女子身陷悲剧而不自知，为人所害而不自知，愚蠢而麻木，不正是当朝那些不明事理的臣子未来悲剧的写照吗？而且，这种悲剧是自上而下的，最终也是为了突出强调统治阶级的行为对社会所造成的影响。以此言之，全诗主旨统一，主次分明，指向明确。也可见出作者在怀古诗上所独有的驾驭构思能力。

赠刘司户蕡①

江风扬浪动云根②，重碇危樯白日昏③。
已断燕鸿初起势④，更惊骚客后归魂⑤。
汉廷急诏谁先入⑥，楚路高歌自欲翻⑦。
万里相逢欢复泣，凤巢西隔九重门⑧。

注　释

① 刘蕡（fén）：字去华，幽州（今北京市）昌平人。唐敬宗宝历二年（826）进士，博学，善属文，敢于直言极谏，猛烈抨击宦官擅权，受到宦人的深嫉，被诬斥出，贬柳州司户参军。唐宣宗大中二年（848）春初，刘蕡放还，途经黄陵（今湖南省湘阴县），李商隐与其相晤，并作此诗，对他的遭遇表示不平和愤慨。

② 扬：一作“吹”。云根：云起处，指山脚土石。

③ 碇（dìng）：系船的石墩。危樯：桅杆，代指船。

④ 燕鸿：鸿雁栖息在北方，刘蕡是燕地人，故以“燕鸿”代指刘蕡。

⑤ 骚客：屈原受谗被疏而作《离骚》，故称“骚客”。这里指刘蕡。归魂：谓刘蕡归来。

⑥ 汉廷急诏：指汉文帝急于诏回远贬长沙的贾谊。

⑦ 楚路：指刘蕡在放还途中，其时正在荆楚之地。翻：依旧曲谱新词。

⑧ 凤巢：指贤臣的处所。九重门：指皇帝的住地。

题 解

本诗是赠别刘蕡的作品，诗中表达了对他不幸遭遇的不平与愤慨之情。刘蕡是唐敬宗宝历二年(826)进士，博学能文，性情耿直，疾恶如仇，有功成天下之志。李商隐非常推崇他。唐宣宗大中元年(847)，李商隐奉郑亚之命出使南郡和郑肃通好。次年正月南返时，与被贬去柳州的刘蕡在长沙一带相遇，遂作此诗相赠。

赏 析

这首诗本来是一首赠诗，却能把同情挚友遭遇和忧虑时局、愤世嫉俗巧妙糅合在一起。

首联“江风扬浪动云根，重碇危樯白日昏”，意即正是初春时节，天气阴沉，强劲的江风呼啸而来，翻起冲天巨浪，冲击着像“云根”一样的岸边山石以及系船的石墩；江面上高高的船桅在大风中摇摇晃晃；江风劲厉，乌云沉沉，把白天变成了昏暗的夜晚。这两句从两人的相遇地点黄陵庙写起。黄陵庙在黄陵山上，相传为舜妃之葬处。山在湘江汇入洞庭的入口，山峰兀立，水势奔腾。诗句一上来就描写了天昏地暗、惊涛骇浪的实景，采用先入为主、先声夺人的写法，既渲染了气氛，又可将它理解为晚唐动荡时局的象征。

颔联“已断燕鸿初起势，更惊骚客后归魂”紧承首联气候与局势，把刘蕡比作展翅飞翔的北国鸿雁(刘蕡是燕人)，刚刚要施展才华抱负就很快夭折了。这一句暗指刘蕡早年应试未第之事，字里行间有不满及同情之意。唐文宗时代，刘蕡曾应召试贤良方正能直言极谏科，在对策中切论宦官专横误国，应予诛灭，一时震动京城。正因为他敢于直言，所以遭到宦官忌恨，未被录取。他初试锋芒，就遭受到沉重打击。之后被令狐楚、牛僧孺召为从事，后任秘书郎，不久又遭宦官诬陷，贬为柳州司户参军。后一句就指这件被贬之事。作者又把刘蕡比作敢于直言相谏的屈原，被贬蛮荒，有家难回。一个“已”、一个“更”前后呼应将刘蕡人生的前后遭际放在一起，更突出了命运的不公，表达了作者对他的同情和对朝政的指责。

颈联“汉廷急诏谁先入，楚路高歌自欲翻”借用典故来表达对刘蕡的敬仰同情。“汉廷急诏”是指西汉时期的贾谊在被贬三年之后又被汉文帝召回长安，拜为梁怀王太傅。言外之意，刘蕡具有贾谊一样的才华，虽然暂时遭遇坎坷，将来一定会重新回到朝廷一展才华的，这是对刘蕡才华品格的高度肯定，也是对好友的劝慰。“楚路高歌”说的是楚国狂人接舆当年就是被贬楚地，与刘蕡有着历史性的巧合。“自欲翻”，是说将来一定会有公道的。这一句，既是表达劝慰，又是表达对友人遭遇的满腔愤激，表现了作者对刘蕡的深切理解与同情。在情感上，颔联颈联是一脉相承的；在立意上，此联不是上一联的重复，翻出了新意。

尾联“万里相逢欢复泣，凤巢西隔九重门”回到两人不期而遇的事情上，说离家万里，能够异地相逢，心情自然是万分高兴的，让人不禁喜极而泣。这泪水不单是喜悦的泪，也是辛酸的泪。因为两人同是遭遇坎坷，仕途磨难：一个因罪被贬，一个长期受到排挤而郁郁不得志。大致相似的遭遇和境况，命途不测的仕途，都让两人百感交集。更让人动容的是，两个人都耿直有才华，都是为了国事而流落天涯，都对国家前途命运忧心忡忡，此情此景，怎不让人涕泗沾襟呢？凤巢，喻贤臣在朝。（《帝王世纪》说：“黄帝时，凤凰止帝东园，或巢于阿阁。”）这里很显然带有讽刺意味：朝廷奸党尸位，真正的忠良贤才如今贬的贬，逃的逃，都被排斥在外，“君门九重”，他们又如何来报效国家呢？这是对上句“泣泪”的解说，也是进一步指责朝政混乱。诗人对朝政的混乱早有认识，对党争的事情恨之不已，如今漂沦天涯，对晚唐王朝的黑暗现实的认识就更为深切。结尾的殷忧和愤懑落在凤巢西隔、急诏无从上，也正与首联写景相呼应，亦更加地衬景映情。

整首诗以苍凉沉郁的格调和高昂雄浑的气势，借友人被贬之事表达忧国忧政的情感。诗歌用典准确得体，情感层层递进，由局势说起，由个人遭遇说起，将个人的坎坷与国家的命运沉浮联系到一起，既表达对朋友的肯定同情，也表达了对朝廷的担忧愤激，真是万千滋味藏其中，这正是这首诗最能打动人的地方。

杜司勋①

高楼风雨感斯文②，
短翼差池不及群③。
刻意伤春复伤别④，
人间惟有杜司勋。

注释

① 杜司勋：即杜牧，字牧之，晚唐时期杰出的诗人、散文家。以七言绝句著称，擅长文赋，《阿房宫赋》为其传世名作之一。杜牧的诗多为忧国伤时之作，作者（李商隐）与之同调。因此，杜牧与作者齐名，世称“小李杜”（与李白、杜甫区分）。

② 高楼风雨：这里用“高楼风雨”的迷茫景象，象征时局的昏暗。感斯文：王羲之《兰亭集序》：“后之览者，亦有感于斯文。”斯：此。

③ 差池：不齐的样子。

④ 刻意：用尽心意。这里指用意深刻。伤春：痛惜时光流逝。伤别：指长期在外，仕途失意。

题 解

这是一首七言绝句，作于唐宣宗大中三年（849）春，当时作者在长安暂代京兆府法曹参军，杜牧任司勋员外郎（吏部属官）兼史馆修撰。李商隐写过两首诗，表达自己对杜牧的仰慕之情，称赞杜牧诗歌高超的艺术水平，这是其中的一首。

赏 析

李商隐有一首《赠司勋杜十三员外》，是赞叹杜牧文学才华的作品，这一首一样，都是作者读杜牧的诗文引发的赞誉和感慨。

首句“高楼风雨感斯文”是化用《诗经·郑风·风雨》中“风雨如晦，鸡鸣不已”句，表面上是点明地点、背景与事件，意思无非是：在天气阴暗、风雨如晦的一个日子里，诗人登上高楼，感受着杜牧诗文里深刻的意义，实际上还有更深的诗意。“高楼风雨”在这里不只是春天里风雨如晦的景象，还象征了凄迷黯淡的时局。因为杜牧的很多作品都是针砭时弊的，所以，作者抓住了气象上的特点比喻混乱不堪的国家政局，这与作者读杜牧文章的感受是一样的。首句起笔“高楼风雨”，渲染了凄迷动荡的情景氛围，一语双关，既是有感时局，也是对杜牧作品思想性的高度赞誉。这样，在作者心里，有两种情感奔涌：忧国伤时，赞颂杜牧。

第二句“短翼差池不及群”的“短翼差池”出自《诗经·邶风·燕燕》“燕燕于飞，差池其羽。之子于归，远送于野。瞻望弗及，泣涕如雨”。原诗是表达伤离别的，作者化用于此，说的是自己翅短力薄，才华远不及各位才子贤人，这当然是自谦之语，也是对杜牧卓越才华的真诚赞美。不仅如此，结合他另一首《赠司勋杜十三员外》中“心铁已从干镆利，鬓丝休叹雪霜垂”（您有政治军事才能，不要为自己的年衰发白而嗟叹）句，说明杜牧也和自己一样，有壮志难酬的怀恨。

第三句“刻意伤春复伤别”中的“伤春”和“伤别”分别指杜牧的《惜春》和《赠别》两首诗。《惜春》诗“春半年已除，其余强为有。即此醉残花，便同尝腊酒。怅望送春杯，殷勤扫花帚。谁为驻东流，年年长在手”。大致写杜牧痴迷地惜春，惆怅地送春，悼惜青春年华的渐渐流逝，突发奇想地要挽住时间流水，渴望在青年时代干出一番大事业的情怀。这种良苦用心与自己在现实与理想两方面都是何其相似，真是“于我心有戚戚焉”。所以，这里的“伤春”主要指忧国伤时，这是两人的心灵共鸣。李商隐《曲江》诗里有“天荒地变心虽折，若比伤春意未多”的感慨，当与此同。《赠别》诗其一为“娉娉袅袅十三余，豆蔻梢头二月初。春风十里扬州路，卷上珠帘总不如”。其二：“多情却似总无情，唯觉樽前笑不成，蜡烛有心还惜别，替人垂泪到天明。”这些诗歌都是李商隐非常欣赏的，因为诗中表现的忧国伤时之慨、困顿失意之感是他们同有的。不仅如此，这一句还揭示出杜牧诗歌的感伤风格。“刻意”二字突出了杜牧在创作诗歌时那种严肃的态度和深刻的笔力，暗示他所说的“伤春伤别”，并不是普通的男女相思离别，而是为国家的春天不再表示遗憾和忧心。

最后一句“人间惟有杜司勋”，直接表达对杜牧的敬佩和仰慕。这个评价非常高，须知作者也是谙于文道的，能将杜牧的艺术成就抬高到当代无人可比，那就说明杜牧的确担得起这个称号。这里，除了呼应了第二句“短翼差池不及群”，表示自己远远比不上杜牧外，结合第三句，也有对杜牧政治思想的敬重之情。

本诗虽然是一首赠诗，虽然是为了盛赞杜牧的文品及人品，但也借此来表达贤能之人的共识，即对时代朝政的评价，也将自己的身世遭际巧妙糅合在诗歌中，这个从首句就能感受到。李商隐出身于吏佐家庭，十岁父卒，家道没落，从小过着寄人篱下、委曲求全的生活。杜牧虽然是世家子弟，但到父亲这辈也家道中落。加上“安史之乱”后的宦官之乱、方镇之乱以及从公元 821 年到 859 年的朋党之争，在重重的压力下，杜牧离开长安，由黄州到睦州，一路外放，几近家破人亡，无以生存。

春　　雨

帐卧新春白袷衣①，白门寥落意多违②。
红楼隔雨相望冷③，珠箔飘灯独自归④。
远路应悲春晼晚⑤，残宵犹得梦依稀⑥。
玉珰缄札何由达⑦，万里云罗一雁飞⑧。

注　释

① 袷（jiá）衣：夹衣。

② 白门：六朝古都建康（今江苏省南京市）的正南门宣阳门，世称白门。南朝民歌《杨叛儿》："暂出白门前，杨柳可藏乌。欢作沉水香，侬作博山炉。"此以白门为男女相见之所。

③ 红楼：华美的楼房，多指女子的住处。

④ 珠箔：珠帘，这里指为提灯遮雨的帘箔。

⑤ 春晼（wǎn）晚：春暮时分，夕阳西下的光景。此处还蕴含年复一年、人老珠黄之意。

⑥ 残宵：即宵残向晓时分。依稀：模模糊糊。

⑦ 玉珰（dāng）：玉耳珠。缄札：书信。

⑧ 云罗：阴云弥漫如张开的罗网。一雁飞：指飞雁传书。

题　解

这是一首爱情诗，也是一首写景寄怀的作品。诗作于唐宣宗大中四年（850），诗人在初春时节来到徐州做幕府，夜雨思亲，于是借春雨中的众多意象——飘洒于天空的春雨，融入作者迷茫的心境和依稀的梦境，以及春晼晚、万里云罗等来表达深切的思念之情。

赏　析

本诗赋予爱情以优美动人的形象，采用渲染烘托的写法，写出别离后的孤单寂寞与无聊，表现思念的深挚，呈现给我们许多复杂的心绪，极写相思之苦，以至于连情书都无从寄出，可见这种相思是多么无奈，正所谓“此恨绵绵无绝期”。

首联“怅卧新春白袷衣，白门寥落意多违”意思是：正值初春时节，一个人住在徐幕，倍感孤寂冷清，意愿多违，一时间满腹惆怅落寞无处排遣，只好和衣而卧。起笔用一“怅”字，为全诗定下基调，是深邃的惆怅、难解的忧愁。“新春”的意象起到了反衬的作用，突出了诗人在漫长的时光中又迎来了一个春天时的那种时间感，为后面几句做好了铺垫。其中，“白门”已经暗示了诗歌有关爱情的基本内容。

颔联“红楼隔雨相望冷，珠箔飘灯独自归”运用描写的手法，写一次记忆中的寻访。当时作者站在雨中，雨雾迷蒙，冷雨凄迷，就这样望着红楼，最后在灯光迷离之中无奈地独自回家。作者善于抓住典型的意象，为我们创设了凄迷伤感的氛围，交代了一个凄美的爱情故事。这是回忆，是虚写，而此时，也正下着这样的雨，虚实结合，分不清是回忆还是现实，分不清是梦境还是当下，不禁让人唏嘘感叹，低回不已。

颈联“远路应悲春晼晚，残宵犹得梦依稀”，用虚笔写想象到那个梦中的她曾经住过的地方逗留一刻，但因路途遥远，即使是很早出发，因初春日短夜长，只能在这个春雨滴答的不眠之夜，在似眠非眠的梦中去回忆畅想了。“应悲春晼晚”是担心白天时间短，实际上也暗含昔日已非，自己心仪的女子怕也是早去了青春，云鬓改斑了吧。这样，即使相遇，也是盛世难再，倒不如不去的好。而留在梦中回想，也还是原来青春模样，不改当年之思恋。作者担心的路远，是“难以抵达”，是不能抵达之后就只能茕茕孑立，心中涌起无边的寂寞孤愁，这也就才有尾联的托鸿雁表意转达相思与关切之情的虚笔设计。

尾联“玉铛缄札何由达，万里云罗一雁飞”是说想借鸿雁传送书信，让她了解自己思念的情感。其实这个连作者都认为是不可能实现的，但是，这就是诗歌的艺术魅力。这个很浪漫的想法饱含着作者的思念与纠结，更寄托着作者的期待。从感情发展轨迹来看，既然现实如此不尽如人意，那就只好留下浪漫的怀想了，这是灰暗人生的一点光，虽然现实只能是沉湎所想。这种无望中的不舍与沉湎，使得诗歌的情感层次跌宕生姿。

总之，作者由眼前景而发思念之情，通过现实、回忆、梦境、期待将爱情写得愁肠百结，婉转动人。诗歌中不仅有像颔联“红楼隔雨相望冷，珠箔飘灯独自归”中冷暖色的对照，也有感情冷暖色的交叉对比映衬，在迷离的意境中勾勒出作者寂寥而迷茫的心情。尾联“玉珰缄札何由达，万里云罗一雁飞”，也极富象征色彩，很有创造性地借助自然景象，把“锦书难托”的预感形象化了，并把忧郁怅惘的情绪与广阔的云天，融为一体。凡此种种，都极成功地表现出了作者的生活、处境和感情，这种真挚动人的感情和优美生动的形象结合在一起，构成一种独有的艺术魅力。

十一月中旬至扶风界见梅花[1]

匝路亭亭艳[2]，非时裛裛香[3]。
素娥惟与月[4]，青女不饶霜[5]。
赠远虚盈手[6]，伤离适断肠[7]。
为谁成早秀[8]？不待作年芳[9]。

注　释

① 扶风：县名，凤翔府扶风郡，治所在今陕西宝鸡东凤翔县。
② 匝：环绕。亭亭：挺拔高洁的状态。
③ 非时：违背四时的常规，不合时宜。梅花本应在腊月或早春开放，当地的梅花却盛开于农历十一月中旬。故称“非时”。裛裛（yì）：香气散布。
④ 素娥：即嫦娥，月中女神。惟与月：只给予月色。
⑤ 青女：古代传说中司霜雪之神。饶：饶恕，宽容。
⑥ 虚盈手：白白地摘了一满把。虚：徒然。
⑦ 适：正。
⑧ 早秀：过早开花。
⑨ 年芳：指过年时报春的香花。

为谁成早秀

题　解

本篇是首咏物诗，也是托物言志的佳作。这首咏梅诗抓住“非时”二字做文章，运用象征手法来寄托自己的身世之感。诗人笔下的梅花虽然“亭亭艳”“裛裛香”，却比众花开得不合时宜。素娥爱它不过是用月色照着它，并无切实的帮助；青女妒忌它就用霜摧残它，对它毫不留情。满篇流露出怨恨的情感，正是作者对自己政治处境的含恨之辞。李商隐生不逢时，虽早慧早熟却不能被重用从而施展才华的悲剧人生令人叹惋。诗歌通过特定的梅花来慨叹特定的遭遇，在咏梅中寄托着一腔哀怨与愤懑。

赏　析

咏物诗重在找到物象与人物情感的契合点，这首诗抓住“非时”二字并以此贯串全诗，用赋体手法极尽象征之能事，将人生遭遇反复咏叹，情致淋漓，深切婉曲。

首联“匝路亭亭艳，非时裛裛香”突出梅花特点：亭亭直立，花色清艳，香气宜人。而这些美好的特点都因为生不逢时、生不逢地而只能接受倍遭摧残的命运。它傍路而开，在十一月中旬就过早地开花，显得很不合时宜。这不正是作者的写照吗？作者年轻时就显露出才华，却因为受到党争的牵连，因为受到排挤长期在外做幕僚的漂泊生活，仕途一片黯淡，空有一腔才华，不也是不合时宜吗？咏物诗重要的是能找到触发点，即物与人之间的相似点，这首诗一上来就充满怨气，突出梅花之姿态品格，点出它受到不公正待遇的原因。

颔联“素娥惟与月，青女不饶霜”。这是写梅花的遭遇。同是月下赏梅，诗人没有发出“月明林下美人来”的赞叹，把梅花比作风姿姣好的美人；也没有抒写“月中霜里斗婵娟”一类的颂词，赞美梅花傲霜的品格；而是匠心独运，先是埋怨月里嫦娥只能赠送梅花的“惟与月”，继而又指责主管霜的青女没有能够“不饶霜”。神仙对梅花的态度一概不公正，很容易让人想到作者所遭受的不公正待遇。尤其是第二句，满腔愤怒地指出，作为司霜雪之神的青女不是因为要锻炼梅花傲霜的品格，而是有意要用冷霜冻死它。联系作者落第的经历、被排挤的经历，不难体会作者的怨气所由，他这是在借指斥神仙来抨击统治者及用人者。颔联进一步写出梅花遭际的外部原因，强烈抒发了自己的怨愤之情。

颈联却笔锋一转，面对梅花，怀念起朋友来了，真是出人意料。“赠远虚盈手，伤离适断肠。”想折一把梅花来赠给远方的朋友，可是仕途坎坷，故友一天天疏远，即使折得满把的梅花又有什么用呢？连寄一枝梅花都办不到，更觉得和朋友离别令人哀伤欲绝，愁肠寸断。“伤离”一语双关，既指同梅花暂作别离，又指跟朋友告别，伤离别，愁断肠。作者心中正泛起无限人生滋味，所以才会望梅而伤。

尾联“为谁成早秀？不待作年芳”。作者不禁要发问：梅花为了谁过早开花，而不等到报春才开花，成为旧历新年时的香花呢？表面上有点抱怨开花太早，不能在合适的季节一展风姿，实际上是抒发悲愤之情、坚守之意。尽管梅花开得不合时宜，但梅花始终不改自己的高洁清雅。作者跟梅花一样，尽管遭遇不公，但始终矢志不移。所以，最后两句别有意味，值得深思。

此诗写梅花，同时又感慨自身身世。两者结合得非常完美，天衣无缝，看不出半点拼凑的痕迹，由此可见作者深厚的艺术功底。

悼伤后赴东蜀辟至散关遇雪[①]

剑外从军远[②]，
无家与寄衣。
散关三尺雪，
回梦旧鸳机[③]。

注　释

① 悼伤：李商隐妻子王氏于唐宣宗大中五年（851）秋病故，故此为悼念伤感之作。东蜀：东川。《新唐书》传："柳仲郢节度剑南东川，辟判官、检校工部员外郎。"散关：即大散关，在陕西宝鸡市西南的大散岭上。

② 剑外：剑阁之外，剑阁以南，即蜀地的代称，泛称东川地区。剑：指剑阁，是自陕西入四川的一条栈道。李白《蜀道难》："剑阁峥嵘而崔嵬，一夫当关，万夫莫开。"

③ 鸳机：对织布机的美称。上官仪《八咏应制》之二："且学鸟声调凤管，方移花影入鸳机。"

题　解

这是一首写景抒怀的五言绝句，写于唐宣宗大中五年（851）。这年夏秋之间，李商隐的妻子王氏突然病卒。不久，李商隐即被柳仲郢征召为节度书记。本诗是作者随柳幕赴东川途中遇雪，怀念亡妻之作。短短二十字，运用对比手法，把个人身世遭际、孤独境况、人生前景和对亡妻深切的怀念放在一起写，意味隽永，含蓄凝练，深沉感人。

赏　析

这首诗看似简单，不过短短二十字，却字字带血，声声见泪，将景、事、情融为一体，又别开想象，写出了途中与雪后的孤独寂寞之感、无所依靠之感，以及对亡妻的深挚的怀念。

李商隐在此之前受到排挤，过起了流浪幕僚的生活，原因是当年娶李党王茂元之女为妻，得罪了牛党，因仕途一路不顺，长期遭到排挤，潦倒困顿。但是他与妻子的感情一直很好。不幸的是，宣宗大中五年(851)夏秋之交，王氏突然病逝，李商隐悲痛欲绝。这年冬天，他应柳仲郢的邀请，从军赴东川（治所梓州，今四川三台县）为幕僚。丧妻之痛还未痊愈，却又要离家远行，真是雪上加霜，回想自己后半生的经历，一时间悲戚哀婉，难以排解。

首句“剑外从军远”，点明地点行程及事件。“剑外”，指剑阁以南的蜀中地区，自古以来就道路险阻难行。而之所以要远行至此，是因为“从军”，即给人家做幕僚。一般来说，五言绝句由于字数少，上来一般点题，但是李商隐的诗歌向来善于调整，构思奇巧，首句强调一个“远”字，不仅写行程之遥，更有意让人由“远”思“寒”，这样才可以自然引出下一句“无家与寄衣”。

正值寒冬时节，大雪封路，诗人孤单上路，衣服单薄，自然盼望家中妻子能寄来御寒的衣物。可是，诗人的妻子已经不在人世，没有人来寄发衣物，于是心中不禁更加寒冷孤独寂寞。作者一路颠簸，风尘仆仆，已是凄苦难耐，更何况想到妻子离世，不是更添一份凄凉吗？这一句最能体现李商隐诗歌的灵思，他善于发现生活中最能寄托情感的不经人意的一些细节，由此生发开去，并将人生感慨注入其中，其情复杂缠绕，凄婉动人。

第三句“散关三尺雪”是全诗承上启下的妙句，上接“遇雪”诗题，下起梦中往事，可谓匠心独运。在前几句的铺垫之下，这句才写到雪，马上给人一种无限凄凉漂泊的感受。大雪酷寒与无家寄衣联系起来，又以雪夜引出温情的梦境，可谓环环相扣，曲尽其妙。因为大雪的阻隔，作者被迫客居散关驿站，睡梦中似乎依稀梦见妻子正坐在旧时的织布机上为他赶制棉衣。现实中无法实现的情景，竟然可以在梦中实现，可见作者是多么孤单与思念。这里的梦境，显然是妻子未亡之时的情景。这种喜悦与现实中的痛苦形成鲜明的对比，以充满温馨希望的梦境反衬冰冷残酷的处境，更突出了作者的现实之伤。这种实虚结合的写法，是李商隐常常采用的手法，从而使他的诗歌具备了至美的艺术张力，也让诗歌的情感一唱三叹，含蓄深沉。

纵观全诗，作者在情感表现层次上采用层层推进、步步加深的手法，写出丧妻后行进途中的凄凉与落寞，由于环境路途天气的原因而引发的对妻子的深切的想念，由于想念而不得所生发的凄凉与孤寂。从军剑外，畏途恋家，这是第一层；妻亡家破，无人寄御寒衣物，伤别与伤逝之情交织在一起，这是第二层；路途遇雪，行期阻隔，天寒地冻，苦不堪言，这是第三层；用温馨欢乐的梦境反衬冰冷痛苦的现实，倍觉无处可诉其哀，这是第四层。诗作在悼伤的基调中，又包含着行役的艰辛、路途的坎坷、伤别的愁绪、仕途艰险的感叹等复杂情感的杂糅。寥寥数笔，就写尽复杂深厚的情感，足见李商隐构思布局、选材运笔之力。

楚 吟[1]

山上离宫宫上楼[2]，
楼前宫畔暮江流。
楚天长短黄昏雨[3]，
宋玉无愁亦自愁[4]。

注 释

① 楚吟：指《楚辞》哀怨的歌吟。

② 山：指巫山，在今四川、湖北两省交界处。离宫：即行宫。《太平寰宇记》：“楚宫在巫山县西北二百步阳台古城内，即襄王所游之地。”

③ 楚天：代指春秋时期的楚国。长短：总是、反正。

④ 愁：哀愁、忧愁。

题　解

本诗是七言咏史绝句，是作者经过楚国楚宫旧址有感而作。全诗借古讽今，表达了诗人对唐朝统治者大兴土木、营造行宫、劳民伤财的愤慨，并为唐朝日益衰败的趋势而感到忧虑。全篇写得情思曲婉，寄意遥深，有着极高的艺术魅力。

赏　析

这首咏史诗没有用太多典故，借眼前荒败之景，以直笔勾勒与侧面烘托的手法，将当年楚宫繁华与今日败落进行对比，意在当朝。

从内容表达方式看，诗歌分为两部分。前三句皆是描写眼中景，头两句写了四种景物。“山”即巫山。“离宫”是帝王正宫之外临时居住的宫室，此处即指在今四川巫山县西北的楚宫，即宋玉《高唐赋并序》所写宋玉与楚襄王游览之地。“江”即长江。作者采用了移步换景的写法，首句由“山上”到“离宫”，再到宫上之楼，由下而上，一层一层，把读者的目光引到最高处；次句又由楼而宫，由宫而江，由上而下，一层一层，把读者的目光落到最低处，给人以明显的层次感立体感。“楼”“宫”叠字的使用，目的是突出强调它们的主体地位，以扣紧题中“楚”字。而且这几句也使用了顶真的修辞格，读起来气脉畅通，环环相接，一气呵成。不但如此，这些叠字更强调了楚国离宫亭台楼阁之多之繁复之奢华。“暮江流”的“流”字，又透露出时光流驰的无穷无尽。就在这漫长的时光流逝中，昔日的亭台楼阁已成旧迹，那些曾经烜赫一时的统治者也早已腐朽，只有这些亭台楼榭还在无声地诉说着当年旧事，从中让读者体会到无穷无尽的历史感、沧桑感，充满古今变迁和岁月易逝的慨叹。

旧人已去，空留楼阁。前两句目的在于写出楚国行宫的荒凉。第三句“楚天长短黄昏雨”，又从眼前景写起，联想到无数个日日夜夜，楚宫经历了多少风雨。这一句是对前两句所描绘的楚宫荒凉景象的渲染，更增添了一份荒废感。“黄昏雨”三字，又暗用宋玉《高唐赋并序》中巫山神女自称“旦为行云，暮为行雨”的语意和《神女赋并序》所载楚襄王梦会神女事。“长短”二字可以解读为偏义复词，重在说“长”，以此来描绘巫峡一带江两岸削壁千仞、对峙入云的景象，所以只见长天，给人一种幽远莫测之感；也可以用来形容暮雨，说暮雨停停歇歇，断断续续，有时长有时短，给楚宫蒙上一层如梦似幻的气氛，与襄王梦会神女之事相合。而上句之江特取“暮”江，此句之雨特写“黄昏”之雨，则是意在渲染环境的凄楚。

前三句通过描写渲染，勾勒出一幅《楚宫暮雨图》。暮色凄迷，凄风苦雨洒落江上，楚宫一片荒废，一切都牵动人的愁怀。这样，自然引出最后一句，说当年宋玉对此情此景，即使无愁，也会悲愁不已，点出全诗主旨。宋玉本来也会因为国事忧愁，即便不会忧愁，也会因为如此荒凉的景象而自生忧愁。可见，无论是谁，见到此情此景，必然泪落神伤。这“愁”表面看去仅仅是因景而生，实则也是语义双关。此与上句用“黄昏雨”暗指襄王荒淫腐败，文意正是一贯，可见作者用意。而宋玉的悲愁不正是作者自己的悲愁吗？作者遭遇坎坷、仕途不顺，本来就有一些悲愤在胸，看到楚国曾经大兴土木造就的宫殿，不能不让他联想到自己悲剧的根源，那就是统治阶级的用人不当，政局混乱。诗歌以楚王讽喻晚唐君主，以宋玉的遭遇自喻，表达岁月蹉跎、壮志未酬的怨愤，对统治者不用贤才的愤懑以及对唐王朝前途的忧虑。

这首借古讽今的诗作语言明白晓畅，用典自然，艺术构思巧妙。诗歌以描摹楚国宫殿起笔，又渲染以暮色烟雨，为读者呈现荒凉凄迷之象，再借此发出感叹。但感叹又不是直抒胸臆，而是借宋玉之愁言诗人之愁，可谓含蓄深婉。作品另一个艺术妙思在于，以实写虚，虚实相生。宫殿是实景，从时间看，也是虚景；烟雨是实景，但过去也曾有这样的烟雨，也可看作虚景。宋玉之愁是想象之词，是虚笔，也是作者心中实实在在的感受。现实与历史就这样交织在一起，虚虚实实，历史上统治阶级的行为及后果就与现实中唐王朝的情况同出一辙，这样，诗歌的主旨就不言而明了。

板桥晓别①

回望高城落晓河②，
长亭窗户压微波③。
水仙欲上鲤鱼去④，
一夜芙蓉红泪多⑤。

注　释

① 板桥：《香祖笔记》："板桥在今汴梁（即河南省开封市）城西三十里中牟之东，唐人小说载板桥三娘事即此，与谢玄晖之新林浦板桥异地而同名也。"

② 高城：即汴州城。落晓河：天已拂晓，银河渐落。

③ 长亭：板桥附近，临水留宿处的亭阁。

④ 水仙：暗用琴高事。《列仙传》上说，琴高是战国时赵人，行神仙道术。曾乘赤鲤来，留月余复入水去。在此比喻将离别而去的诗人。鲤鱼：在此比喻舟船。

⑤ 芙蓉：荷花，这里比喻女主人公。红泪：暗用薛灵芸事。《拾遗记》上说，魏文帝美人薛灵芸离别父母登车上路，用玉唾壶承泪，壶呈红色。及至就师，壶中泪凝如血。谓女主人公为悲伤离别而泣泪如血。

题　解

这是一首抒写离别的七言绝句，说的是作者与情人在板桥分别。题中“板桥”，指唐代汴州城西的板桥店。这里正如长安西边的渭城一样，是一个行旅往来频繁的商贸之地，也是与亲友送别之处。李商隐这首诗，借用神话传说，运用动作描写与实虚结合的手法写出了一曲哀婉的情别曲。

赏　析

这首诗抒写与情人分别的情感。题目点明时间、地点与事件。

首句“回望高城落晓河”，写作者分别之前回望汴州城的情景。天已拂晓，回望这座城市，银河逐渐暗淡，慢慢落向西方。天空微亮，隐隐望见汴州城朦胧的暗影。自己即将告别这座城市，告别这里的日日夜夜。回想起这座城市中，彼此曾经度过的美好时光，不免心生一丝怅惘、留恋与不舍，仿佛这只是一个梦境，那些曾经美好的过往，会变作伤心的记忆。“落晓河”三字，既点明时间，又暗含牛郎织女银河上相遇相爱之意。作者只选取了“回望”这一不经意的动作细节，将所有的情感都蕴含在回望之中，可以想见，两人在分离的前夜依依话别、彻夜不眠的情景，这就是诗人的高妙之处。

次句“长亭窗户压微波”也是写景句，由远及近，着笔于板桥上或板桥近旁一座临水的亭阁，昨夜两人在此聚会话别，清晨也在此分手告别。两人仿佛俱是无语，只将目光投向窗外微微荡漾的波光。这里着一“压”字，显得很不合常理，但细品起来，妙不可言。首先，双方心中有许多话，一时间不知道说什么好，只能装作欣赏风景一样看着窗外，看得长了，仿佛窗户与微波已经合在一起，这是视觉上的错置，实际上反映了两人不知如何是好的心态；其次，这里的微波也可以理解为两人心中的波澜，在这分别的时刻，谁都不愿意说出伤心的话，所以都控制着。这一个词传神地写出了分别双方的神态、心理，也巧妙地与首句连在一起，形成缱绻难舍的分别氛围。

三、四句“水仙欲上鲤鱼去，一夜芙蓉红泪多”忽然宕开一笔，借用两个神话传说写分别之后的情景及分别的情感。“水仙”句暗用琴高乘鲤升天的故事。

这里把行者暗比作乘鲤凌波而去的水仙。行者是由水路乘舟西去的，板桥长亭之下此时正停靠着待发的小舟。作者将“兰舟催发”的现实场景幻化成“水仙欲上鲤鱼去”的神话境界，不仅仅是为了增加奇幻色彩，更重要的是强调相处时间之短。琴高是战国时赵国人，曾乘赤鲤来，只滞留了一个多月就告别离开。作者在汴州虽然不止一月，但两情相悦，倍感时间短暂，此句隐晦含蓄地说明神仙一样的生活是如此短暂，分别是如此的不舍。

如果前三句都是写作者自己的话，这一句转向送别者，借用薛灵芸别家泣泪的故事，想象两人分别之后，她一定会无比伤心，泪湿沾襟吧。这里，将送行者暗喻为水中芙蓉，以表现她的美艳；而她所流之泪都应该会变成血吧，可见伤心至极，相爱之深。这一句采用虚笔来写，想象着情人的心伤，则是自己担心她，可见作者也是无比伤心与牵挂。这种实虚结合的写法更能表现两人之间深情的爱恋，也含蓄巧妙地表达了两人难分难舍的情形，可谓妙笔生花。

这首诗看似简单，不过是由几个不经意的动作细节、朦朦胧胧的远景近景、两个神话传说组成，但它所承载的情感之丰富无法尽言，在这点上，可与后世柳永《雨霖铃》里描写情人分别的词相媲美。

王十二兄与畏之员外相访见招小饮时余以悼亡日近不去因寄[①]

谢傅门庭旧末行[②]，今朝歌管属檀郎[③]。
更无人处帘垂地[④]，欲拂尘时簟竟床[⑤]。
嵇氏幼男犹可悯[⑥]，左家娇女岂能忘[⑦]？
秋霖腹疾俱难遣[⑧]，万里西风夜正长。

注　释

① 王十二兄：王茂元之子，义山之妻兄。畏之：即韩瞻，王茂元之婿。唐文宗开成二年（837）进士，与义山同年及第。悼亡日近：指作者丧妻之后不久。

② 谢傅：即谢安，《晋书》本传谓其死后赠为太傅，故如此说。这里代指李商隐岳父王茂元。

③ 檀郎：潘安小字檀奴，人称潘郎或檀郎。唐人多用檀郎指女婿。

④ 更无人：绝无人也。

⑤ 簟：竹席。竟：极，这里指铺满。

⑥ 嵇氏：《晋书·嵇康传·与山巨源绝交书》曰："女年十三，男年八岁，未及成人，况复多病。"这里以嵇康之子八岁丧母，借指其子衮师。

⑦ 左家：左思《娇女诗》："左家有娇女，皎皎颇白皙。小字为织素，口齿自清历。"这里借指其女，意谓妻子故去，留下的孤儿幼女，应当受到哀怜和关怀。

⑧ 秋霖：秋雨绵绵。腹疾：腹泻之疾。秋霖腹疾：指由淫雨引起的腹泻。

题　解

唐宣宗大中五年（851）春夏之交，李商隐的妻子王氏病故。李商隐与妻子伉俪情深，加之多年来官场失意，受人排斥，如今又失去了在忧患中相濡以沫的伴侣，精神上遭到了极大的打击。同年秋，为妻悼亡后不久，李商隐的内兄王十二（十二是排行）和连襟韩瞻（字畏之，时任尚书省某部员外郎）前去拜访商隐，邀他前往王家小饮。诗人因王氏亡故未久，心绪不好，没有应邀。过后写了这首诗寄给王、韩二人，除抒写深切的悼亡之情外，也言说了未能应约的原因。

赏　析

这首诗旨在悼念亡妻，兼寄身世感伤，词甚哀婉，意过深挚，让人读后黯然神伤。

首联“谢傅门庭旧末行，今朝歌管属檀郎”是说往日自己曾在岳丈家里忝居诸子婿行列之末，多次挈妇将雏参加家庭宴会，而今妻子病故，歌吹宴饮之乐，却只能属于韩瞻了。李商隐娶的是王茂元的幼女，故谦称“末行”，是王茂元最喜欢的女婿。这两句诗采用对比的写法，将过去温馨快乐的家庭气氛与今日的斯人已逝、门庭冷落对照，更见其孤独寂寞感伤；虽然表面上是在为自己无法赴宴寻找理由，但是一个“属”字，表明自己与家庭宴饮之乐已经永远断绝了，言语之间流露出怅然若失的情丝，即便真的去，又如何像往常那样把酒言欢呢？

颔联“更无人处帘垂地，欲拂尘时簟竟床”承继上联，言说不能赴宴的理由，正面悼念亡妻。这一句化用了潘岳《悼亡诗》“展转眄枕席，长簟竟床空；床空委清尘，室虚来悲风”句意，以重帘垂地、长簟竟床和清尘厚积来抒发人亡室空、睹物思人的悲愁。这在悼亡之作中是常见的笔法和意境，但此处毫无抄袭之感，主要是因为作者选择了典型的饱含情感的生活情景来传情达意。这些物件都是妻子曾经经常接触的，而今人去物在，无人挂起帘栊，无人打扫房间，睹物思人，怎不叫人哀叹感伤呢？这是对妻子操持家务的感激，也是对夫妻恩爱的回忆，更是对爱人离去的无限悲苦惆怅。尤其是“欲拂尘时簟竟床”句，情真意切，虚实莫辨。诗人在恍惚中，感到妻子还在室内，不觉寻寻觅觅，下意识地到处搜寻那熟悉的身影，却发现已是人迹消逝的空房，不禁发出“更无人处”的悲伤叹息。正在这时，眼光无意中落到悄然垂地的重帘上，若有所失。看到床上积满了灰尘，过去拂拭，但定睛一看，却是一张除了长席之外别无所有的空床！这后一个举动，不但突出了诗人目击“长簟竟床”时的惊悸之感，而且表现了诗人面对空床委尘而不忍拂拭的心理，似乎那会拂去对亡妻的亲切回忆。句首的“欲”字，正传出这种欲拂而未能的意态。

颈联“嵇氏幼男犹可悯，左家娇女岂能忘”将目光转向儿女，写他们深堪悯念。嵇康之子嵇绍，十岁丧母；左思曾为他的女儿作《娇女诗》，有“左家有娇女，皎皎颇白皙”之句。这里分别以“嵇氏幼男”“左家娇女”借指自己的幼子衮师和女儿。妻子病故以后，这一双儿女最为可怜。虽然自己孤单一身，但尚有儿女可做宽慰；但是以后谁来悉心照料他们？他们心中也许比自己还要悲伤。妻子有知，想必更加想念留在人间的幼男娇女吧，而她正经受着阴阳两隔无缘重见的痛苦。这两句又可认为是站在妻子的角度来考虑儿女的未来，也是自己想告诉妻子，一定要善待一对儿女，让她放心。这样，短短两句诗，就把怜惜爱子、深情悼念、自伤孤独都不露痕迹地表达出来，可谓深沉蕴藉。

尾联“秋霖腹疾俱难遣，万里西风夜正长”写到自己的身体状况，写到天气和漫漫长夜，进一步抒写因悼念亡妻而触发的深长复杂的内心痛苦。秋霖，指秋天连绵不断的苦雨。腹疾，语本《左传·昭公元年》“雨淫腹疾”，原指因淫雨而引起的腹泻，这里借指内心的隐痛。虽然李商隐与妻子的感情一向很好，但也正由于自己做了王茂元的女婿，所以招致了牛党的忌恨和排挤，仕途坎坷，处境尴尬。这种遭际让诗人早年的抱负无法得以实现，也给自己的婚姻罩上了一层阴影，造成他心灵上深刻的创伤和无法解脱的痛苦。如今妻子虽然亡故，但是影响依然存在，境遇从此无法改变。阴雨连绵，腹疾又发，无人可来照看。这凄风苦雨不正像自己目前的处境吗？这里采用象征手法写当前境况，写未来处境，表达无法排遣的内心痛苦，烘托孤独寂寞的心情，伤悲至极。

全诗虽然表面上解说自己不去赴宴的缘由，但综合来看，无疑是借以悼念亡妻、自伤人生遭际，表达人生的孤独感，用语平易，却言悲意哀，字字血泪，凄断欲绝，饱含着人生的复杂滋味。

二月二日[①]

二月二日江上行[②]，东风日暖闻吹笙[③]。
花须柳眼各无赖[④]，紫蝶黄蜂俱有情。
万里忆归元亮井[⑤]，三年从事亚夫营[⑥]。
新滩莫悟游人意[⑦]，更作风檐夜雨声[⑧]。

注　释

① 二月二：此处指蜀中踏青节。

② 江上行：指在江上乘船游览。

③ 东风：即春风。笙：为吹奏乐器，由簧片、笙管、斗子三部分组成。《说文》："笙，十三簧，像凤之身也。"今有十七、十九、二十四、三十六簧等。笙簧怕潮，天气潮湿声涩，天暖而声清。这里是说日暖听到清亮之笙声。

④ 花须：指花蕊细长呈须状。柳眼：此处指新生柳叶，细长而似人之眉眼初展。无赖：在这里是逗恼人的意思。

⑤ 元亮：陶潜字渊明，或云渊明，字元亮。《归田园居》诗："井灶有遗处，桑竹残朽株。"此处是以陶渊明自比。

⑥ 三年：指唐宣宗大中五年（851）李商隐被辟入柳幕充任幕职，至大中七年（853），恰好三年时间。亚夫营：汉文帝大将周亚夫屯兵于细柳（今陕西省临潼县东北），后世称"柳营"或"亚夫营"。《元和郡县志》："京师万年县东北三十里有细柳营。"此喻指柳仲郢幕。

⑦ 新滩：江上新近出现的沙滩。游人：诗中作者自称。

⑧ 夜雨：一作"雨夜"。

题　解

这是一首写景寄怀的七言律诗。唐宣宗大中五年（851）秋，作者妻子病故，迫于生计，他入幕东川节度使柳仲郢担任节度书记，舍下家里一双儿女，只身来到梓州（州治在今四川三台），开始了漫长的寄人篱下的幕府生活。这首诗写于854年，即诗人在柳幕的第三年。诗中借春游之景与大量典故，抒发个人遭际，表达身世浮沉的伤悲。

赏　析

这首诗采用以乐景写哀情的艺术手法，以美好的春色反衬凄苦的处境，以轻快流走的笔调抒写抑郁不舒的情怀，以清空如话的语言表现深婉浓密的情思，收到了相反相成的艺术效果，在李商隐的诗歌中独树一帜。全诗无明显顿挫曲折，却包蕴着感情变化发展的层次，显得自然而不着痕迹。

首联“二月二日江上行，东风日暖闻吹笙”写二月二踏青节这天的春游之景，处处透露着欢快明朗的色调。首句“二月二日江上行”，点明春游的时间、地点、事件；次句“东风日暖闻吹笙”，写春游时对温度的感受，听到吹笙的感受。东风和煦，春意渐浓，行于江岸之上，耳边传来动人的笙声，仿佛也带着暖意。作者抓住最能代表春意的两个意象，特别是生动的笙声，来表达春意融融的景象。

颔联“花须柳眼各无赖，紫蝶黄蜂俱有情”乘上联之春日生机，又别选了几处富有代表性的江上春景——花、柳、蜂、蝶来描绘春天的生机活力。这四种景物，以红、绿、黄、紫的色彩组成绚烂的春景图，色调明丽，表面看，代表着一种明快的心情。作者写景不是单纯选择，而是用拟人手法分别写出了花、柳的姿态、形象，蜜蜂、蝴蝶留恋花丛的具有人情味的神韵，动静结合，寓情于景。仅仅看到景象表面的生机活力并不是作者本意，他的沉醉只是表象，内里却是对立的伤怀。“无赖”即“无心”，与“有情”暗比。景物本无心生长，不过是因循了自然属性，遇春发芽生长吐蕊芬芳，它们又何尝懂得人的悲愁！再说蜜蜂蝴蝶，虽然能在花丛中翩翩起舞，那种满心欢悦之情也不过是外在的错觉，它们也同样顺遂动物属性罢了。但是人却不同，人看到美景并不能总是欢喜，尤其是作者，爱妻已成古人，又离别了一双儿女，又寄人篱下，那种滋味是花朵蜂蝶所无法感受的。如此，春天的盎然生机与作者内心的伤感形成鲜明对照。而“各”“俱”二字，力透纸背，尤能体现作者的深痛。这种反衬手法的运用，推波助澜，使得那种伤痛雪上加霜，而这正是本联高妙之处，令人称道。

颈联“万里忆归元亮井，三年从事亚夫营”由眼前景触发开来，转而写长期客居他乡的羁旅之愁，写寄居幕府思归的情愫，仿佛一瞬间感觉到这美景不是自己的，反而更激发了乡思客愁。“元亮井”“亚夫营”，并无典故拖滞之感，自然写出，与诗歌旨意天地成合，好像在调侃自己连回归田园的资本都没有，诙谐之外多出一份心酸。“万里”“三年”，借空间距离和时间距离抒写欲归不能的苦闷和无奈。这一联对照上一联好像显得非常突然，让人一点准备都没有，实际上作者采用反衬手法，愈加突出了客居他乡的孤单，突出了思乡的浓烈。

尾联“新滩莫悟游人意，更作风檐夜雨声”转而写流水之声所引发的作者的感想。新滩流水对别人而言可能会不在意，甚至会感觉到欢畅悦耳，可在游子看来，特别能引发羁旅行愁。那种声音仿佛是雨打屋檐、水落如注的声音，作者曾在无数个夜里听着这种声音夜不成寐，自然这种声音带有凄凉之意，不断撩动着羁旅与乡愁，所以作者发出“新滩莫悟游人意”的嗟叹。本是听者主观感情的体悟，却说“新滩莫悟”，嫁愁思于江上的新滩，移情入景，曲折有致。

李商隐的写景诗风格多沉郁苍凉，景物本身多凄伤气象，所谓正衬笔法。这首怀乡抒悲的作品一改一贯风格，以乐景写哀情，选用自然景色的活力生机反衬心境的悲凉，不是刻意虚构哀景，收到了自然而又奇绝的艺术效果。这种手法在古诗中也常见，表面上往往笔调轻松、景物优美，意境充满活力，而埋伏其中的却是相反的情愫，读者要深味细品，方可恍然。

筹　笔　驿①

猿鸟犹疑畏简书②，风云长为护储胥③。
徒令上将挥神笔④，终见降王走传车⑤。
管乐有才真不忝⑥，关张无命欲何如⑦？
他年锦里经祠庙⑧，梁父吟成恨有馀⑨。

注　释

① 筹笔驿：《方舆胜览》："筹笔驿在绵州绵谷县（今四川省广元县）北九十里，蜀诸葛武侯出师，尝驻军筹划于此。"因而得名，此为川、陕间交通之驿站。

② 犹疑：迟疑不决。畏：畏惧，害怕。简书：古代用竹简写字，故谓简书，这里指军队的军令。

③ 储胥：军队驻地设置的防护木栅篱笆。

④ 徒令：空使。上将：主将，即诸葛亮。挥神笔：指运笔筹划，料敌如神。

⑤ 降王：指后主刘禅。传车（zhuàn jū）：即驿站供长途营用的马车。《三国志·蜀书·后主传》："（邓）艾至城北，后主舆榇自缚，诣军垒门。艾解缚焚榇，延请相见……后主举家东迁（至洛阳）。"传：传舍，即驿站。

⑥ 管乐：管，即管仲，春秋时著名政治家，辅佐齐桓公称霸诸侯。乐，即乐毅，战国时著名军事家，曾协助燕昭王破齐。忝（tiǎn）：愧。

⑦ 关张：关羽、张飞，都是蜀国著名大将。无命：夭亡。关羽镇荆州，兵败为孙权所杀；张飞率兵万人伐吴，为其帐下将领所杀。欲何如：还能有何作为呢？

⑧ 锦里：在成都城南，武侯祠所在处。祠庙：指武侯（诸葛亮）祠庙。

⑨ 梁父吟：古乐曲名，乐府楚调曲名。传为诸葛亮所作，悲凉慷慨，寄慨谗言倾害正人。馀：同"余"。

题 解

这是一篇咏怀古迹的诗作。筹笔驿在今四川省广元县北，相传三国时蜀汉诸葛亮出兵伐魏，曾驻于此驿筹划军事。唐宣宗大中九年（855）李商隐随东川节度使柳仲郢回长安，途经此驿，写下这首咏怀古迹的诗篇。此诗同多数凭吊诸葛亮的作品一样，颂其威名，钦其才智，同时借以寄托遗恨，抒发感慨。

赏 析

诗歌以诸葛亮曾屯兵的筹笔驿为发散点，盛赞他有管仲治国、乐毅谋军的卓越才华，却因逢昏君后主刘禅，最终没能摆脱蜀国灭亡的命运，为他不能实现先主遗愿，不能实现远大抱负而深表遗憾。诗人借史咏怀，抒发自己壮志未酬、命途多舛的人生感慨，属于借古抒个人怀抱类作品。作者采用抑扬交替的写法，先赞颂诸葛亮的威名、才智、功绩，借诸葛亮突出无涯之"恨"，进而自比，表达仕途不顺，不逢明主因而报国无门、壮志难酬的人生感慨。

首联"猿鸟犹疑畏简书，风云长为护储胥"，采用夸张手法，运用想象，极力渲染铺陈，刻画当年诸葛亮统领蜀汉军队出师的威仪及诸葛亮治军之威严，意思是猿鸟至今还畏惧蜀汉军队的威风，远远躲开不敢靠前；筹笔驿的上空风起云涌，仿佛至今还在护卫曾驻扎在此地的蜀军藩营。诗歌起笔写景，渲染当年威势，实虚结合，从侧面状写，构思巧妙。

颔联"徒令上将挥神笔，终见降王走传车"，笔锋一转，出人意料地说诸葛亮空有过人的才华，虽竭心尽力，但最终还是没能阻止刘禅投降、长途乘坐驿车被送往洛阳的命运，蜀汉还是归于灭亡。诗中用"徒令""终见"前后勾连，表达才气过人也免不了失败的语气，隐隐传达着深切的遗恨，为后面的议论张笔。

颈联"管乐有才真不忝，关张无命欲何如"又笔锋一转，称赞诸葛亮不愧是兼具管仲、乐毅一样的治国治军才能，接着后一句再转回颔联的意向，说当关羽、张飞两员大将殒失性命之后，如同失却羽翼一般的蜀汉，即使有诸葛之才能，又能怎么样呢？从首联到颈联，诗意总共有四次顿挫，看似矛盾，实则是作者有意为之，以顿挫之笔法层层推进，目的是深入表现出一个“恨”字。凭着诸葛亮过人的才华，成就蜀汉霸业当在情理之中，然而时无英主，社稷终归覆亡，此为一恨；以诸葛亮之才略，出师理应告捷，然而时无良将，关、张殒命，结果出师未捷而身死，又是一恨。

末联“他年锦里经祠庙，梁父吟成恨有馀”是说作者将来如果路过四川的锦里（今成都城南）的武侯祠，一定会在祠堂里吟诵诸葛亮的《梁父吟》。作者想象自己诵完之后，必会遗恨无穷。这一句显然采用虚笔写未来之情景。作者重点写筹笔驿，忽然空间转到锦里的武侯祠，那是因为作者希望将来一定要去拜望他，一则表达崇敬之意，二则两人同是壮志难酬，同有理想不能实现的“遗恨”。最后一联将前三联的铺垫作结，落到“恨”字上，这是作者与诸葛亮的共鸣点，作者借诸葛亮哀叹自身命运，含蓄宛转，寓意深沉。

本诗的艺术手法堪称绝妙，全诗采用“众宾拱主”的结构方法来表现主题。首联没有直接赞颂诸葛亮，只是通过猿、鸟、风、云等自然景物来突出诸葛亮善于治军、威名远扬的才能。猿鸟风云的状态在作者想象中，是由诸葛亮引起的反应，这些都作为“宾”，用以突出诸葛亮军威这个“主”。这些作为宾的自然景物，是拟人化，有某种特别的象征意义。猿鸟风云，作为筹笔驿的实景，还起到渲染气氛的作用，使人有肃穆之感，但并不是单纯的气氛描写，而是化实为虚，实景虚用，以宾拱主，直接突出“孔明风烈”这一主体。颔联采用扬抑相错的表达手法，承接有致。颈联用典，虽本题所咏为诸葛亮，然而对句中的关羽、张飞为其同时人，为今；管仲是春秋时人，乐毅是战国时人，远在三国之前，是古。用事以古今成对，出句以古人比拟诸葛亮，对句实写诸葛亮同时人关、张，即以古对今，以虚对实，而且对得极为自然。其所以如此，是因为诸葛亮“每自比于管仲、乐毅”(《三国志·蜀书·诸葛亮传》)，故以管仲、乐毅直指诸葛亮便是很自然的事了。尾联在现实中以感慨、忧愤之思结束。结句“梁父吟成恨有馀”之“恨”字为全诗之诗眼，坚定诗作之基调，突出歌咏诸葛亮未复兴蜀汉而留遗恨，同时也表达了诗人生不逢时、不得重用的愤恨之慨。

本诗结构精巧，环环相扣。首联点题释题渲染；颔联由眼前景转而感当年事；颈联中，五承一、二,六承三、四；尾联收笔落笔。全诗融抒情、写景、叙事、议论为一体。艺术手法上，议论以抑扬交替之法，衬托以宾主拱让之法，用事以虚实结合之法，真可谓别具匠心。

忆　梅

定定住天涯①，
依依向物华②。
寒梅最堪恨③，
长作去年花④。

注　释

① 定定：唐时俗语，停留不动。似今之“牢牢”“不动”。天涯：此指梓州。

② 依依：形容面对美好春色时亲切流连的意境。物华：自然景物，此处指春天的美景。杜甫《曲江陪郑南史饮》诗：“自知白发非春事，且尽芳樽恋物华。”

③ 寒梅：即早梅，严冬即开放。恨：怅恨，遗憾。

④ 去年花：寒梅于腊月开放，至春暖时早已开过。故说“去年花”，所以题为“忆梅”。

寒梅最堪恨

题　解

这是一首咏物诗，写于作者在梓州做幕僚的后期。作者抓住梅花“生于天涯”“生不逢时”的特点托物言志，表达自己远离故土、寄人篱下的漂泊感以及空有满腹才华生不逢时、壮志难酬的人生感慨。本篇字字写梅，却又字字暗扣作者身世特点，推花及人，兴美人迟暮之叹。题目之所以为“忆梅”，是因为在百花争妍的春日，寒梅早已开过，仿似是去年事。

赏　析

托物言志的诗歌一向注重寻找可托的意象特点。本诗抓住梅花的两个特点，隐晦曲折表达理想不能实现的悲慨，寄意深切。

首句“定定住天涯”，不选写梅诗常用之意象，抓住“天涯”的处境，“定定”的困境，语意突兀醒目新奇。李商隐诗歌常常在首句采用这种先声夺人的写法，造成突起之势。“定定”，“死死地”“牢牢地”之意，是写梅花生在天涯，好像死死地钉在那里，永无迁移之望。这明显是映射自身。当时作者是在仕途抑郁、妻子去世的悲伤心情下应柳仲郢之邀来梓州居幕府。梓州（州治在今四川三台）离长安一千八百余里，以唐代疆域之辽阔而竟称“天涯”，与其说是地理上的，不如说是心理上的距离。他独居异乡，寄迹幕府，常常感到孤孑苦闷，想不到一住就是数年，心境之孤寂无聊更可想而知。诗人感到自己竟像要永远地被钉死在这异乡的土地上了。既然如此处境如此心情，作者当然希望能找到一些慰藉，暂得安稳，于是引出第二句“依依向物华”。物华，指眼前美好的春天景物。古人常用“杨柳依依”来表达依恋不舍之情。诗人在美好的春天面前似乎忘记了过往的种种苦闷，暂时得到了心灵的慰藉，内心深处涌发出对美好事物的无限依恋的深情。这样，第一句诗为第二句做铺垫，两句一起渲染铺陈，引出最后两句。

三、四两句“寒梅最堪恨，长作去年花”紧承上句，写百花争妍之时，唯独不见梅花盛开，遗憾之余，便不免又对它怨恨起来了。这两句又回到第一句上抒怀，一个“恨”字，使诗境又出现较大的转折。面对姹紫嫣红的“物华”，诗人不禁想到了梅花。它先春而开，到百花盛开之时，却又花凋香殒，不能应景而开。诗作起先由“向物华”而忆梅，再由忆梅而恨梅，层层深入，层层递进。“恨”正是“忆”的发展与深化，也正是全诗所表现的主要思想，正如深切期待的事物因失望而转化为怨恨一样。对于作者而言，这种逻辑是合情合理的。李商隐大多数咏物诗都离不开身世之念，往往抓住景物与自己经历的契合点阐发开去。“寒梅”先春而开、即春而凋的这一特点，使诗人很自然地联想到自己：少年时代就才华显露，后来又科举早第，又遇党争，仕途一下子跌落低谷，从此命运叵测；再加上妻子亡故，自己被迫漂泊异地寄人篱下，生活充满波折，人生备尝艰辛，所有这些与“梅花”殊无二致。诗人在《十一月中旬扶风界见梅花》诗中，也曾发出同样的感叹：“为谁成早秀？不待作年芳。”非时而早秀，“不待作年芳”的早梅，和“长作去年花”的寒梅，都是诗人不幸身世的象征。所以，作者看到大好春光，却只能暂时沉浸其中，转瞬间不由不想到梅花之早夭，不能不望梅自伤。结句传达出一种无言的伤悲，沉郁苍凉无奈。

咏物诗最重要的不是写出事物的特点，而是抓住事物与心灵的契合点妙笔生花，最忌讳肆意铺陈，无心无主。纪昀评曰“意极曲折”不给人以散漫破碎、雕琢伤真之感，关键在于层层转折都离不开诗人沉沦羁泊的身世。这样，才能回环内转，在曲折中见浑成，借咏物而婉曲表达身世之感，并于繁多中见统一，达到有神无迹的境界。

重过圣女祠①

白石岩扉碧藓滋②，上清沦谪得归迟③。
一春梦雨常飘瓦④，尽日灵风不满旗⑤。
萼绿华来无定所⑥，杜兰香去未移时⑦。
玉郎会此通仙籍⑧，忆向天阶问紫芝⑨。

注　释

① 圣女祠：《水经注·漾水》："武都秦冈山，悬崖之侧，列壁之上，有神像若图指，状妇人之容，其形上赤下白，世名之曰'圣女神'。"武都，在今甘肃武都，是唐代由陕西至四川的要道。

② 碧藓：绿苔藓。滋：滋生。

③ 上清：神仙居住的仙境。道教迷信称神仙所居的天上洞府有玉清、上清、太清等三清。

④ 梦雨：迷蒙细雨。

⑤ 灵风：神风。旗：灵旗。祠堂前竖灵旗作为标识。

⑥ 萼绿华：传说女仙名。自言是九嶷山中得道的女子罗郁。

⑦ 杜兰香：传说仙女名。移时：少顷。未移时：未过多久。

⑧ 玉郎：道教谓天府典掌学仙簿录的官吏。会此：指到此地与圣女相会。通仙籍：通报天上神仙，说明圣女的名字本列入仙籍，不该长留人间。

⑨ 忆：向往、期望的意思。天阶：天宫的台阶，喻皇宫之台阶。紫芝：木耳的一种。

题 解

此诗为唐宣宗大中十年（856）作者由东川（治所在梓州，即今四川省三台县）归京，途经圣女祠而作。因唐文宗开成二年（837）作者初登进士第时，曾途经这里而写过《圣女祠》诗，故题此作为《重过圣女祠》。当时作者潦倒归来，重游故地，借“圣女”以自寓，以抒发其“沦谪归迟”之感慨。

赏 析

作者写到的“圣女祠”，有人认为不指今天的甘肃武都，而是指陈仓(今陕西宝鸡市东)的圣女神祠，也有人以为托喻女道士居住的道观。其实，这与诗歌的思想情感都没有太多关系。本诗所吟咏的是一位“上清沦谪”的“圣女”以及她所居住的环境“圣女祠”。诗人由眼前幽寂的圣女祠联想开去，借以抒发个人情怀。

首联“白石岩扉碧藓滋，上清沦谪得归迟”着眼于眼前景物，说圣女祠前用白石建造的门扉旁已经长满了碧绿的苔藓，由此可以看出这位从上清洞府谪降到人间的圣女沦落在尘世已经很久了。作者抓住景物的突出特点，写出圣女居住环境的清幽与寂寥，也暗写这位仙女“上清沦谪”的身份及高洁清丽的气质。门前碧藓滋生，暗指她幽居独处，久无人迹，也寓示其“归迟”之意。这个意思正是作者所要转向的。“沦谪得归迟”，是说沦谪下界，迟迟未能回归天上。同时也可见诗人以“圣女”之处境而自喻，自伤之情由此可见端倪。

颔联“一春梦雨常飘瓦，尽日灵风不满旗”，写景由内而外，从门前景物进而扩写至周围环境气氛：春雨细如丝，常常在深夜飘落在屋瓦上，顺着房檐流下，迷蒙飘忽，似梦如幻；阵阵灵风，轻轻吹动着檐角的神旗，却一直没能让它迎风招展。这是作者想象中的景物，并非实景，目的是创设朦胧飘渺的意境，给人以丰富的联想与暗示。实虚结合的写法，在李商隐的诗歌中经常使用，常常会起到似梦如幻的感觉。这里，如梦一般的细雨，本来就已经给人一种虚无缥缈、朦胧迷幻之象，再加上巫山神女朝云暮雨的典故，又赋予“梦雨”以爱情的象征暗示，因此，这“一春梦雨常飘瓦”的景象不只是一种气氛渲染，多少具有了某种象征的意味。仿佛这位独居于此、沦谪未归的圣女正期待着朦胧而美好的爱情，但这种爱情却日复一日地渺茫。“尽日灵风不满旗”，是在抱怨风不够大，不能把旗子完全吹起来，流露出无所依托的幽怨情绪。这种由缥缈之景、朦胧之情所融合成的幽渺迷蒙之境，极富镜中之像，象外之致，却又带有不确定性，只可意会，不可言传，给人一种雾里看花般的感觉，非常吻合本身就带有虚无缥缈气息的“圣女”。她梦一般的身姿掠影，谜一般的身世遭遇，迷幻般的爱情期待，似乎正需要这梦一样的氛围来烘托。

颈联“萼绿华来无定所，杜兰香去未移时”运用两个典故，对比圣女，表现她沦谪不归、长守幽寂之境的身世遭遇，为最后两句张本。诗人由首联写到的爱情无所依托的“圣女”，自然联想到处境与之不同的另外两位仙女。道书上说：萼绿华年约二十，上下青衣，颜色整一，于晋穆帝升平三年夜降羊权家，从此经常往来，后授权尸解药引其升仙。杜兰香本是渔父在湘江岸边收养的弃婴，长大后有青童自天而降，携其升天而去。临上天时兰香对渔父说：“我仙女也，有过谪人间，今去矣。”来无定所，飘忽不定，说明并非“沦谪”尘世，困守一地；“去未移时”，说明终归仙境，而不同于圣女之“归迟”。联系作者身世，当可认为是作者将自己与他人进行对比，以抒幽怨之词。

尾联“玉郎会此通仙籍，忆向天阶问紫芝”发挥联想想象，从圣女眼前爱情无所依托的处境转想她美好的昔日情景：当初，执掌仙籍的玉郎仙官曾经与圣女相会，帮助她登上仙界，那时的圣女曾在天宫的台阶上采取紫芝，过着悠闲自在的神仙生活，而如今却沦谪人间，孤寂无托，能不令人感慨吗？作者用一个“忆”字引出所写内容，今昔对比，突出神女如今的处境和哀怨，实则是作者自伤之词。

这首诗成功地塑造了一位沦谪不归、幽居无托的圣女形象，目的在于借古抒怀。诗人自己的“沦谪归迟”的处境与圣女有很多相似处，正好适合借咏圣女而寄托身世沉沦之慨。全诗巧用曲比，寄寓遥深，意境凄迷朦胧，耐人寻味。

正月崇让宅[1]

密锁重关掩绿苔[2]，廊深阁迥此徘徊[3]。
先知风起月含晕[4]，尚自露寒花未开[5]。
蝙拂帘旌终展转[6]，鼠翻窗网小惊猜[7]。
背灯独共馀香语[8]，不觉犹歌起夜来[9]。

注　释

① 崇让宅：李商隐岳父王茂元在洛阳的故宅。
② 密锁重关：指宅内重重房屋关闭，锁而不用。掩：被遮掩，被掩盖。
③ 廊深阁迥：指廊长阁高。迥：高远的意思。
④ 月晕：环绕在月亮周围的光芒。
⑤ 尚：尚未，还没有。
⑥ 蝙：蝙蝠。拂：翼扫。帘旌：即帘箔旌，帘上端的横布沿。
⑦ 窗网：即窗纱。
⑧ 背灯：背对灯光，向着暗处。
⑨ 起夜来：乐府旧题。《乐府题解》：“《起夜来》，其辞意犹念畴昔，思君之来也。”是妻子怀念丈夫之辞。

题 解

这是一首借物抒情的七言律诗。崇让宅是诗人的岳父、泾原节度使王茂元在东都洛阳崇让坊的宅邸，诗人和妻子曾在此居住。诗人的妻子卒于唐宣宗大中五年（851）夏秋间。此诗作于大中十一年（857）正月洛阳时。这座老房子，曾经留下了夫妻二人美好的幸福生活，如今重门深锁，地上长满青苔，在妻子去世后已成为荒宅，空留回忆。作者借旧居的荒废凄凉，表达对亡妻的深切悼念之情，含蓄深沉，词甚凄婉。

赏 析

本诗因悼亡而发感慨，没有叙述一件往事，却给人世事苍茫之感；不发一句议论，只是触景伤情笔法，却处处流露着沉痛的悲情，表现了诗人缅怀亡妻的痛苦和深情。

以前外出返回，都是满怀期待之情的。见到心爱的妻子，有过多少难忘的幸福与快乐。而这次回来，目之所及都是荒败凄凉，物是人非，触景伤情，一时间感慨万千。首联“密锁重关掩绿苔，廊深阁迥此徘徊”，作者将目光投向故宅的外观，写崇让宅大门牢牢上锁，重重关闭，地上长满青苔，完全包裹在荒凉之中，早已成了废宅；由于长久无人居住，回廊楼阁显得异常冷清、深远。诗人看着这一切，徘徊叹息，想念着去世的妻子，无人可与相谈，触景伤情，悲从中来。作者抓住景物的典型特征，重笔写凄凉荒败，渲染出孤寂荒凉冷清的氛围。

颔联“先知风起月含晕，尚自露寒花未开”，写夜幕降临，作者将目光投向天空，月亮蒙上了一层阴影，四周环生着月晕，所谓“月晕而风”，寒风即将来到，天气即将变得寒冷；因为露寒风冷，春花都无法开放。作者写景由外而内，由上而下，先扣住题目中的“正月”，极写故宅的荒凉冷寂，转而描绘风、月、露、花，用环境的凄楚衬托出诗人心境的凄凉。这其中，还有过去情景与现在情景的对比描写，突出现实的凄楚，这样就自然过渡到对亡妻的深切悼念。更深层的意味是：第三句是说妻子去世之前，诗人已看出不祥的预兆；下句谓王氏婚后，诗人一直穷愁潦倒，生计艰辛，从未使妻子眉目舒展过一日，于内疚中含着深厚的哀悼之情。

颈联“蝙拂帘旌终展转，鼠翻窗网小惊猜”是写作者深夜住在老房子里的情形：“帘旌”为帘端之帛，以其形状似旌（旗），故称，这里即指帘子。“展转”“惊猜”，都是诗人的活动。“展转”用《诗经·周南·关雎》“展转反侧”语，指翻来覆去，不能入睡。“窗网”是张挂在窗外檐下以防鸟雀入室的网。蝙蝠飞动时触及了帘子，让作者感觉到好像屋里有人，所以辗转难眠；夜深人静诗人寄居旧地深切地怀念亡妻，忽听到鼠翻窗网之声，惊惧中还以为是妻子的魂魄到室中来了。这些不经意的小细节，生动地传达出作者的内心活动：想念着美好的往事，怀念着相濡以沫的妻子，夜不成寐；听到屋里有动静，恍惚间仿似妻子回来，迷迷糊糊之间，有过刹那的惊喜，清醒后失意惆怅悲伤。“小”字形容心中微微一怔，极有分寸。“惊”“猜”二字，连下两个动词，体物精细入微。这两句以动写静，加之寂夜环境的渲染，愈加加重了作者对亡妻的思念，因而才“展转”“惊猜”，使得终夜不能成眠。

尾联“背灯独共馀香语，不觉犹歌起夜来”紧承上联，将感情推向更深处，写得悲痛至极。因为觉得妻子已经回到家中，像往常一样，所以作者第一反应就是翻身迎接，然而已然是一场空。诗人呆在那里，精神恍惚，却仿佛听到妻子唱起《起夜来》的哀歌来。“背灯”的诗人向室内四处寻找，“馀香”是亡妻所遗之香气，闻着余香，仿佛感觉妻子犹在一样。这句诗妙就妙在作者不说自己想念妻子，而说妻子想念自己，反而突出了伤之痛，思之深，情之苦，正如杜甫的诗“闺中只独看”一样，都是采用反写手法，效果往往很突出。

悼亡诗，常常采用触物伤情的写法，由物及人，由事见情。而这首诗虽然也采用写景抒情的手法，从白天到夜晚，由门外到宅内，再到室中，通过对环境的层层描写，衬托出诗人悼念亡妻的悲痛心情，以及复杂的内心活动。但更重要的是选取了典型的景物和动作细节，尤其是想象之笔，实虚结合来写，使得作品情真意切，虽不叙一事，不发一论，悲痛之情感人至深，正如张采田评价它“情往一深，读之增伉俪之重，潘黄门后绝唱也”。

隋　宫

紫泉宫殿锁烟霞①，欲取芜城作帝家②。
玉玺不缘归日角③，锦帆应是到天涯④。
于今腐草无萤火⑤，终古垂杨有暮鸦⑥。
地下若逢陈后主⑦，岂宜重问后庭花⑧！

注　释

① 紫泉：原名紫渊，是流经长安北部的一条河，因为要避唐高祖李渊的名讳，所以改名为紫泉。此处代指长安。

② 芜城：是广陵别称，即隋之江都，今天的扬州市。帝家：皇帝的住处，即京城。

③ 玉玺：用玉做材料的皇帝的印章，代指政权。缘：因。日角：指李渊。古人迷信认为额骨隆起像太阳一样，称为日角，是帝王之相。

④ 锦帆：指用锦做成的高贵的帆，比喻隋炀帝乘坐以锦作帆的龙舟游江都。天涯：这里是远的意思。

⑤ 腐草：腐乱的草，古时认为草腐后可以化为萤火虫，其实是萤在腐草根部产卵，孵化为成虫。萤火：隋炀帝在景华宫曾派人捕捉萤火虫，夜游时放出，光照山谷。

⑥ 终古：长久，经常。垂杨：垂柳。隋炀帝在洛阳江都开凿运河，沿河筑堤，堤上种植柳树，后人称之为隋堤柳。暮鸦：栖鸦。

⑦ 地下：阴间，九泉之下。陈后主：南朝末代皇帝陈叔宝（553—604），历史上著名的荒淫奢侈的亡国之君。

⑧ 后庭花：陈后主所作的歌曲名，歌词绮艳，男女唱和，其音甚哀，称为《玉树后庭花》。

题　解

这是一首咏史诗，大致写于唐宣宗大中十一年（857），作者游历江东，路过隋宫遗址，有感于朝代变迁，因赋此诗。隋宫在此指隋炀帝在扬州建造的行宫。隋炀帝于大业元年（605）开凿大运河通济渠，从洛阳可直达江都（今江苏扬州），沿通济渠筑离宫四十余所，江都宫尤为壮丽。隋炀帝从大业元年至十二年（605—616）三游江都，每次随从二十万人。他乘的龙舟高四十五尺，长二百尺，起楼四层，其跟随的大小船只数千艘，船队前后长二百余里，夹岸骑兵护送，旌旗蔽天。沿途百姓供给负担沉重，给人民造成巨大灾难。本诗借古讽今，批评隋炀帝荒淫乱政，且又至死不悟，最终亡身覆国，以此为唐王朝警鉴。

赏　析

这首借古讽今的作品没有沉陷在历史史实中一味怀古，而是选择典型的景物和事件揭示隋朝灭亡的原因。全诗结构严谨，对仗精巧，气势恢宏，节奏顿挫有致，将冷峻的讽刺与深沉的感慨融合，具有深刻的说服力。

首联“紫泉宫殿锁烟霞，欲取芜城作帝家”，起笔就展现出一幅华美的长镜头：长安城紫泉南边的宫殿，深锁在朝烟暮霞之中，而皇帝却想用过去的芜城扬州作为帝都。隋炀帝厌倦了宫中的生活，经常游历天下，要去扬州寻欢作乐，并打算将它变成帝都，可见隋炀帝追求豪奢生活的贪欲。首句巧用“烟霞”，从侧面描绘出长安宫殿巍峨壮丽奢华，而这都不能满足帝王穷奢极欲的愿望，强化了讽刺力量；到扬州吃喝玩乐已经很不像话，竟然还要把它变成皇都，此又是第二层递进笔法。而第一句又为第二句蓄势铺垫，这样，层层勾连张引，显示出作者高超的技法。

颔联“玉玺不缘归日角，锦帆应是到天涯”宕开一笔，用假设的构想来进一步写隋炀帝的极尽奢靡、无法满足的贪欲：如果不是隋朝的玉玺（象征政权）落到了有“日角龙庭”的天子相的李渊手中，那么隋炀帝的龙舟想必定要一直游到天涯海角了。实际上当时隋炀帝已经开凿了八百多里的江南河，准备从扬州渡江南游会稽，只是还未实现。大业十二年（616），隋炀帝第三次南游江都。次年，李渊在太原起兵；十四年，隋炀帝被宇文化及所杀。此联在首联基础上更进一层，批评力度进一步加强。此外，李商隐诗歌中常常运用借代的修辞，不但新颖，而且言简意赅，意象优美，如此联中的“玉玺”“日角”“锦帆”。

颈联“于今腐草无萤火，终古垂杨有暮鸦”，选择隋炀帝在位时两件最荒唐的事件来以点带面。大业十二年，隋炀帝在东都景华宫动用大量人力捕捉了许多的萤火虫，以便夜出游山时放飞它们，用以照亮山谷。扬州有放萤苑，据说也是隋炀帝放萤之处。萤火虫生长在腐草之中，所以古代有“腐草为萤”的说法。这里说“腐草无萤火”，既是嘲讽萤火被隋炀帝搜尽，至今连腐草也不能复生萤，又是慨叹荒宫腐草、萤火绝迹，满目幽暗凄凉之境正映衬着隋朝的衰落。第二句则是叙述了隋炀帝在开通济渠时，沿堤一千里，全部种植垂杨。而现在，隋堤上的垂柳上只有乌鸦在上面栖息聒噪，再也没有当年锦帆相接、旌旗蔽空的景象。一“无”一“有”两相对照，突出讽刺力量。今日的“无”，正透露着往昔的“有”，也暗示着昔日隋宫的繁华现已成为一片乌有；今日的“有”，却比之前什么都没有的“有”更令人感慨。“于今”对“终古”，“腐草”对“垂杨”，“无”对“有”，“萤火”对“暮鸦”等，结合极其紧密，构思极为精巧。

尾联“地下若逢陈后主，岂宜重问后庭花”又做一假设，用反诘的语气，彻底把隋炀帝讽刺到底。意思是，如果隋炀帝与陈叔宝梦中相遇，难道好意思再请陈叔宝吟诵《后庭花》吗？言外之意，杨广虽目睹了陈叔宝荒淫亡国的事实，却不加以吸取教训，终导致国家覆亡。陈叔宝与隋炀帝同以荒淫著称千古。隋文帝开皇九年（589）灭陈，陈叔宝投降。《后庭花》是陈叔宝所作的反映宫廷淫靡生活的舞曲，被后人斥为“亡国之音”。而隋炀帝既纵情吃喝玩乐，又迷恋亡国之音，终于重蹈陈叔宝的覆辙，身死国灭，为天下笑。作者将隋炀帝生前的梦境直接转化成死后的相逢，这一构思巧妙有力，更能强化讽刺力度。嘲讽了隋炀帝不但生前紧赴亡陈之后尘，连死后竟也相随陈后主于地下；不但活着的时候做梦都醉心于《玉树后庭花》这样的靡靡之音，就连死后也迷恋声色，昏庸之本色丝毫不变。“岂宜”二字，轻描淡写中寓有冷峻的讽刺。本首诗的精彩之处在于巧用典故，造句精巧，将深刻的讽刺和深沉的感慨融合无迹。但这还不是作者的最终用意。既然隋炀帝不以陈叔宝为前车之鉴，那么当代的统治者又不以隋炀帝为鉴，岂不照样亡国？那么将来，唐王朝的统治者在地下与隋炀帝相遇，也还是不好意思提起隋炀帝的穷奢极欲啊。

作者处于中晚唐时代，唐朝的统治已经因为无限制的豪奢早已露出败亡之相。所以，李商隐的警语并非危言耸听。为了起到警醒的效果，作者用层层推进之法，极尽讽刺之能事，步步为营，层层剥笋，借古讽今，表现出无可辩驳的力量。

[未编年诗]

无　题

凤尾香罗薄几重①，碧文圆顶夜深缝②。
扇裁月魄羞难掩③，车走雷声语未通④。
曾是寂寥金烬暗⑤，断无消息石榴红⑥。
斑骓已系垂杨岸⑦，何处西南待好风⑧？

注　释

① 凤尾香罗：即凤尾罗，一种轻薄华贵的丝织品。香罗：指帷帐。几重：几层。古代的罗帐有单帐、复帐之分，这里指复帐，所以说“几重”。

② 碧文圆顶：有碧绿色花纹的圆形帐顶。

③ 扇裁月魄：指女子手中所拿的团扇，裁制得和月亮一样圆。月魄：本指月亮中没有被太阳光照到的昏暗部分，这里指圆月之形。传为东汉班婕妤所作的《怨歌行》中有“裁为合欢扇，团团如明月”之句。羞难掩：含羞半掩，未把脸儿全都遮住，意为露出眼睛来偷窥。

④ 车走雷声：指车走时，有如雷鸣的隆隆之声。司马相如为失宠的陈皇后所作的《长门赋》中有“雷隐隐而响起兮，声象君之车音”的句子。语未通：没有机会相互交谈。

⑤ 曾是：已然、已是。金烬暗：指烛将燃尽，光线暗淡。金烬：指灯芯的余火。

⑥ 断无：绝无。

⑦ 斑骓（zhuī）：毛色青白相杂的马。系：拴住。

⑧ 西南待好风：指殷切地等待对方来相会。曹植的《七哀诗》：“君若清路尘，妾若浊水泥，浮沉各异势，会合何时谐？”

题　解

这是一首七律无题诗，采用女主人公心理独白的表述方式，缱绻婉转、含蓄深挚地表达了女主人公寂寞的爱情，无法与意中人相守的幽怨与惆怅以及相思无望的苦闷彷徨。全诗一唱三叹，极尽委婉曲折之风致，不但描写了女子深夜缝制罗帐，男子系马垂杨岸边，而且，用细致的笔墨具体描叙双方邂逅相遇、未通言语的戏剧性情景，写出了那份苦涩和无奈。

赏　析

这首诗借助女子的口吻抒发爱情悲绪，情感跌宕生姿，极尽婉曲风情。

首联“凤尾香罗薄几重，碧文圆顶夜深缝”描写了女主人公深夜缝制罗帐的典型情景。作者并没有点明主人公的性别身份，只是再现生活场景，让读者去想象她为什么要缝制罗帐？她又有着怎样缠绵的爱情故事？这更增强了神秘感和艺术性。首句用“凤尾”“香罗”写出了闺房的独有特点——陈设华丽鲜艳，第二句重点刻画女主人公深夜缝罗帐的动作，暗写她复杂的心理活动和情感波动。这两句实际上都隐含着重要信息：之所以要布置得如此美好，之所以能细心发现罗帐的问题并深夜缝补，说明女主人公是多么在乎陈设，也就能暗示出她对美好爱情的向往。

颔联“扇裁月魄羞难掩，车走雷声语未通”通过女主人公的回忆，再现了一个约会的事件：那日女子乘车出去，与诗人中途相遇，女子惊喜之余略带羞涩，急忙用团扇遮掩面容。二人虽然相见，但并没有机会去互诉衷肠。这是女子缝制罗帐时内心的情感活动。她不无怅惘地追思往事，想那日约会竟然是如此遗憾地擦肩而过。这情景是女主人公火热的爱恋生活中的一幕，虽然发生在瞬间，然而给女方心灵却带来无限的迷恋和惆怅。作者的描写生动传神，通过相遇时她那种以团扇遮面，羞涩又含情顾盼的神态把女子内心的情感淋漓尽致地表达出来。可是车行人去，最终却没能说上话，因此只留下无尽的相思。作者描绘路遇情景鲜明如画，跃然纸上；刻画初恋心理发乎于情，细致入微。追忆中有温馨和甜蜜，也有遗憾与惆怅。作者寥寥数语，就把女主人公的相思爱恋之情写得缠绵深悱。她的夜深缝罗，是对爱情深情的向往；她的忆旧怀着深沉的叹息；她的寂寞对烛，则是默默忍受着相思之苦的熬煎。

颈联“曾是寂寥金烬暗，断无消息石榴红”紧承上联中惆怅的回忆，续写相思之苦：多少个日日夜夜，自己孤枕难眠，只好独对孤灯，直到灯光暗淡。自从上次分别之后，再无机会相见，一恍好几个春秋都过去了，如今石榴红的季节也来到了，春天过去了，你却音讯杳无，石沉大海。女子的心里装着无数辛酸苦楚的往事，一旦想起来备受煎熬。更让她绝望的是没有对方的消息，这相思也就无从寄托。其中，“石榴红”暗指女子最美好的青春年华即将过去，这在无形中又增添了一份哀愁。而“曾是”与“断无”的配合使用，又在语气上增强了表现力。本联通过女子的回忆和心理纠结，把相思之苦、复杂的爱情滋味写到极致。

末联“斑骓已系垂杨岸，何处西南待好风”一改前三联苦涩的描写、回忆，写女子的期待，好像是在无望中找到了希望。“斑骓”句暗用乐府《神弦歌·明下童曲》“陆郎乘斑骓……望门不欲归”之意，写女子与她长相思恋的人其实并不遥远，也许此刻他正在岸边系马于垂杨呢。但这一期待反而加重了相思之苦。既然一直如此之近，为什么这么多年来没有机会相遇呢？还是缘分未到，咫尺仿佛天涯。结尾，作者还是让感情又回到美好的期待中：何处等来一阵西南好风，把心上人吹到身边来呢？可以说，写到这里，情感真是一波三折，但目的都是为了把相思之苦委婉曲折地表达出来，增强艺术表现力。

在诗人笔下，那种欲说还休、欲罢不能的相思，通过几种描写，辅之以虚实结合的写法，含蓄委婉优美地表达出来，表现功力炉火纯青。诗人在片段抒写的同时加入大量的抒情，使诗的内容密度大大地增加。并且运用比喻、象征、联想等手法来加强诗的暗示性，同时对人物内心情感准确细腻的把握，使得诗作显得更为含蓄蕴藉、意境深远，读来也更加的深切动人。

无　　题

重帏深下莫愁堂①，卧后清宵细细长②。
神女生涯原是梦③，小姑居处本无郎④。
风波不信菱枝弱⑤，月露谁教桂叶香⑥。
直道相思了无益⑦，未妨惆怅是清狂⑧。

注　释

① 重帏：室内重重帷幕。深下：深深垂下。莫愁：古乐府中常提到的一个女子，一个是洛阳人，后嫁卢家为妇。一个是石城（今湖北省钟祥市）人，善歌谣。这里指深闺中未嫁女子。

② 卧后：指夜晚安寝。清宵：清静的深夜。细细长：指夜晚悠长。

③ 神女：即宋玉《神女赋》中所说的巫山神女，与楚王在梦中欢会。生涯：指爱情生活。

④ 小姑无郎：出自南朝乐府《清溪小姑曲》："小姑所居，独处无郎。"居处（chǔ）：居住，这里指生活。

⑤ 风波：喻指爱情被阻梗的险恶势力。菱枝弱：比喻女方如菱枝一样柔弱。

⑥ 月露：秋月和月露。谁教（jiāo）：谁使。

⑦ 直道：即使，即便是，是假定之辞。了无益：全无益处。了：全然。

⑧ 清狂：狂放而能坚持操守，这里指痴情。

题　解

这首无题七律诗，是描写闺阁情怨的作品。它以幽怨缠绵的情调、含蓄宛转的笔法，抒写了青年女子的相思之苦、相思无望的苦闷。在内容上，不去纠缠于具体的情事，而是专注于揣摩女子心理的情感变化，以独白的方式写她的身世境遇，笔意简练灵动，意似寄怀。本首诗歌辞藻华丽、新颖，特具诗味，品读令人获得美的感受。

赏　析

这首爱情诗通过女子心理活动表现她的爱情经历和情感，侧重于表现女主人公的身世遭遇。

首联“重帏深下莫愁堂，卧后清宵细细长”点出时间、地点、环境和人物的日常活动及感受。帷幕重重垂到地上，寂寞的女子在清冷的寒夜独自躺下，时间是如此漫长，时光是如此难挨，内心的苦楚又向谁诉说？这是两首无题诗中的第二首。第一首写女子与心上人相遇而“语未通”，从此独守空房，在寂寞孤独中为相思所苦。这一首诗，作者起笔就描写闺房的环境，重点突出重帏低垂，暗示出女主人公情绪低落、心情苦闷。第二句重点描写她躺在床上的感受：清宵寂冷，长夜难眠。首联能抓住典型环境烘托人物的典型心理，“细细”二字用得极佳，把慢慢推移的时间和蚕食着心灵的痛苦都表现出来了。

颔联紧承首联的长夜不寐，深入表现她失望寂寞惆怅的心绪。“神女生涯原是梦，小姑居处本无郎”，意思是：这如同巫山神女般的生活，原本就是一场梦境，而小姑居住的地方不会有情郎，她的生活就是如此孤独寂寞。这里运用楚王和巫山神女梦中欢会的故事表明爱情的遇合有如梦幻，一切终成泡影，唯有痴情人独自幻想等待。这两句仿佛是在劝慰自己，还是打消这个念头吧，命该如此，何必守着一份寂寞的相思独自彷徨呢？这样写，情感表现才有波澜，人物的情感才有线条。

颈联“风波不信菱枝弱，月露谁教桂叶香”写女子虽然遭遇不幸，以菱枝般柔弱的身体不能承受严酷的风波，却依然能保持自己如桂叶般天然之香一样美好的品质。她的美丽，如桂叶一样芬芳，但无月露滋润使其飘香。作者叹息她弱如菱枝，一个弱女子如何承受得了残酷的劲风摧折呢？显然，第一句反衬第二句，意在表现女主人公爱情专一、至死不渝的情感坚守。作者表达了自己的同情、赞美，也对女子的命运表示愤懑。

尾联“直道相思了无益，未妨惆怅是清狂”有点揶揄之意，既然相思无望，爱情早晚会破灭，何不抒发一下无奈聊作清狂呢？深层意思是在表达对爱情坚贞不渝的情感。在近乎幻灭的情况下仍然坚持对爱情至死不渝的追求，至此，“相思”的刻骨铭心便更可想而知了。这样，通过两首诗歌，作者着力表现了女子对爱情的专注与执着的追求，感人至深。

从两首作品来看，作者写身居闺房的女子对月愁眠，忧思难寐，现实中又有各种各样的压力阻隔，却依然能保持对爱情的执着，盼望着有朝一日琴瑟和鸣，显然是借事寄怀的作品，用以表达诗人的身世之感及对美好情操的坚守。李商隐擅长借物抒情、托物言志、因古抒怀，像这种借助爱情故事表达自身的精神追求的作品不在少数。为了加强抒情的形象性和生动性，他往往于诗中织入一些情节片段，层层深入，顿挫跌宕，扩大诗的容量和表达层次，融真情于叙事描写中，形成客观实景与主观情感间的融合，将短小的体制与丰富的内容糅合于一体。他的爱情诗，尤其是以“无题诗”为主，往往都具有情感刻画细腻，语言婉转缠绵、含蓄蕴藉，感情深挚，意境深远的特点，经得起反复的咀嚼与品味。

嫦　　娥[1]

云母屏风烛影深[2]，
长河落日晓星沉[3]。
嫦娥应悔偷灵药[4]，
碧海青天夜夜心[5]。

注　释

① 嫦娥：古代神话中的月中仙女。古代神话说“羿妻嫦娥窃药奔月”。
② 云母：一种板块状矿物质，有金色光泽，有弹性，古代用为门扉、屏风等的装饰物。
③ 长河：此处指银河。
④ 灵药：不死药。
⑤ 夜夜心：夜夜独守月宫的孤寂之心理。

题　解

这首诗是一首典型的寄怀之作。作者借助嫦娥的形象，另辟蹊径，表现嫦娥孤寂凄凉、高处不胜寒的处境。诗作以“嫦娥奔月”的典故入手，展开想象，揣度主人公的内心世界，表现出一种同病相怜、同心相应的情感，格调感伤，蕴意深沉。

赏　析

这首诗语言明白晓畅，含义蕴藉深婉，格调感伤沉郁，借典寄怀，抒写人生感受。历来以“嫦娥”为触媒的诗作不在少数，这首诗跳出思维的局限，别出机杼，立意新颖。全诗不过二十八字，却能巧妙运用“嫦娥奔月”这个千古流传的神话典故，勾勒出高远清寂的意境和深切的寂寞感，让不同的人都能产生心灵共鸣，使得诗歌有了放射线的解读，正所谓一千个人心中有一千个哈姆雷特。

开篇两句“云母屏风烛影深，长河落日晓星沉”借助联想想象，摹写月宫里的生活情景，写嫦娥的寂寞生活。在云母屏风后面，烛光摇曳的最深处，嫦娥独对长夜，一直坐到银河隐没，星宿匿光，而彻夜无眠。首句“云母屏风”状居所之华丽，但在华丽的背后却是苦情人寂寞的人生。一个“深”字，不仅仅是写蜡烛拖长了影子，更是表现寂寞之深、孤独之重。作者善于抓住典型景物，寓情于景，发掘人物内心深处隐藏的寂寞感，笔法高绝。这种生活让嫦娥感到厌倦，与最后两句遥遥呼应。可以说，作者对人物心理情感的刻画细腻入微，生动传神。次句“长河落日晓星沉”写寂寞的月中仙子嫦娥，面对冷屏残烛、青天孤月，又度过了一个沉寂落寞的不眠之夜。一个“沉”字，不仅描绘出晨星低垂、银河西移的动态画面，同时也映衬出随时间推移而主人公的心绪逐渐低沉的心理特点。“烛影深”“长河落”“晓星沉”，表明时间已到将晓未晓之际；着一“沉”字，暗示了时间的推移与流逝。可见，嫦娥身居寒宫，夜夜不得眠，寂寞到天明。在这里，作者借助环境的描写从侧面巧妙地映衬出主人公低沉的心理状态和寂寞难耐的苦楚，为后两句埋下伏笔。

三、四句“嫦娥应悔偷灵药，碧海青天夜夜心”笔锋一转，从单纯的描写转向议论，用猜测的口吻展开想象：嫦娥一定懊悔当初偷吃了不死之药而奔上月宫，永远面对这碧海青天而夜夜凄凉，相思之情绵绵不尽吧。这里有一个强烈的对比，将嫦娥当初偷吃灵药的心情与成仙后的寂寞孤独对比，将以前美好的生活与苦涩的神仙生活对比，而且强调，这种无聊苦闷的生活将永远持续下去，所以才着“应悔”两字，力透纸背。由于有一、二两句的描绘与渲染，这个“应”字就显得水到渠成，自然合理。“碧海青天夜夜心”，虽然清高尊贵的月中仙子生活在富丽堂皇的月宫之中，但年复一年，日复一日，在无尽的循环往复中更增添了孤清寂寞之感。因此相较言之，后两句与其说是对嫦娥处境与心情的深情体悟，不如说是主人公通过对月中仙子生活及心境的想象揣测的描摹，表达出与其相通之寂寞心灵的独白。

作者写嫦娥的孤独生活并不是为了丰富古意，为写诗而写诗，作者是别有他意的。通览嫦娥生活的特点以及造成这种生活的原因，与作者的遭际不是很相似吗？当初充满期待要当神仙，哪知如今神仙生活是如此苦闷孤独？作者也是一样，早知今日孤独凄凉，何必当初百般追求、踏入仕途却又要清高自守呢？作者借揣度嫦娥的心理，写出自身的孤寂感，以及由此而引起的“悔偷灵药”式的情绪，融入了诗人独特的现实人生感受，使得诗作含有更加丰富深刻的意蕴。

诗人一生仕途不顺，晚年更是孤独一人，处境凄凉。诗人虽然处在现实的困境中难以摆脱，但仍然愿意保持高洁的品格，这种追求往往使他陷入更为孤清寂寞的境地。清高与孤独的伴生，以及由此而引起的自赏与自伤，及内心既不甘变心而从俗，又难以忍受孤独寂寞的煎熬这种微妙复杂的心理，被诗人用精妙而含蕴的语言成功地转化表现出来。

无　　题

相见时难别亦难，东风无力百花残[1]。
春蚕到死丝方尽[2]，蜡炬成灰泪始干[3]。
晓镜但愁云鬓改[4]，夜吟应觉月光寒[5]。
蓬山此去无多路[6]，青鸟殷勤为探看[7]。

注　释

① 东风：即春风。
② 丝：借喻情思。
③ 蜡炬：即蜡烛，蜡烛燃烧时蜡脂流溢如泪，故称之为“蜡泪”，常用来象征别恨。泪：借喻眼泪。
④ 晓镜：清晨照镜。云鬓改：借指青春容颜的消逝。云鬓：年轻女子浓密的鬓发。改：指鬓发枯萎。
⑤ 夜吟：夜间吟诗。
⑥ 蓬山：神话传说中的海上仙山。
⑦ 青鸟：传说中为西王母传递讯息的仙鸟，喻指信使。

夜吟应觉月光寒

题 解

李商隐很多无题诗都是与爱情有关的，当然也可以认为是借助爱情表达人生感慨。本诗描写了诗人与恋人分别之后的相思之苦，写得婉约清丽、真挚动人，极具鲜明的个性，可谓是别开生面，呈现出独特的意境和情感色彩，具有不朽的艺术魅力和深刻的哲理意义。

赏 析

这首诗代表了李商隐无题诗爱情诗的最高成就，成为唐代乃至中国古典诗歌的不朽之作。全诗从字面理解是写作者与所爱的女子难分难舍的别离之情以及分别后漫长而执着的思念之情。如果再深入一步，联系李商隐的生平经历以及他所有的诗歌作品，我们还可以将它解读为表达高尚的人生境界与执着的理想追求的作品，这正是李商隐诗歌独具魅力的特征之一。其中如“春蚕到死丝方尽，蜡炬成灰泪始干”之类的句子，选取最具中华文化内涵代表性的意象，以平常之词创造不平常的诗歌形象，是流传甚广的千古名句。

首联“相见时难别亦难，东风无力百花残”写百花凋零的暮春时节，一对情投意合、缠绵缱绻的恋人经过千辛万苦好不容易相见，却又要面临分别的痛苦，这种分别却比相见更让人伤心至极。起笔作者就概括了自古以来情人聚散分合的最痛苦的感受，一上来就把情感写得细腻悲情，紧紧抓住了读者的心。其中，两个“难”字所用极妙，它既抒聚散的深情，又通过对比写出情感的层次，突出了分别时无法承受的痛苦，且在一句之中，形成回环的音调，一唱三叹，容易在读者心中形成强烈的共鸣。前后两个“难”字，含义迥然。第一个写难相见，突出时空的阻隔；第二个写难分手，强调相聚时间之短以及恋恋不舍的深挚情感。两个“难”字将离别的痛苦重笔渲染，使得诗作意蕴丰富，曲折而深婉。“别”字是全诗的核心，全诗都围绕着它展开。而最可称道的还有第二句，从整体看，它是第一句的背景，是渲染气氛烘托悲情。它向我们展开了一幅伤离别的画面：暮春时节，东风无力，百花凋零，如同象征着青春、爱情的消逝。而我们的相见也要随春而去，这又是何等的悲伤凄凉。总之，首联两句相得益彰，首句直抒胸臆，此句渲染烘托，为全诗奠定了抒情的基调。

颔联“春蚕到死丝方尽，蜡炬成灰泪始干”是全诗悲伤情感的极致与精华。春蚕吐丝，丝成茧，茧自缚，一直到死，丝才吐尽；蜡烛一边燃烧自己，一边流着滚烫的烛泪，直到灯芯燃尽，泪滴方干。作者选取了两种最能代表至死不渝的爱情的意象，抓住意象本身不惜耗尽生命都要奉献一切的特点，用来比喻海枯石烂的爱情，成为抒写爱情的绝响。这是一种极致的美丽，是伟大爱情的写照。整体而言，这两句是描写分别时执手相看泪眼的对爱情的誓语，是对爱情的深情承诺，这样把情感再次推向高峰，更见情感之缠绵之深切。其中，“丝”和“思”谐音，指相思之情，如丝之长，生死不渝；以烛泪喻人离别之泪，对仗精工。诗人借此抒发了自己对所爱之人至死不渝的深挚思念，以及终身不已的别离之恨，充满了沉痛哀婉的悲剧色彩。

颈联“晓镜但愁云鬓改，夜吟应觉月光寒”是诗人站在恋人角度的设想之词，是别后自身状况的设想之词：你清晨照镜，唯恐美丽的云鬓斑白衰老；我夜晚吟诗，大概会感到寒气袭人。这两句真是写得妙极。两人相对无言，泪眼婆娑，却能宕开一笔，虚写别后的情景。实虚结合的写法也是李商隐写爱情诗所擅长的，它能将眼前情推进一步，使情感具备了层次和深度。不但如此，作者运用虚笔还设身处地想象到恋人的情状，这是对她的担忧和深爱。恋人之所以对镜叹息云鬓染白，是感觉到时光易逝，青春不再，不知道何时可以再见，不知道那时是否老得不认识，老得不想爱，写出了情感的一波三折。而自己，想象着恋人的苦楚思念，虽然可以写诗吟诵以解相思之苦，但是长分两地，月光也该感觉到几分寒意吧。就算一个短句，作者都能用一两个字渲染气氛，力尽曲致，技法何其高超。更可贵的是，这两种未来的情感，在我们面前是多么具有艺术的感染力。仿佛两人远远相望，夜不成寐，想着彼此的好，想念着彼此的想念，跨越时空，直教人唏嘘感叹。这一联用虚笔极写分别的伤悲和未来的处境，感人至深。

尾联“蓬山此去无多路，青鸟殷勤为探看”是写分别之后因为时空的阻隔，双方音信杳无因而生出的假象，是绝境中的自我安慰，亦是无望中的渺茫希冀。诗人利用神话传说，表达相思的极端痛苦及迫切希望能够相见的急不可待之心情。“蓬山”，即蓬莱山，是传说中三大神山之一，代指心上人的住所。诗人寄希望于青鸟能将自己的相思之情传递给远方的心上人。作者借用神话传说，不仅增添了诗歌的浪漫主义色彩和传奇色彩，也让整个画面更具美感和感染力，重要的是能把相思之情写到无法再写的程度。就算是有再大的阻隔，也要知道彼此的思念。尾联和颔联遥相呼应，最后表现出了一种永不消沉、对爱情坚定执着的态度。

本诗写别恨相思，纯粹抒情，不作叙事，但感情的发展脉络清晰，转接自然，环环相扣，曲尽其妙，情真意切。全诗运用比兴象征的艺术手法，回环往复的抒情方式，表达了“伤春复伤别”的感情。

霜　　月[①]

初闻征雁已无蝉[②]，
百尺楼高水接天[③]。
青女素娥俱耐冷[④]，
月中霜里斗婵娟[⑤]。

注　释

① 霜月：即秋月。《礼记·月令》："孟秋之月寒蝉鸣，仲秋之月鸿雁来，季秋之月霜始降。"

② 征雁：迁徙的雁，多指秋天南飞的雁。征雁无蝉：写深秋景象，大雁南飞，蝉鸣停止。

③ 水：指月光、霜华似水。

④ 青女：古代传说中为司降霜雪之女神。素娥：即传说中月中仙子嫦娥。

⑤ 斗婵娟：即争奇斗妍之意。婵娟：形容姿态美好。

题　解

本诗以“霜月”为题，借景抒情，借典寄怀。作者没有从霜月本身着笔，而是写自己于深秋季节，登上一座临水高楼观赏霜月交辉的夜景，并由此引发司霜之女神素女与月中仙子嫦娥争相斗艳的想象。表达了作者赞美霜月之神不惧寒冷，在霜里月中争奇斗妍、超凡脱俗的精神，同时也寄托着对作者自身精神及品格的写照。

赏　析

本诗写一个暮秋时节，诗人于霜重气寒之夜，登上一座临水的高楼，放眼望去，水光接天，霜月交辉。作者不禁展开想象，借助司霜之女神青女与月中仙子嫦娥斗美比洁的假想，抒发个人怀抱。

首句“初闻征雁已无蝉”，点明时令是深秋时节。作者不写草木凋零，而是通过征雁、寒蝉的状写来侧面写出暮秋的季节特点。只见南飞的大雁已踏上征途，天地间早已没有蝉鸣的声音，这些都喻示着深秋已然来临。作者之所以这样写，大致是因为写草木凋零笔法太过寻常，更重要的是作者对季节的变迁还不是那么敏感，忽然之间看到迁徙的大雁，这才心头恍然，原来秋天也即将过去啊，怪不得很早就听不到寒蝉的叫声了。次句笔锋一转，“百尺楼高水接天”，诗人登临高楼，远远望去：月光皎洁，霜华如水。月光、霜华与明净的夜空连成一片，好一片醉人的深秋月色！紧接着，三、四句“青女素娥俱耐冷，月中霜里斗婵娟”，诗人展开新奇的想象，在这如此冷寂、幽美的夜色里，想必司霜的青女与月中的素娥，不怕霜重秋寒，在月中与霜下争奇斗妍，才会有这如华的月夜美景。

秋士见阴则悲，历来写秋不过“悲秋”二字，尤其是深秋季节，时令的巨大变化最能引发诗人对时间、人生的深思。但是这一首诗，李商隐一改士人悲秋的陈调，从秋霜、秋月入手，发掘秋天特有的美：秋之清宵，秋霜迷离，月影摇曳，光明皎洁，别有韵致。秋自有其胜处，只不过为凡夫俗子所不能见、所不能品罢了。诗题为“霜月”，然诗人并未从霜月本身着笔，而是写月中、霜里的青女与素娥。这样，所描绘的就不仅仅是自然景色，而是勾摄了清秋之魂魄、霜月之精神。这精神是诗人从霜月交辉的夜景中发掘出来的自然之美，也是诗人性格中高标绝俗、耿介不随的自然流露。

作者着笔于霜月，却不去描写霜月，而是宕开一笔，写月中霜里的素娥和青女，这本身就很新奇。可是冰肌玉骨的绝代佳人，愈是在宵寒露冷之中，愈是见出雾鬓风鬟之美，这种美何人能够见得？她们的绰约仙姿之所以不同于庸脂俗粉，正因为她们具有耐寒的特性，经得起寒冷的考验。这精神是诗人从霜月交辉的夜景中品味到的自然之美，同时也反映了诗人在混浊的现实环境里超脱绝俗、耿介孤守而不随波而流的品格以及始终追求美好、向往光明的深切愿望。

本诗采用实虚结合的写法，自出机杼，别见新奇。一、二句，是实写环境背景，三、四句的想象议论，是从前两句生发而来的。首句侧面描写状秋天之即将过去，次句写水光接天渲染烘托并确定抒情议论的基点，并将天地之间霜月交相映照的美景描画出来，为下几句铺垫张本。诗人之所以能看到这些，是因为他的处境与暮秋类似，他的品格与两位仙子的斗艳有契合点，都是不畏霜寒，斗艳竞美，其境界之高不言而喻。

牡　丹

锦帏初卷卫夫人①，绣被犹堆越鄂君②。
垂手乱翻雕玉佩③，折腰争舞郁金裙④。
石家蜡烛何曾剪⑤，荀令香炉可待熏⑥。
我是梦中传彩笔，欲书花叶寄朝云⑦。

注　释

① 锦帏：织锦的帘帏。卫夫人：卫灵公夫人，名南子，宋国贵族，以美艳著称。《史记·孔子世家》："灵公夫人有南子者，使人谓孔子曰：'……寡小君愿见。'孔子辞谢，不得已而见之。夫人在絺帏中。孔子入门，北面稽首。夫人自帷中再拜，环佩玉声璆然。"这里借用故典，以锦帷乍卷、容颜初露的卫夫人形容牡丹初放时的艳丽夺目含羞娇艳。

② 越鄂君：鄂公子皙。刘向《说苑》记载，鄂君子皙泛舟河中，划桨的越人唱歌表示对鄂君的爱戴，鄂君为歌所动，扬起长袖，举绣被覆之。

③ 垂手：舞名，亦指舞姿，垂手、折腰都是古代舞姿。雕：刻镂。

④ 郁金裙：指郁金草染色的裙。

⑤ 石家：石崇。《世说新语·汰侈》："石季伦（崇）用蜡烛作饮。"

⑥ 荀令：即荀彧，据说他到人家，坐处三日香。旧时衣香皆由香炉熏成，荀令自然身香，所以说"可待熏"。可待：岂待、何待。

⑦ 花叶：花片。朝云：指巫山女神。

题 解

这是一首借物抒怀的诗歌。牡丹自古以来就因其艳冠群芳的姿色被称为百花之王。唐朝李正封有诗曰："国色朝酣酒，天香夜染衣。"北宋周敦颐的《爱莲说》里也有"牡丹，花之富贵者也"的句子。这首七言律诗题为《牡丹》，即是赞颂牡丹的借物咏怀之作。本诗以花写人，借咏牡丹而抒发诗人对意中人的爱慕、相思之情。

赏 析

这首诗以"牡丹"为题，以描摹牡丹为重点，运用大量典故，借史上卫夫人、越人、贵家舞伎、石家燃烛、荀令香炉等故事以物喻人，来描写牡丹的千姿百态、风姿绰约、色彩艳丽和香味馥郁，笔法奇绝。

首联"锦帏初卷卫夫人，绣被犹堆越鄂君"借用卫夫人和越鄂君这两个典故形神毕肖地描绘了单株牡丹初放时的艳丽夺目。这里活用卫夫人的典故，将"在锦帏中"改为"锦帏初卷"，形容牡丹像锦帏乍卷、面容初露的美妇人，艳丽华贵，光彩照人，又具有想象力。"初卷"二字写出了牡丹初放时的半卷半张的美好姿容。"绣被犹堆越鄂君"是借越鄂君的典故将牡丹的绿叶想象成绣被，将牡丹花想象成绣被拥裹着的越人，形象地写出了牡丹的绿叶紧紧包住娇艳红花的含苞待放的美好姿态。其中"犹堆"二字突出描写了牡丹花苞初盛时绿叶紧包的形状，与上句的"初卷"相呼应。写花之美容，历来作品也多，但能在描写之中融入典故，将花比作人，则让花更具人的姿态情感和内涵，也能将花写得生机盎然、光彩照人。

颔联"垂手乱翻雕玉佩，折腰争舞郁金裙"承上联，用赋体手法状写牡丹花在风中摇曳的姿态。意思是牡丹在春风吹拂下枝叶摇曳的动人情态就像舞者翩跹起舞时垂手折腰、佩饰翻动、长裙飘扬的轻盈姿态。《乐府解题》里有："大垂手、小垂手，皆言舞而垂其手也。"《西京杂记》又记载："(戚)夫人善为翘袖折腰之舞。"这里用"垂手""折腰"两个舞名来形容牡丹花叶在迎风起舞时起伏翻卷、摇曳多姿的形象。

本诗的前两联动静结合描写牡丹花婀娜多姿的形态，颈联“石家蜡烛何曾剪，荀令香炉可待熏”则赞美了牡丹的国色天香。“石家蜡烛何曾剪”是说牡丹的颜色像石崇家的蜡烛那样光彩照人，甚至不必剪去烛花。蜡烛当柴，无须剪烛芯，所以说“何曾剪”。“荀令香炉可待熏”是说牡丹的芬芳本自天生，也不必像荀令君那样用香炉熏了。不待香炉熏烘，说明牡丹香气天然浓郁。这两句着力于牡丹的光彩和芳香，目的是表现牡丹的富贵。

前三联从不同侧面、不同角度重笔描写牡丹的方方面面，尾联“我是梦中传彩笔，欲书花叶寄朝云”，收住笔端，发挥自己的联想想象能力，恍惚中仿佛梦见了巫山神女朝云，于是盼望她能传授一支生花彩笔，让诗人将满腔的爱慕之情题写在这花叶上寄去。这显然又是一虚笔想象，丰富了诗歌的内涵意蕴。“梦中传彩笔”记载于《南史・江淹传》:“尝宿于冶亭，梦一丈夫自称郭璞，谓淹曰 :‘吾有笔在卿处多年，可以见还。’淹乃探怀中得五色笔一以授之，尔后为诗，绝无美句。时人谓之才尽。”这里虽然借用典故，但不拘泥于典故本意，而是反用其意，暗指自己也是富于才思和文藻的。

这首诗充分发挥了李商隐善用典故的特长，句句用典而不觉繁复赘余，主要是因为每一个典故都是经过精心选择的，从不同角度侧面写出牡丹不同的美来。作者以花写人，又借牡丹来比喻佳人，暗示意念中的情人如花似玉，寄托自己对美人的欣慕之情。结尾自有传神之妙笔，将描写此国色天香之花寄予相思之人。诗人突发奇想，欲寄牡丹花叶于巫山神女。前三联用比，一气贯通。明写牡丹，暗颂佳人，一实一虚，别具风格。

蝉

本以高难饱①，徒劳恨费声②。
五更疏欲断③，一树碧无情。
薄宦梗犹泛④，故园芜已平⑤。
烦君最相警⑥，我亦举家清⑦。

注　释

① 高难饱：《吴越春秋·夫差内传第五》："秋蝉登高树，饮清露，随风㧑挠，长吟悲鸣。"这句是说，蝉处高树，饮清露而难饱。高：即指高处，树之顶端。

② 徒劳：白白费力，白费劲。

③ 五更：指天快亮时。疏：稀少。

④ 薄宦：官卑职微。梗犹泛：言身不由己，四处漂泊。梗：树枝。泛：漂浮，这里用以形容自己东奔西跑的宦游生活。

⑤ 芜已平：杂草丛生，长得一片平齐，形容荒芜景象。芜：指杂草。

⑥ 君：此处指蝉。警：警戒。

⑦ 举家清：全家清贫，一贫如洗。

题　解

本诗是一首托物寄怀的作品，大致写于唐宣宗大中二年（848）秋，当时作者仕途不顺，希望能够通过令狐家族的帮助提携在仕途上能有所作为，却遭到拒绝。本诗借秋蝉托物言志，抓住秋蝉高逸、悲鸣等特点，寄托身世之慨，一咏三叹，曲尽其意，既写怀才不遇、穷困潦倒的境况，也寄托自己高洁的品格。诗歌采用人、蝉对照的写法，着笔于两者的相同点，一改秋蝉在诗歌中只寄寓凄凉而缺乏内涵的意象特征，赋予秋蝉全新的形象，是咏怀诗中的经典之作。

赏　析

李商隐最擅长从平常的事物中寻找到心灵的契合点，并由此引发开去，层层挖掘，真情毕现。作者抓住寒蝉栖高饮露、悲鸣欲绝这两个特点，重笔描摹其“高难饱”“恨费声”的处境遭遇，寄托自己志向高远而不免潦倒、满腔悲愤而无人同情、羁宦漂泊而遇归不得的悲剧命运，沉郁中见怨愤，怨愤中有坚守，感人至深。

首联“本以高难饱，徒劳恨费声”没有意境的渲染，由题目直接进入到秋蝉窘境的叙述，指出秋蝉之所以食不果腹，全在于位在高处，并且它的悲鸣徒费其声。这里的“高”表面上当然指树高，实际上暗喻品节追求之高；正因为这样，所以只好餐风饮露，因而“难饱”。因为吃不饱而发出哀声，因为无人理睬自己的呼声而“恨”。“费声”又指出蝉鸣乃是徒劳，明知徒劳，却复鸣不已，则恨愈恨，悲愈悲矣。李商隐虽然家庭清贫，但一直清高傲俗，而他也不是那种对官场彻底绝望之人，因为还寄希望于同僚能有所提携，最终却还是徒劳。心中的失望、遗憾逐渐郁积起来，又无人可与诉说，只好借助诗歌，发幽怨之声。

颔联“五更疏欲断，一树碧无情”进一步写蝉的处境。高蝉彻夜悲鸣，到五更时分，唱声渐弱渐疏，几欲断绝。而所栖之树，一片碧绿，却悄然无言，不为所动，是如此冷酷无情。此联紧承上联之“恨费声”，虽然徒劳，却还是要申告悲鸣，一直到天将亮之时，一直到自己声哑为止，可见其心中怨愤之多之深之无处可说。为了更好写出环境的影响，作者用“一树碧无情”作衬托，把作者不得志的情感再推进一步，使人愈感其悲。树本无情，而怨者有情。以有情之人埋怨无情之碧树，看似无理，却无理得绝妙。“疏欲断”既是写蝉，也是寄托自己身世遭遇。就蝉而言，责怪树的无情是无理；就寄托身世遭遇而言，责怪有力者本可以依托荫庇而却无情，却是有理。咏物诗以抒情为主，所以这种无理在抒情上就成了有理，且显得水到渠成，自然而然。

颈联“薄宦梗犹泛，故园芜已平”，慢慢由状写秋蝉向直抒己情过渡，翻译过来大意就是：自己官微人轻，不能左右命运，常常漂浮不定。诗人及第之后，一直做着小官员，又因为生活所迫，游宦于各地，官卑无势，寄人篱下，所以称“薄宦”。作者流徙于各地，不正像水中漂浮的木梗行踪无定、命途难测吗？生活的不安定，使他怀念家园。但是家园离开日久，早已荒芜破败，又何处安身呢？这两句看似和上文咏蝉无关，然细味诗意，其转嫁暗渡之痕迹，依然可见。“薄宦”同“高难饱”“恨费声”相接连。正因官小禄微，所以难饱费声。经此转折，使得前半段咏蝉抒情的意味，愈发明显。

尾联“烦君最相警，我亦举家清”，以“相警”绾结，“君”“我”相对，再次紧扣咏蝉的主题，首尾呼应，十分贴合。这一联，人、蝉对望对看对伤，都是一样的处境与结局，真是同病相怜、同气相应啊。这里采用了拟人的手法，在前几联几乎专写秋蝉的基础上，会合在一处，不但呈现出诗歌层次的变化，也表现出情感的层进关系，就像二重唱最后的合唱一样，将感情推向高潮。

诗人写蝉，没有把重点放在它形貌的描绘刻画，而是用笔于揭示它的内在感受与深层情感。在将蝉人化的同时达到人、物一体有神无迹的境界。诗的前四句寄寓自己穷困潦倒的处境和悲愤无奈的心情。“本以高难饱”写出“高”与“饱”的矛盾，表明自己志行高洁，却不逢于时。“一树碧无情”披露了现实环境的冷酷。这就从主观与客观两方面抒写了自己不幸遭遇的原因。后四句写出自己泛梗飘蓬、欲归不能的羁宦生涯和“举家清”的困苦生活。诗作抓住寒蝉的特征加以突出描写，达到人、物一体的境界。“五更”一联，不仅写出蝉声稀疏凄断的神韵，而且传神地写出了蝉的感觉和感情，显示出作者高超的白描技巧。全诗以清高、清贫为主线，将蝉与我二者融为一体。通篇以蝉自喻，构思巧妙，感慨深沉，堪称绝唱。

微　　雨

初随林霭动①，
稍共夜凉分。
窗迥侵灯冷②，
庭虚近水闻③。

注　释

① 林霭：指飘浮笼罩在林中的云气。唐人陆海《题龙门寺》诗："窗灯林霭里，闻磬水声中。"唐人郑良士《游九鲤湖》诗："仄径倾崖不可通，湖岚林霭共溟蒙。"

② 窗迥：距窗较远。元稹《春病》："残月晓窗迥，落花幽院深。"李商隐《雨》："窗迥时有见，檐高相续翻。"

③ 虚：有虚寂之意。因庭院虚寂，才听到细雨入水的声响。

题 解

微雨是很难察觉也是很难写的，白天尚可，更何况是晚上呢？这首诗描写晚间的微雨，用侧面描写的手法，从声音入手，兼之以其他事物来表现微雨给人的特殊感受。侧面描写也不是单一的，有视觉、感觉，有听觉、渲染，细致入微，体物察情，传达出微妙的变化，精致工巧，独得其妙。

赏 析

在李商隐众多的写景诗中，这一首显得更加纯净单纯，但却不失工笔的细致传神，又兼构思运笔的巧妙，侧面取胜，传达出物象的内在神韵。

微雨，向来是难以捕捉难以描摹的，如果是在没有光线的夜晚，则更难着笔。李商隐却能在细渺处寻找到切入点，运用一定的技巧，真切生动地写出微雨入夜的神韵，全在于虚处运笔，弃视觉之难，取听觉之微，感觉之妙，借助于环境事物和人的主观感受，多方陪衬、渲染，捕捉到微雨的形象，将一个“微”字描写得出神入化。

起首两句“初随林霭动，稍共夜凉分”写傍晚前后微雨刚刚落下的情景。由于细雨如牛毛，加上光线不好，几乎看不到，只感觉它好像是随着林中的雾气一起浮动，看不清是雨还是雾；虽然小雨难以看到，刚落之时，也并未有什么影响，仿佛一切都在不经意之中，但是时间一长，渐渐就能感觉到那份丝丝的凉意由皮肤慢慢渗入。首句写雨之细微，次句写雨之可感，状其朦胧的神韵，悟其暗度之悄然。实虚结合，更见笔力。

三、四两句“窗迥侵灯冷，庭虚近水闻”写夜深后微雨飘落的情景。夜渐深，雨未停，雨的影响越来越能感觉到。由于微雨一直不停地落下来，气温越来越低，室内越来越凉。人在屋子里坐得久了尽管远离窗户，仍然能清晰地感觉到那份沁皮入骨的寒凉。这时候，那摇曳不定的灯光仿佛受到寒气的冷却渐渐淡弱了，如此，则让人感觉寒气无处不在。由于院子里空空荡荡，地面上已经蓄积了水洼，细雨落在上面，甚至可以听得到水面传来的淅沥声。听到这声音，身上愈加凄冷，心里一片空寂。

诗歌题为“微雨”，每一句都紧扣微雨，虽然没有正面描写，但是避实就虚，更见其妙。诗歌通过视觉、感觉、听觉等从不同侧面描写微雨由初起到久落的过程，先是全然不易察觉，等到察觉的时候雨已经下了很久，写得十分细腻而熨帖，但是没有一个字直接刻画到微雨本身，仅是从林霭、夜凉、灯光、水声等物象来反映微雨带给人的各种感受；而首句写林间变幻的云气，与空中弥漫的微雨交融在一起，视觉上给人以中国传统水墨画的特征及韵味。随着时间的推移，光线也在发生着变化，先是暮色苍茫，雾、雨朦胧莫辨，继而夜色渐浓，黑暗笼罩着一切，而此时，如豆的灯光透过浓重的夜幕，倔强地闪烁、摇曳着。全诗紧紧扣住“微”“凉”二字，通过层层的衬托、渲染，凉透纸背，让人不寒而栗。再接下来写听觉：一个“虚”字，突显出庭院的静谧，而近处水面上细微的淅沥雨声也依稀可闻。

这首诗最能见李商隐写景诗之功底。如果说李商隐是一个国画大师的话，那么这个画师最擅长皴染之法，多用虚笔烘托，多用侧面衬托，体物传神，勾勒得法，画技高超。另外，本诗中的用词也特别讲究，“初”“稍”“侵”“冷”“虚”“近”，状物恰到好处，写感觉细腻入微，比如一个“虚”字就把院落空寥、落雨有声写了出来，以动衬静，更见其静。这些侧面的渲染、铺陈，显示了作者写景状物工巧入神的高超技艺。

细　　雨

帷飘白玉堂①，
簟卷碧牙床②。
楚女当时意③，
萧萧发彩凉④。

注　释

① 帷：以布帛制作的环绕四周的遮蔽物。白玉堂：指天宫，相传中唐诗人李贺临死时，看见天上使者传天帝令召唤他上天给新建的白玉楼撰写记文。

② 簟(diàn)：指芦苇或竹席，供坐卧之用。碧牙床：喻指天空，蔚蓝澄明的天空好像用碧色象牙雕塑成的卧床。

③ 楚女：楚地之女神。《楚辞·九歌·少司命》里描写的神女，诗中曾写到她在天池沐浴后曝晒、梳理自己头发的神情。

④ 萧萧：形容凄清、寒冷的感觉。

题　解

这一首诗歌与《微雨》在写法上是姊妹篇，同为咏物诗。《微雨》工于侧面描写，本诗着力正面描摹，铺写细雨的形态韵致。全篇不着一个“雨”字，却字字见雨，字字入雨，别有情致。诗人捕捉到转瞬即逝的意象，用比喻、想象的手法，生动形象地写出了雨的形态特征，为“雨”染上一层神奇瑰丽、如梦如幻的色彩。作者写景细致入微，传达出美妙的“伴生感觉”，有很强的艺术感染力。整首诗联想丰富，色彩鲜明，意境优美，尤其末句以神女意态的虚拟摹想，合成了一幅曼妙的画面，极富浪漫情味。

赏　析

与姊妹篇《微雨》不同，本诗更注重从正面对细雨进行描摹。诗中以比喻的手法为主，辅之以丰富的想象力，着眼于细雨的鲜活灵动，虽短短四句，尽善尽美。这是因为细雨不同于微雨，微雨如牛毛细，不易从视觉入手描写，只能避实就虚，从侧面做文章，借主观感受来烘托主要景物。细雨可观可感，描写起来得心应手。

一、二句“帷飘白玉堂，簟卷碧牙床”用两个比喻开场。这两句本来是写细雨从天上飘洒下来的一般景象，作者却运用丰富的想象化腐朽为神奇，把细雨写得如同仙境一样美好。白玉堂，喻指天宫；碧牙床，喻指天空。蔚蓝澄明的天空好像用碧色象牙雕琢而成的卧床。这里将细雨由天上洒落，想象为有如天宫白玉堂前飘拂下垂的帷幕，又像是从天空这张碧牙床上翻卷下来的簟席。帷幕、簟席的主要特点是纹路细密、质地轻软，以此打比方，主要在于表现细雨的细密精巧，也描画了细雨随风轻扬的轻灵与柔软，状物得其神韵，不愧是大家笔法。另外，这两句以白、碧的亮色搭配，写出了细雨飘落时天空的明亮状态；以帷幕、卷簟连写，并不是重复，而是写出了细雨由小到大、由细软到细密的变化过程，美不胜收。

三、四句“楚女当时意，萧萧发彩凉”进一步发挥丰富的想象力，运用神话传说，由单纯的物象的比喻引入了美人勾魂摄魄的长发，将细雨拟人化，让细雨更具备人的情感和审美特征。楚女，指《楚辞·九歌·少司命》里描写的神女，诗中写到她在天池沐浴后晾晒、梳理自己头发的神情。萧萧，主要写作者清凉的感觉。这两句大意是：想象神女当时的意态，那茂密的长发从两肩披拂而下，闪着熠熠的光泽，萧萧地传送着凉意，与眼前的细雨不是很相像吗？这两句，不仅上承前两句对细雨绵细、轻柔的描写，更重要的是写出了细雨的清凉、光泽和特有的韵致，这样不仅丰富了细雨的特点，还给细雨蒙上了一层神奇、迷幻、浪漫的色彩，把细雨写得如梦如幻，似神若仙，带动读者沉浸在美好的细雨的环境之中，很有艺术感染力。除此之外，这两句还用“彩”“簟”作比，暗扣细雨飘落时明亮、微凉的特征。这不是灰蒙蒙的细雨，更接近于太阳雨；这场雨不是透心凉，而是温度清新适宜。“簟”本来就是竹编材质的软席，那种肌肤接触以后微凉的感受何其神肖！

这首诗最大的特点就是想象丰富，意境优美。诗歌中所有的想象、比喻均与仙境传说有关，尤其是对神女意态动作的描写，为诗歌染上了瑰丽、梦幻的色彩。另外，作者写景富有层次感。细雨从开始的迷蒙若丝，到后面的细密若织，再到最后的如梦如幻，写出了细雨变化的过程。还有前两句重在描摹细雨的一般特点，后两句则转向主观感受的描写，一下子就把细雨的特点提升到审美的最高境界，不能不说是作者超越一般诗人的美学境界的再现。

柳

曾逐东风拂舞筵①，
乐游春苑断肠天②。
如何肯到清秋日③，
已带斜阳又带蝉④！

注　释

① 东风：借指春天。

② 乐游春苑：即古苑名，也称乐游苑、乐游原、乐游园等。故址在今陕西西安南郊。本为秦时宜春苑，汉宣帝时改建乐游苑。为长安仕女游赏的胜地。断肠：断魂、销魂。断肠天：指令人陶醉的时节。

③ 如何肯：即如何会。肯：会。

④ 带：系束、捆缚之意。

题 解

这是一首借物抒情的七绝诗，大约写于唐宣宗大中五年（851）。当时作者由于生计原因，不得以答应了东川节度使柳仲郢之邀去做幕僚，这时作者还未启程离开长安。作者经历坎坷，人生一波三折，且后半生凄凉孤苦，青年时代的美好理想到此都化作伤心事。作者寓情于景，借柳写出了身世之感，寓意深婉。

赏 析

这首诗借柳树春秋不同的变化，先写它在春天的繁华快意，后写它暮秋时节的萧瑟凄凉，以盛衰的对比，自伤白驹过隙、韶光易逝、美景不再的人生经历。对柳树而言，从春到秋的变化，不过是自然生长与消颓的现象，但是对作者而言，意义却大不一样。

首句“曾逐东风拂舞筵，乐游春苑断肠天”，起笔一个“曾”字，以回忆的姿态，追述前事。很显然，这首诗虽然写的是秋日之柳，作者却并不从眼前起笔，而是先追述柳树曾经繁华的春天的情景，从喜到悲，按照自然顺序来写。首句大意是：柳枝在美好的春天里低垂着细长的柳丝，清风轻扬，这番情景让人想起舞女的翩然舞姿。一个“舞”字，形象生动地表现出春柳的婀娜多姿、欢畅快乐；同时，又运用比喻，把随风舞动的柳枝姿态与热闹的舞筵上舞女欢快的舞姿联系起来，极写柳树曾经的快乐与美好。“拂舞筵”三字，仿佛使人看到柳枝同舞女一同翩翩起舞的场面，分不清谁是舞女，何为柳枝，两者相互陪衬映照，其美动人！本来是东风吹得柳枝飘动，诗中却用一“逐”字，说柳枝在追逐东风，变被动为主动，运用拟人，突显出柳枝的蓬勃生气。次句紧承柳树飞扬欢畅的特点，进一步点出时间、地点，指出这不是一般的舞筵，而是最美好的春日里在乐游苑上的舞筵。“断肠”即销魂之意，写出舞筵上那种心醉神迷的美好感受；“断肠天”在此指繁花似锦的春日。全句大意是：盛春时节，轻风荡漾，百花争艳，长安乐游苑上，仕女如云，舞筵上觥筹交错，歌管迭奏，红裙飘转，绿袖翻飞；碧绿的柳枝，同舞女一道翩翩起舞，好一幅春光明媚、繁花似锦的场景。前两句描写春天曾有的快乐，由浅入深，富有层次感。这为后两句由盛而衰的描写做好了铺垫。

正所谓盛极必衰，三、四句“如何肯到清秋日，已带斜阳又带蝉”笔锋一转，时间仿佛一下子沉落到冷秋时节，那曾经的欢乐不过是一场云烟。“清秋”，指秋色已深；清秋又正当斜阳，先不说柳树，只是这境况就足以让人感觉凄凉，这与前两句的“乐游春苑”的场景形成了鲜明的对比，在环境渲染上顿生苍凉之感。而即将结束生命的寒蝉，在这个暮秋时节，叫声听起来又是那么悲凉，此又一烘托之笔。本来是斜阳照着柳枝，寒蝉栖于柳枝之上哀鸣，诗中却用两个“带”字，反说柳枝“带着”它们，这与第一句中的“逐”字异曲同工，又使柳枝由被动变为主动，化客观物象为人情意象，表现出秋日之柳的不幸。第三句以反诘、感叹的语气实现场景、情感的大转折。“肯”字在此应解释为“会”，但如果解作肯不肯的“肯”，诗意似更深邈幽远：既然秋天是如此萧条，那柳为何又肯挨到秋天来啊！言外之意是说不如不到秋天来，大有悲不欲生之痛。此处的转折，用了“如何肯到”这样顿挫有力的词句，增强了对比感。春日之柳的繁盛，正反衬出秋日之柳的衰败；春日愈是繁华得意，愈显出秋日的零落凋枯。诗正是通过这种强烈的对比描绘，来表现对秋柳稀疏衰落的悲叹之情。两句中，虚字运用亦很精妙。第三句“如何”“肯到”连用，将反诘、感叹语气变得更加强烈。结句“已带”“又带”，更是层层推进。

本诗的柳树是核心物象，作者围绕它来抒情达意。四句中虽不见一个“柳”字，却句句写柳；虽句句咏物，却又句句寓情。前后的对比无疑是前期长安生活的美好与后期巴蜀凄凉生活的对照。诗人也同样会留恋乐游苑上飘拂在东风中的春柳和柳树盛大的舞筵，又如何肯过凄凉孤寂的寄人篱下的异乡生活呢？早年的春风得意与晚年的凄凉寂寥超越时空，猝然相遇，冷热苦乐，快意与落魄，形成巨大的落差，足以引发诗人的身世之怅。诗中经历今昔荣枯悬殊变化的秋柳，也正是诗人自伤迟暮、自叹身世的生动写照。

野　　菊

苦竹园南椒坞边①，微香冉冉泪涓涓②。
已悲节物同寒雁③，忍委芳心与暮蝉④？
细路独来当此夕⑤，清尊相伴省他年⑥。
紫云新苑移花处⑦，不取霜栽近御筵⑧。

注 释

① 苦竹：竹的一种，矮小，节长，四月中出笋，味苦不中食。椒：花椒，性热，味辛。椒为芳香之木，椒桂喻贤人，椒亦与建筑有关，取其温、香、多子之义，以椒和泥涂壁的房子可称为椒房、椒室、椒第、椒庭，皆为后妃宫殿之代称；因此除了陆昆曾所注："竹味苦，椒味辛。"历来所引用关于椒的意象，亦有芳香、多子的特质。坞：山坞，四面高中央低的谷地。

② 冉冉：渐渐，不断。

③ 已：已经。悲：伤心，哀戚。节物：应时节的景物，如春桃、夏荷、秋菊、冬梅。寒雁：雁是候鸟，每年秋分后飞往南方，次年春分后北返。

④ 忍：忍心，虽有狠心、残酷之意，亦是一种反语。委：放弃。芳心：芳有美好之意，亦比喻有贤德的人。暮蝉：指秋蝉，一名鸣蜩，体长，略似蚱蝉，而翅黄褐色，不透明，腹下暗黄，有白粉，秋间鸣于日暮，其声相续甚长，无高低相间之节奏。或指寒蝉之类，似蝉而小，青赤色，到秋深天寒即不再叫。

⑤ 细路：即小路。

⑥ 尊：即"樽"，为盛酒器。清尊：借指美酒，在本诗为饮酒之义。省：有反思、醒悟之意。

⑦ 紫云：祥瑞的云气。紫云苑：神仙所居紫府、紫霄，借指紫微省。唐玄宗开元元年（713）中书省为紫微令，中书舍人为紫微舍人。移花：栽花。

⑧ 霜栽：指菊花。近：亲近，接近。御筵：皇帝的宴席，借指宫廷。

题　解

这又是一首托物言志的作品。李商隐常常借助物象自伤身世，此诗亦同。这首诗从野菊的生长环境、香气、处境等角度入手，寓情于景，并将野菊的物象特征与自己的身世特征结合起来，抒发甘处孤寂、不同流合污的情怀，寄托自己身世浮沉之感，这正是李商隐所擅长的借物自况、借物兴感、借物托怀的写法。全诗前两联写菊，后两联写自己，物我对照，物我合一，堪称“孤绝”之作。

赏　析

这首托物言志诗，一改李商隐大多数咏物诗全篇咏物的特点，先写菊后写自己，同声相应，以求最大化的情感传达。

首联“苦竹园南椒坞边，微香冉冉泪涓涓”将环境与菊花对照而写。首句叙述生长环境，以“苦竹”“椒坞”渲染野外人迹罕至的荒凉寥落之感。“椒”有芳香、贤才之意，“苦竹”常用作高洁之士的居所。李商隐选取这两个物象是别有深意的。他着眼于竹味苦、椒味辛的含义，目的是借以表达自己仕途多艰辛、人生多辛苦的身世之伤，也是他自当清高、怀才不遇的写照。正所谓君子择地而居，野菊选择这样的环境生存，野菊的品格就不言而喻了。从这个意义上说，此处环境的叙说，除另有寄托外，还起到正面衬托的作用。诗歌起笔不直写野菊，却从外部环境写起，也是宕开一笔，窥一斑而见全貌。次句描写野菊的形态特征，抓住“香气淡渺”的特点加以深发。“微香冉冉”是“泪涓涓”的原因，正因为野菊香气不浓，所以不能像艳丽的百花那样浓香扑鼻，自然不能哗众取宠，那么被冷落也是情理之中了。这显然是借以表达自己虽才高当世，但无人欣赏，自然处境艰辛的感慨，这就是典型的怀才不遇、自伤自悼的心理呈现。作者用“冉冉”“涓涓”对照而写，突出强调被冷落的感伤，也传达出寂寞冷清的身世感。首联两个对照，又自成因果，层次鲜明，手法细腻。

颔联“已悲节物同寒雁，忍委芳心与暮蝉”采用倒装句的写法自叹孤寂被弃的身世之悲，感叹自己早秀却无法充分展现才能的命运，并抒写自己虽独处孤寂，仍然坚守节操不随波逐流的君子风范。该联正常的语序应该是："已同寒雁悲节物，忍与暮蝉委芳心？"句意可解为：（野菊）既然已如同寒雁一般地悲伤着花木之凋零，又怎能够再舍弃芳心如同鸣声即将止息的暮蝉？这两句表面看同是悲叹，内里却自成递进关系，言外之意，已至孤绝之境。这两句包含着复杂的滋味，既有时光流逝的流年之伤，亦有才华理想终被埋没的悲戚，更有不委心于世俗的清高。两个虚词"已""忍"逐层推进，两个意象"寒雁""暮蝉"渐次意深，都别具层次顿挫之感。

颈联"细路独来当此夕，清尊相伴省他年"，大意是：夕阳西下之时，我从小路上一路走来独自赏菊，突然想起往年同朋友一起饮酒赏菊的情景来。"细路""清尊"相对，意在强调孤身一人的寂寞感，正与"独来""相伴"通过对比传达的感受一致；"当""省"相对，是现实与回忆的交织，孤独感又超出一层；"此夕""他年"相对，孤独与热闹对比，流露出时光荏苒、身世浮沉之感。所以，本联运用层层皴染的技法，将孤独感伤的滋味一唱三叹，亦是"孤绝"之境的直观再现，也为最后两句张本。

尾联"紫云新苑移花处，不取霜栽近御筵"，表面看是写野菊不能被放入高雅厅堂观赏之事，实际上是影射之笔、寄托之笔。"紫云"可看作是"紫微"，那就是中书省的意思了，因此这句当是影射令狐绹移居之事，喻朝廷选拔人才。当年李商隐未被重用，不能施展才华，故有此喻。这两句把野菊的命运与自身的遭遇放在一起来写，突出怀才不遇、难入高层的喟叹，至此，孤绝之境到达极端，全诗戛然而止，其悲其伤可想而知。

综观全诗，前两联由野菊生发，后两联重在叙写个人遭际，而最后一句又将物我合二为一，形成孤绝之情的和声。全诗并不是并列关系，即便描写菊花也是一波三折、层次跌宕，这样，通过层层的渲染烘托与深化，最终将"孤绝"的悲情呈现出来，这是李商隐最擅长的由浅入深、层层熏染之法。诗歌还有另外一个特色，那就是时空的穿越对接，在野菊与人、过去与现在、品格与处境之间来回穿梭，所以感情才能达到孤绝之境，美感才能达到非凡的化境，让人赞叹。

赠　柳

章台从掩映①，郢路更参差②。
见说风流极③，来当婀娜时④。
桥回行欲断⑤，堤远意相随。
忍放花如雪⑥，青楼扑酒旗⑦。

注　释

① 章台：汉代长安城街道名称。《汉书·张敞传》："敞无威仪，时罢朝会，过走马章台街，使御吏驱，自以便面拊马。"

② 郢路：《楚辞·九章·抽思》："惟郢路之辽远兮，魂一夕而九逝。"指通往郢都的路途。

③ 风流：此处形容柳树婆娑姿态优美。极：极致。

④ 婀娜：曹植《洛神赋》："含辞未吐，气若幽兰。华容婀娜，令我忘餐。"此处形容柳树好似少女般轻盈柔美。

⑤ 回：曲折。行（háng）：指柳树的行列，意柳树成行。

⑥ 花如雪：晋·伍缉《柳花赋》："扬零花而雪飞。"花：指柳絮。

⑦ 青楼：指用青漆涂饰的豪华精致的楼房。曹植《美女篇》："借问女安居？乃在城南端。青楼临大路，高门结重关。"扑：飞扑，指柳絮乱飞，扑至酒旗之态。

题　解

《赠柳》是一首托物寄怀的五言律诗。柳有“留”之意，又以柳喻人，那么，这首诗就是一首赠别之作，借以抒发自己对伊人的赞美眷恋之情。李商隐对柳很有感情，在他的作品中，以柳为题、为主要描写对象的，多到十几首。这一首同其他咏柳诗不同，它的背景不是一地一处，而是非常广阔的地域；它的含义不是作者自身写照，而是喻指伊人。全诗采用白描手法，不着一柳字，却句句写柳，极尽其妙。

赏　析

这首写柳的作品，突出了李商隐写柳诗的特点，点面结合，层层推进，极写柳树的勃勃生机与美好姿态，惜柳之情溢于言表。

首联“章台从掩映，郢路更参差”一上来就以巨大的空间跨越来写柳无处不在，从京都长安一直到大江之滨的江陵，从北到南，重点在于描写柳树的繁茂蓬勃。长安最著名的街道章台都掩映在垂柳之中，更不用说江南的江陵，简直就是柳丝纷披、柳浪参差了。“掩映”“参差”，是写柳色或明或暗、柔条垂拂的繁盛景象，点出时间是在春天。由“从”到“更”的变化，又渲染出柳树的蓬勃生机。诗歌起笔运用长镜头，将两幅画面对接在一起，突出柳树的生机盎然。

颔联“见说风流极，来当婀娜时”从长镜头转向特写，盛赞柳树的婀娜多姿。在前两联广阔背景的陪衬下，这两联对柳树作了生动具体、形象传神的描摹：老早就听说柳树以风流之姿而闻名于世，而今相见，正逢柳树繁茂、婀娜多姿之时。“风流”“婀娜”，写出柳树的体态轻盈、姿态可爱。柔长的柳枝，千枝万缕，春风吹拂，宛若妙龄女郎，翩跹起舞，姿态是非常动人的。“见说”就是听别人说，也就是古今对柳的赞美，则是衬托之笔，与下一句配合，待到自己亲身感受，果然婀娜优美，突出诗人见到柳姿翩然时的欣喜之情。如果说首联运用两个地名从地理上形成纵深之感，颔联则用“见说”“来当”从时间上展开跨度，写出柳树妩媚可爱的风姿及其风流闻名之久远。

颈联“桥回行欲断，堤远意相随”极写柳色绵延不断的景象。作者在此把目光推向广阔的全景，由柳树的无处不在、婀娜多姿写到柳色如烟似雾，则是选取了不同的方面进行描写，体现出描写的层次感。一到春天，路旁堤畔之柳繁茂似笼烟罩雾，葱茏翠绿，远远望去令人心醉。诗人的目光，也正是被这迷人的柳色所牵引，向前移去，直到桥边，眼看柳色就要被隔断，可是跨过桥去，向旁一侧，却又顺着长堤，向前延伸，最后虽然眼中已望不见柳，但心中仿佛仍然见到青青的柳色向远方延伸而去。“行”作“行踪、踪迹”解。“意相随”既指春柳傍随长堤而去，也指诗人的心为柳所系，紧随不舍。

尾联“忍放花如雪，青楼扑酒旗”重点描写柳絮如雪、天涯漫飞的情景。“青楼”“酒旗”是人间繁华之地；飞花似雪则表明正是春柳盛极之时。“忍”即忍心之意，字里行间隐含着诗人的怜惜之情。花飞似雪，固然美盛已极，然而繁华正盛，也就意味着离凋谢不远了。这两句把春柳的繁华写到极致，也把诗人的爱惜之情写到极致。这两句，意境优美，言外之意不尽，很耐人寻味。

这首诗主要采用白描手法，抓住柳树的特征尽作描摹，虽不着一个“柳”字，但句句写柳，字字见柳，仿佛那漫天的飞絮也在诗歌里纷纷扬扬。深味诗意，仿佛这柳有了人的情感：从姿态上看，是一位婀娜多姿的美人，使人感觉柳枝的摇动仿若是一位正在晃动着倩影的窈窕女郎，其风流韵致，婀娜多情，非常惹人喜爱，那作者所表达的自然是对她的赞美眷恋之情。总之，李商隐的很多咏物诗和无题诗可以多解，全在于他诗歌的想象力和多重味道。如果是写与心爱的人分手，借柳抒怀，也未为不可，这也是古诗中常有的寓意。最后一句写到酒旗，自然让人想到饯别，如此这番美景，即将分别，岂不是万千滋味俱上心头？

咏柳即咏人，对柳之爱怜赞赏，也是作者对其所爱之人的依恋与思念。从不同侧面角度写柳，正是从不同侧面咏人，蕴意多面，不同人有不同理解，这也正是此诗艺术表现的巧妙之处。

赠勾芒神[①]

佳期不定春期赊[②]，
春物夭阏兴咨嗟[③]。
愿得勾芒索青女[④]，
不教容易损年华[⑤]。

注 释

① 勾芒：传说为古代主管树木的官，春神之名。《礼记·月令》："孟春之月……其神勾芒。"疏云："谓自古以来，主春立功之臣，其祀以为神。是勾芒者，生木之官，木初生之时，勾屈而有芒角，故云勾芒。"题为《赠勾芒神》，实为求乞神灵保佑之意，非赠人之作。

② 佳期、春物：均指男女幽会之好日期。《周礼 · 地官》："仲春之月，令会男女。于是时也，奔者不禁。"春天，本是男女幽会的好日子，此即"春期"也。春物，原指春天草木等万物，此兼指诗人自己。

③ 夭阏(è)：被扼制、被阻塞。受阻折而中断。《庄子·逍遥游》："背负青天而莫之夭阏者，而后乃今将图南。"兴咨嗟：令人叹息不已。

④ 索：求，请求，恳求。青女：神话传说中的霜雪女神。《淮南子·天文训》："至秋三月，……青女乃出，以降霜雪。"注："青女，天神，青霄玉女，主霜雪也。"杜甫《秋野》："飞霜任青女，赐被隔南宫。"

⑤ 损：摧损，摧残。

题　解

这是一首托事咏怀的七言绝句。本诗题目是“赠勾芒神”，实际上非赠诗，而是求神顺意。勾芒神掌管春天树木的生长，是春官。唐人称礼部为春官、春卿，所以题作赠勾芒神。当年诗人考进士不第，心生感慨，于是希望这些主管考核的官员能够像“勾芒神”维护爱惜春天的树木常青一样爱惜人才。因此这首诗可以看作是咏怀之作。

赏　析

诗人发挥丰富的想象力，将司管春天树木的勾芒神与司管秋霜之神青女，拟定为一对恋人，希望勾芒之神能够请求、控制青女，让她爱护春天的树木，不要轻易摧折，表达作者惜春惜才之情。

一、二句“佳期不定春期赊，春物夭阏兴咨嗟”，意思是：双方曾经约定寻找一个“佳期”相会，却一直没有定下具体时间，只好这么一直拖欠着“春期”；青春易老，佳期难定，这使得我精神沮丧，神气不畅，黯然神伤，只好感叹不已。春神勾芒，是青年男女的爱情之神，故《周礼》中说，青年男女凡是在春天幽会相恋，是决不禁止的；相反，男女不顺应天时，反其道而行之者，长者倒是要责备的。现在正是春意盎然、万物繁华之时，但是双方却迟迟不来，这让我兴味索然、黯然神伤。作品开头就表现出抱怨之情，着眼点于春物的“夭阏”，这正是作者的心结。如果不趁年华正好时实现愿望，等到青春老去、壮志消退之时，只能自伤多舛了。这两句写出叹息的理由，为最后两句做好铺垫。

在无望之中，作者当然还存一丝希望，他突发奇想，“愿得勾芒索青女，不教容易损年华”，意思是但愿春神勾芒能去向霜雪之神青女请求，别再把秋天的严霜撒落人间，推迟时令，愿春常在而秋不来。内在的意思就是：希望上天能够延长自己的青春年华，让自己的满腹才华与美好青春永驻，以便寻得佳期，实现愿望。这是对自己青春易逝、才华长时间不被赏识的感叹，也是对未来的一份希望。这种希望不是有可能来到，而是通过假设，反衬现实之残酷，反过来又加强了“咨嗟”的强度，是逐层加深的伤感与无奈，这也算是巧设虚笔吧。

本诗中，象征春天及爱情的勾芒神带来春天的盎然生机，带来美好的爱情向往；而司霜之青女神则带来寒霜冷雪，带来萧瑟凄冷的秋天，她的来到主要是摧折美好的青春。通过大胆想象，诗人希望春神勾芒能控制青女，也寓示着希望能够有一股正义之力量，就像使万物欣欣向荣的春神——勾芒神一样，天地之间能够“不拘一格降人才”。同时，也希望能够得到勾芒神对青女的抑制，这样才能使有志、有才之人不受排挤而得到发挥，以实现自己的理想。全诗从现实写到未来，曲笔达意，借事寄怀，寓意深远。而神话传说内容的引入，不但丰富了诗歌的内涵，也让诗歌有了更细致的情感色彩。另外，借助神的力量来改变现实，也能直接暗示现实的无奈。当然，作者要表达心中郁积的忧愤，不好直笔倾诉，只能用曲笔委婉传达。

李商隐的诗歌往往有现代朦胧诗的诸多特性，比如意义的多向性。这一篇当然也可以理解为爱情诗，阐释也就全然不同。那只能是抱怨佳期错过，青春又将逝去，只好请求神来阻止秋天的到来，以保持好青春的样子和激情，同样传达出现实的无奈。但在情感的色彩和倾向上，这首诗只能理解为对命运不公的幽怨，对青春易逝的慨叹。

泪

永巷长年怨绮罗①，离情终日思风波②。
湘江竹上痕无限③，岘首碑前洒几多④。
人去紫台秋入塞⑤，兵残楚帐夜闻歌。
朝来灞水桥边问⑥，未抵青袍送玉珂⑦。

注　释

① 永巷：宫中的长巷，汉代幽闭宫中有罪嫔妃或宫女的地方。
② 风波：比喻动荡不定或艰辛劳苦。
③ 湘江竹痕：相传舜南巡，死于苍梧。他的两个妃子娥皇、女英追至湘江一带，哭舜极为悲哀，斑斑泪痕，染于竹上。
④ 岘（xiàn）首碑：晋朝名将羊祜镇守襄阳时，常游岘首山，饮酒赋诗。他死后，襄阳人在岘山建碑立庙。百姓感念羊祜的惠爱，望其碑者，莫不流涕。
⑤ 紫台：即紫宫、宫阙。江淹《别赋》："明妃去时，仰天太息。紫台稍远，关山无极。"明妃即王昭君。
⑥ 灞水桥：即灞桥，在长安东，是送别之处。
⑦ 青袍：唐代八、九品官吏穿的官服，这里指青袍寒士。玉珂（kē）：珂是马鞍上的玉石类饰物，此代指达官贵人。

题　解

这首诗以泪为线索，描述了人间几种不同的悲伤的眼泪。这些泪初看是毫无联系的，几乎是一句一泪，一泪一典，都是各种生离死别的悲哀之泪。但是诗歌到了结尾两句，仿佛我们能恍然悟出：所有历史上的眼泪虽然悲伤欲绝，但都不如灞水桥头“青袍送玉珂”之泪的悲戚。诗中提到的青袍是唐代八、九品官吏穿的官服，在此自指，表达穷途之哭的伤痛。

赏　析

这是一首以泪为主要表现内容的诗歌，在李商隐的作品中独树一帜。全篇运用大量典故，目的在于列举历史上广为流传的不同类型的眼泪，为最后一泪做铺垫。

首句“永巷长年怨绮罗”描写的是宫廷妃嫔宫女失宠之泪。那些住在永巷的妃嫔们因为长期失宠而悲伤欲绝，她们怨恨遍身罗绮却不能与君主接近从而长相厮守，作者在此感叹她们的凄凉生活和不幸命运。第二句“离情终日思风波”描写了离别的眼泪。这里，“风波”代指远在异乡流浪漂泊的丈夫。独守闺房的思妇整日孤苦无依，自然想念远在他乡的丈夫，希望他们能早日平安回家，共享天伦之乐。但是现实是如此残酷，一年复一年的寂寞孤独，怎不让人泪落涟涟？首联描写的都是女子的眼泪，悲遭遇，叹离情，说明自上而下，都有悲戚事。

颔联“湘江竹上痕无限”句则运用了“湘江斑竹”的典故，描写伤逝之泪。历史上多用“湘泪”来比喻臣子对于故君的哀悼。这里还可以理解成为一切消逝永亡的人或事物的感伤。第二句“岘首碑前洒几多”句写的却是感怀旧德的眼泪，这与前后几种眼泪很不同。但也可以理解成为美好的人或事物消失而流下的伤感的眼泪。本联合起来是为消逝的人或事物而流的眼泪，与首联现实之悲明显不同。

颈联“人去紫台秋入塞”句则叙述了王昭君远嫁匈奴因思念故土而流下的无奈的眼泪。王昭君在汉元帝时被选入宫，竟宁元年（公元前 33），匈奴呼韩邪单于入朝要求和亲，王昭君被赐为公主，远嫁塞外，最后葬在塞北，死后魂魄归乡。杜甫《咏怀古迹》(其三)的诗句“一去紫台连朔漠，独留青冢向黄昏”所咏的正是此事此情。“兵残楚帐夜闻歌”句则叙写了楚霸王项羽兵败垓下的故事来写英雄末路的喟叹之泪。当刘邦、韩信、刘贾、彭越、英布等五路大军于垓下(今安徽灵璧南，一说今河南淮阳、鹿邑间)基本完成了对项羽十万楚军的合围，项羽被刘邦围困在垓下，兵少粮绝。夜里听见汉军四面都唱着楚歌，感到大势已去，于是起来在帐中饮酒悲歌，涕泪俱下。此联的两种眼泪皆是家国之泪，又与前两联不同。

至此，诗人为我们描写了失宠之泪、离别之泪、伤逝之泪、怀德之泪、思乡之泪和末路之泪，归总起来又可分为现实之泪、永逝之泪、家国之泪。这些眼泪虽然是在历史上发生过的，在作者身上也有不同程度的相似点。作者的境遇不正像失宠的妃嫔吗？作者中年丧妻不正如念夫思远的思妇吗？更不用说失去了自己的依靠，美好的青春如永逝的泪水了。特别是家国之泪，这是李商隐一生的痛。这与诗人的身世遭遇都有很多相似之处。诗人年少时便胸怀大志，十七岁就写有“忍剪凌云一寸心”(见《初食笋呈座中》)的诗句，可惜却因无故被卷入政治党派的争斗之中，因而一生仕途坎坷，未受重用，空负满腹才华，平生大多时只作得一介幕僚，长期寄人篱下、俯仰于人。所以，前三联倒可以理解为诗人对自己一生悲苦的委婉概括，当然，单纯理解成为最后所写之泪作铺垫作衬托也合情合理。

尾联“朝来灞水桥边问，未抵青袍送玉珂”，意思是：如果清晨在灞水桥边送别之地看一看，就知道上面所述的六种悲痛之泪，都抵不上那青袍寒士送玉珂贵宦时自伤穷途抑塞之泪来得更为悲痛了。“青袍送玉珂”的场景，在作者看来是最为悲戚之事，不但贵贱有别，也自伤官职之卑微以及长期寄人篱下的凄凉。因此，李商隐吟叹的是自己终身有志难酬，只能是徒为幕僚的寒士之泪的悲凉之情。到此，读者方才明白，前面所咏之词都不过是为此联作陪衬，彰显最后一句的人生悲凉。李商隐善于把某种情感写到至深至极的程度，常常一唱三叹，反复挖掘，层次跌宕生姿，曲尽其悲。

由此看来，本诗到了最后才把用意呈现出来，不仅点明了主题，也让读者更深入地了解了诗人的心境：前六句的六种泪相对于作者本人来说，只能算是平常之泪，都比不上后面的灞桥迎送之地，“青袍”送“玉珂”时的感悲之泪。诗中连用六种悲泪做衬托，正是为了突出这种穷途抑塞之痛的深刻与强烈。

北　齐

其一

一笑相倾国便亡[①]，何劳荆棘始堪伤[②]。
小怜玉体横陈夜[③]，已报周师入晋阳[④]。

其二

巧笑知堪敌万机[⑤]，倾城最在著戎衣[⑥]。
晋阳已陷休回顾，更请君王猎一围[⑦]。

注　释

① 倾国：后人用以形容女子极其美丽。《汉书·孝武李夫人传》引用李延年的歌："北方有佳人，绝世而独立。一顾倾人城，再顾倾人国。"

② 堪：这里是悲的意思。《吴越春秋》："夫差听谗，子胥垂涕曰：'以曲作直，舍谗攻忠，将灭吴国，城郭丘墟，殿生荆棘。'"

③ 小怜：这里指北齐后主高纬的宠妃冯小怜。本是大穆后的贴身侍婢，穆后怜惜她，向北齐王引见小怜，不多久后得宠。能弹琵琶，擅长歌舞。高纬曾誓言："愿得生死一处。"横陈：出自宋玉《讽赋》："主人之女为臣歌曰：'内怵惕兮徂玉床，横自陈兮君之旁。'"

④ 周师：北周武帝的军队。晋阳：北齐京师，今山西省太原市。

⑤ 巧笑：指女子美好的笑颜。《诗经·卫风·硕人》："巧笑倩兮，美目盼兮。"万机：一作万几，指帝王日常处理的纷繁的政务。

⑥ 倾城：比喻绝色的美女，能使全城的人倾慕。戎衣：即戎装。

⑦ 猎一围：指狩猎，狩猎一次。

题　解

《北齐》是借古讽今的咏史之作，诗歌以“北齐”为发散点，通过描写北齐皇帝的荒淫生活来讽喻统治者的腐朽堕落，以警鉴唐朝的统治者。北齐后主高纬，是历史上有名的一个暴君，他生活荒淫糜烂，弄得国事日非，直到最后亡国之时，仍旧终日沉湎于酒色之中。这首诗，即写他的宫廷生活。全诗上半部分以议论开始，巧用典故，运用想象夸张的修辞手法，极尽讽刺；后半部分将议论完全融入于具体形象之中，议论深婉，讽喻蕴藉，令人回味。

赏　析

这首借古讽今的作品分为前后两个部分，议论、叙事并举，讽刺统治者荒淫乱政，为当朝统治者提供前车之鉴。

第一首诗以议论起笔，以荒淫乱政亡国为中心，通过两种现象讽刺当年北齐统治者荒淫糜烂的生活。第一句引用了李延年的诗歌，突出描写了高纬的宠妃冯小怜极其美艳，惑乱君王，导致亡国；第二句又引用《吴越春秋》里封建士大夫说夫差听谗言必将亡国，致使宫墙成为废墟、宫殿内杂草丛生的事情，借古讽今，意思是美女乱政已经使得国破家亡，哪里还需要等到宫殿上生满荆棘，成为废墟的时候才觉得悲哀呢？作者采用对比手法，将歌舞升平、淫乱误国的后宫景象与亡国之后荆榛遍地的荒凉景象比较，突出讽刺效果。美艳的妃子，回眸一笑便可让君王神魂颠倒，国家很快就灭亡。作者显然采用了夸张的手法，将因果的发展时间缩短，目的还在于突出讽喻效果。这两句具有强烈的历史感，突破时空的界限，直接将两种情景放在一起，以最大限度警醒当政者。

第一首后两句意思是：冯小怜洁白如玉的身体，在玉床横躺着的夜晚，就接到北周的军队攻入晋阳的消息了。这两句承接前两句的因果关系，进一步指出荒淫所带来的恶劣后果，将议论融入到具体的历史景象中。后两句讽刺入木三分，用强烈的对比，把高纬的荒淫愚蠢、不体恤臣民、不谙国事突显了出来。作者突出强调“玉体横陈”，以此来代指腐朽的宫廷生活，非常醒目刺眼，有力地讽刺了齐后主的荒淫之极。按照历史记载，小怜、皇帝淫乱与周师攻入晋阳这两个时间本不相接，但是作者再次将两个不同时间发生的事件巧妙地连接在一起，将淫艳的奢靡生活场景与周师入晋阳的兵戈场面组接起来，获得了空前强烈的对比效果，讽喻之意也更为辛辣深刻，同时也显示了诗人高超的构思及笔法。

第一首诗歌是叙议并用，而第二首诗歌则完全用白描手法，用形象来说理。一、二句借用《诗经》中形容美丽女子容颜的典故，说明淑妃冯小怜巧笑的魅力价值，堪比齐国的军政大事了；尤其是当淑妃身着戎装的时候，她的俊美英姿对于君王来说，简直是无法抵挡、无法抗拒的。与第一首一样，这首诗也采用了对比手法，将“巧笑”与“万机”并举，将一个女子与天下大事并举，其轻重关系就不言而喻了。作者说“巧笑”堪敌“万机”，显然是采用反语，目的是讽刺统治者的昏庸愚蠢。“倾城最在著戎衣”，实际上也是反语，目的不是说妃子穿上戎衣最美，而是讽刺统治者为了博得美人一笑，宁可不理十万火急之国事，让女子穿上军服，一起去打猎。

三、四两句“晋阳已陷休回顾，更请君王猎一围”以淑妃的口吻叙写了一件史实：晋阳城已经被攻打陷落了，眼看着国家就要灭亡，但是淑妃却对君王说：既然国事已经如此，就不要去想它了，还请君王再陪我好好打一围猎吧！国家大事竟然视同儿戏，国家即将灭亡竟然比不上一次与美人的围猎，强烈的对比让人不禁生出满腔愤怒，真是荒淫必亡国啊！北齐统治者整天沉湎酒色之中，迷恋的不是英武之姿而是妇人之忸怩撒娇之态，这是何等的堕落无耻！他们逢场作戏，弃国家危难于不顾，那就离灭亡不会多远了。作者之所以如此愤慨，是结合了当时所处的时代所发生的类似事件的。唐武宗后期“喜田猎，宠女色”。《新唐书·后妃传》：“（武宗）每畋苑中，（王）才人必从。袍而骑，校服光侈，略同至尊，相与驰出入，观者莫知孰为帝也。”作者此诗，亦有借咏史而寓现实鉴戒之意。

李商隐的咏史诗之所以艺术性高，在于他善于引用、选择、提炼、搭配典型的历史事件、场景与细节，与议论相得益彰，不但使议论落到实处，而且引起读者想象，增强了全诗的画面感，使读者能够透过鲜明的历史场景深刻感受到其中寓含的历史教训。在这首诗中，作者最重要的艺术特色是对比、夸张、剪辑的运用，揭示荒淫乱政与国家覆亡之间的因果关系，突出讽谏效果。而借古讽今的诗作最大的意义在于引起当政者的警醒，以改正前非，为国为民。

咏　　史

北湖南埭水漫漫①，
一片降旗百尺竿②。
三百年间同晓梦③，
钟山何处有龙盘④？

注　释

① 北湖：指金陵城北的玄武湖，在今南京市的北面。东晋元帝时修建，名“北湖”，宋文帝元嘉元年（424）改名玄武湖。南埭（dài）：三国时，吴帝孙权于建业（今南京市）城东开渠以泻玄武湖水，南流入秦淮河，渠口有埭（拦水坝），即是南埭。漫漫：水浩大的样子。

② 百尺竿：形容降旗举得很高。

③ 三百年：孙吴建国（222）到东晋、宋、齐、梁、陈，都曾建都于金陵，总计时间为三百一十五年，这里说“三百年”，是一个整数。晓梦：天亮时做的梦，形容时间短暂。

④ 钟山：又名蒋山。即今南京市东的紫金山。传说诸葛亮看到金陵的形势后曾说：“钟山龙盘，石城虎踞，帝王之宅也。”龙盘：指山脉形势，如巨龙盘旋。

题 解

这是一首咏叹金陵的怀古诗。金陵在三百多年间，先后成为吴、东晋、宋、齐、梁、陈六个朝代的都城。尽管这里山川地势险要，浩瀚的长江横在金陵城的北面，钟山龙盘，石城虎踞。但由于腐朽的政权统治，使得金陵六代都无法逃脱灭亡的命运。作者借建都于金陵的六朝古都的亡国史实，暗示了灭亡的教训规律，目的是给当朝统治者以鉴戒。本诗主要抒写了作者对陈朝败亡的感慨。

赏 析

这首诗以高度凝练的语言概括了南朝三百多年的兴亡历史，以问句结尾，发人深思，意在告诫唐王朝的统治者，要居安思危，修明政治，防御再固若金汤也难免江山覆亡。

首句“北湖南埭水漫漫”描绘眼前景象：金陵城外的北湖和南埭唯见江水漫漫，想象当年这里曾遍地降旗，飘扬在高高的旗杆上。这种景象貌似只是客观的描写，实际上暗寓着深沉的历史沧桑感。玄武湖，此地曾是南朝训练水军的地方，也是南朝诸帝宴游之所。玄武湖在金陵城北，隋军来自北方，所以诗歌从这里写起。“水漫漫”三字，写出了千古荒凉之感，与六朝曾经的繁华有一个隐晦的对比。昔日的所有繁华都成了今天的历史陈迹，唯有碧水茫茫，漫漫东流。这就不禁让人追思：曾经繁华的六朝故都，今日景象何以落得如此荒凉破败呢？“北湖”和“南埭”实际上并不毗邻，但作者将二者结合在一起，仿佛是从高空俯瞰整个金陵，浩大的荒废的场景一目了然，昔盛今衰的感慨油然而生。短短三个字，寄寓了多少朝代兴替、历史变迁的深沉忧思！

次句由眼前景联想到曾经出现的让人伤心欲绝的历史画面。“一片降旗百尺竿”，是国破家亡事件中一个场景，代指陈朝末代皇帝向隋军投降的事情。作者抓住这一细节并将之典型化，用一个悲剧性的场景来代指亡国的惨相。“一片降旗”，在这里成为了六朝灭亡的象征性标志。引句出自刘禹锡的《西塞山怀古》“千寻铁锁沉江底，一片降幡出石头”。这里所写的情景既包括南方小朝廷被中原的王朝攻灭（晋灭吴，隋灭陈），也包括江东各朝间的更迭，一代代都是亡旗高举，一片没落的气象。这也不禁让人思考：到底是什么原因让历史惊人地相似？作者不直叙败亡的结果，而采用白描式的勾勒，更加突出讽刺意味，暗讽了统治者不理国政、昏庸堕落导致亡国的惨痛史实，为下文的抒情议论做好铺垫。

第三句“三百年间同晓梦”是说三百年间，六个朝代次第更迭，如同短促的晓梦般过去了。三百年是一个漫长的时光距离，但是正因为统治者不修国政，才导致了国家在很短的时间内烟消云散，如同一个短暂的晓梦。作者采用夸张手法，寄寓了深沉的时光变迁的荒凉感，也突出了昔盛今衰的沧桑感。第四句“钟山何处有龙盘？”以有力的反问结句：钟山哪里还有龙盘那样的险要形势呢！反问增强了否定的语气，是为了加强讽刺力量，实际上也是一个巨大的惊叹号，感叹固若金汤并不能防御外敌入侵，只有内修政治，才能确保江山稳固。

刘禹锡曾有一首诗写道：“兴废由人事，山川空地形。”用在这里作为这首诗的概括再精练不过了。诗人由眼前景写起，目光穿越了时空的距离，将六朝往事寄寓在眼前的山川之中，仿佛让人看到三百年间金陵地面朝代兴替、亡旗并举的衰败景象屡屡出现，不禁感叹，三百年六代繁华，犹如短暂的幻梦，梦醒时分，一切皆空。作者兴怀，不是直抒胸臆，而是曲笔达意，通过层层的由浅入深的剖析挖掘，说明尽管金陵形势险要，亦不足恃。同时也自然而然引出感慨：这一虎踞龙盘的帝王之宅，何以不能改变王朝覆灭的命运呢？至此，戛然而止，点出而不说尽，更显得意味深长，发人深省。

本诗寓意深沉，结构精巧，场景宏阔，大开大合；结尾意味深长、意犹未尽，具有现实的讽喻借鉴意义，同时也表现出诗人进步的历史观和远见卓识。

风　雨

凄凉宝剑篇①，羁泊欲穷年②。
黄叶仍风雨③，青楼自管弦④。
新知遭薄俗，旧好隔良缘。
心断新丰酒⑤，消愁斗几千⑥？

注　释

① 宝剑篇：又叫《古剑篇》，唐前期名将郭震（字元振，656—713）托物喻志的诗作，这里借以表达诗人想要匡国救民却又怀才不遇的悲凉。

② 羁（jī）泊：羁旅漂泊。穷年：终年，这里有终老的意思。

③ 仍：更。

④ 青楼：古代把美女所居住的楼阁称为青楼，但在此指显贵的地方，非指妓院。自：含有自顾、自管自己之意。

⑤ 心断：念念不忘。新丰酒：新丰那个地方的美酒。据《新唐书·马周传》，马周西游长安，借宿在新丰旅舍，店主人对他颇为怠慢，于是马周要了一壶酒独自酌饮。后马周获唐太宗赏识，做了监察御史。新丰：汉置县名，故址在今陕西临潼县东，其地产美酒。

⑥ 斗几千：这里指美酒价贵。斗：古代盛酒器。

题　解

这首诗题为“风雨”，不是指自然风雨，而是象征人生风雨。本诗大致写于唐宣宗大中十一年（858）诗人任盐铁推官游江东时。江东，是当时六朝的英雄创业之地，龙盘虎踞之地。作者年轻时就才华横溢、胸怀大志，但仕途坎坷，难遇知音，因此怀才不遇，壮志未酬。作者当时游览江东，自然是感慨万千。作品冠以“风雨”之名，很显然是象征自己的人生，以及埋没摧折人才的冷酷社会现实。

赏　析

这首诗的兴咏之由是作者漂泊他乡时的凄风苦雨，由此引发作者的身世之慨，抒发了诗人虽怀抱扶国济世的理想但还是怀才不遇、报国无门的无奈，表现了豪门贵族和中下层地主阶级知识分子的不同境遇，流露出对唐初政治较为开明时期的向往。

首联“凄凉宝剑篇，羁泊欲穷年”以“凄凉”二字起笔，为整首诗渲染了悲凉的气氛。那寄怀壮志的《宝剑篇》，早已凄凉冷落。孑然一身，天涯漂泊，此生都快过完了。作者将过去的雄心壮志与当今的壮志难酬进行对比，辅之以天涯漂泊之苦、人生将暮之悲，突出强调对人生潦倒的悲叹。

颔联“黄叶仍风雨，青楼自管弦”是直写眼前之景：已经枯黄的树叶还在遭受风吹雨打，而那青楼上的人，却仍在自顾自地歌舞宴乐。这里又用了一组对比。诗人以“黄叶”自比，而“青楼”则是权贵们把酒言欢的场所，在此代指权贵奢靡的生活和飞扬的现状。黄叶本就是将落的枯叶，再加上风雨又要不断摧残它，真是雪上加霜，那种凄凉飘零萧瑟之感可想而知。作者表面上写黄叶，实则在说自己的身世遭遇的不幸。再与青楼上的管弦对照起来，更加显示了当时社会的不公平。一个“仍”字，深刻流露出作者的凄凉、无奈和悲愤之情；一个“自”字表现出达官贵人肆意承欢、飞扬跋扈的嘴脸。

颈联“新知遭薄俗，旧好隔良缘”则由眼前景过渡到对社会关系的叙写上，说明作者几乎成了孤家寡人，无人可来提拔，无人可与相知。新结交的知己，遭到浅薄世俗的诋毁，旧时的好友也由于良缘的阻隔，关系日益疏远。这里新知可能是指郑亚等人，旧好则可能指令狐绹。当时诗人卷入党争旋涡，被加上“放利偷合”“诡薄无礼”一类的罪名，故有新知遭受非难，旧好关系疏远的情形。这两句实在是直接，亦可见作者心情之悲愤。

尾联“心断新丰酒，消愁斗几千”借用典故抒发心愿，意思是想到自己一生漂泊无依，人生坎坷，多么盼望能喝到新丰美酒来化愁解忧，而如今这美酒佳酿又贵了多少？当年马周在新丰酒肆自斟自饮，终于得遇明主，飞黄腾达。作者借用，一语双关。一则说自己无美酒可以消愁，二则说自己现在与当年马周境况类似，却没有他那种幸运，不能得到朝廷的赏识和重用，表达了作者落魄漂泊的无奈以及不遇明主的忧愤。

诗人选择了人生遭际的几个典型情景，以现实的风雨象征人生的风雨，抒写内心孤独、凄凉、苦闷、忧愤之情，这如同一场无休无止的风雨弥漫了作者整个人生。作品最后虽然也感叹无奈，但也流露出一丝对提拔腾达的渴望，对唐初盛世的向往和匡世济时的期冀。这种实虚结合、象征隐喻的写法具有全方位的艺术表现力，仿佛作者所写并不是他个人的遭际，而是具有代表性的人生的悲剧，让人深思。

马　　嵬

海外徒闻更九州①，他生未卜此生休。
空闻虎旅传宵柝②，无复鸡人报晓筹③。
此日六军同驻马④，当时七夕笑牵牛⑤。
如何四纪为天子⑥，不及卢家有莫愁⑦。

注　释

① 更：再，还有。九州：古代将中国分为九个州，这里借指传说中的仙境。

② 空：只。虎旅：指护卫皇帝的禁军。宵柝（tuò）：巡夜者击以报更的木梆，军中则往往用刁斗。

③ 鸡人：宫中掌握时间的卫士。宫中不能养鸡，只能由宫门外卫士报晓。

④ 此日：指夜宿马嵬这一天。六军同驻马：指禁军行军停止，要求诛杀杨氏兄妹事。

⑤ 当时七夕：指唐玄宗天宝十载（751）七月七日。唐玄宗与杨玉环在那年的七夕订立盟誓，愿世世为夫妇，他们认为天上的牵牛和织女一年只能相会一次，自己则可永世相守，故说“笑牵牛”。

⑥ 四纪：十二年为一纪，唐玄宗一共当了四十五年皇帝，约为四纪。

⑦ 莫愁：此指普通民间妇女。

题 解

此题共有两首，此为第二首，写于唐文宗开成三年（838）泾原幕中。马嵬，即马嵬坡，故址在今陕西省兴平县。相传是晋人马嵬所筑的城，故名。唐玄宗天宝十五载（756）六月，安史叛军攻破潼关，玄宗与杨国忠、杨贵妃姐妹等仓皇奔蜀。行至马嵬驿，随行将士杀杨国忠，并坚决要求杀杨贵妃。玄宗不得已，让人缢死杨贵妃，史称“马嵬之变”。作者借用这一典故，通过多方对比，一则讽刺唐玄宗为了保全自己而违背誓言，赐死杨贵妃；二则也寄寓了作者对爱情对政治的更为深沉的思考。

赏 析

历代以“马嵬”为题材的诗作不少，这一首独辟蹊径，把矛头指向背叛当初誓言的唐玄宗，表达了作者对爱情、对一时繁华的深沉思考。

首联“海外徒闻更九州，他生未卜此生休”，用“海外”“更九州”的故事概括方士在海外寻找杨贵妃的传说，意思是唐玄宗听方士说杨贵妃在仙山还记着“愿世世为夫妇”的誓言；他活着的时候，这个誓言就渺茫无期了，更何况杨贵妃在马嵬死后，两人今生更是不能重见了。一个“徒”字表明唐玄宗的愿望实在是自欺欺人，一个“休”字表明香消玉殒，一切爱情的誓言都变成了尘土。首联通过爱情此生幻灭的结果，来嘲讽唐玄宗的爱情，夹叙夹议，难掩激愤之语。

颔联“空闻虎旅传宵柝，无复鸡人报晓筹”紧承上联，回忆当初的两种生活，采用对比手法表现今昔天壤之别。如今听到的只有巡逻警卫深夜传柝的声音，再也不能像往昔那样过舒服自在的宫廷享乐生活了，正所谓昔乐今苦、昔安今危。这是杨贵妃美好生活的转折点，因为这“鸣柝”之声并不是为了保卫唐玄宗、杨贵妃，而是为了发动政变。

颈联“此日六军同驻马，当时七夕笑牵牛”是马嵬事件的续写。“此日”指杨贵妃在马嵬坡被处死的当天。诗人句法安排十分巧妙，先写“此日”，用倒叙手法写“当时”。用“当时”与“此日”对照、补充，突出态度之别。玄宗“当时”七夕与杨贵妃海誓山盟，嘲笑牵牛、织女一年一会，而他们两人则可以永世相随。可是到了马嵬坡，军队发生兵变之时，结果又如何呢？两相映衬，杨贵妃被“赐死”的结局就不言而喻，而玄宗虚伪、自私的爱情誓言也暴露无遗。另外，字里行间还暗含着对唐玄宗荒淫乱政的嘲讽，这与最后的马嵬之变形成直接的因果关系，也流露出作者对唐朝当政者的批评。

尾联“如何四纪为天子，不及卢家有莫愁”则又用一组对比，进一步讽刺唐玄宗身为天子却保不住爱人性命的事实。一方面是当了四十多年皇帝的唐玄宗却保不住宠妃，更不言当日与杨贵妃相伴到老的承诺；另一方面是作为普通百姓的卢家妻子莫愁却能夫妇白头偕老钟爱一生，作者运用反问突出了批判力量，将矛头直接指向贵为天子的唐玄宗。而对比中这一不合常理的完全相反的结果也进一步讽刺了唐玄宗虚伪的爱情誓言，并且带有作者对人间美好安稳爱情的肯定，也流露了作者对当朝者虚伪政治的嘲讽。

本诗虽然采用了一个陈旧的题材，但却能自出机杼，别出新意，从唐玄宗杨贵妃爱情入手，使用对比手法和倒装手法回忆当年可笑的爱情变故，最后指出所谓的流传千古的爱情还抵不上一个普通人家长相厮守的情感来得永恒可信，极尽嘲讽意味。诗歌时空跨越较大，又浑然天成，不能不说作者在结构布局方面独具的匠心。

富平少侯[①]

七国三边未到忧[②]，十三身袭富平侯[③]。
不收金弹抛林外[④]，却惜银床在井头[⑤]。
彩树转灯珠错落[⑥]，绣檀回枕玉雕锼[⑦]。
当关不报侵晨客[⑧]，新得佳人字莫愁[⑨]。

注　释

① 富平少侯：《汉书·张安世传》载：汉昭帝封张安世为富平侯。又据《汉书·张延寿（安世之子）传》载：张安世四代孙张放幼年嗣爵，故谓“富平少侯”。

② 七国：指汉景帝时吴、楚、赵、胶西、济南、淄川、胶东等国。三边：汉代幽、并、凉三州，都在边疆。后泛指边疆。

③ 富平侯：此处指富平少侯张放。

④ 金弹：《西京杂记》：“韩嫣好弹，常以金为丸，所失者日有十余。长安为之语曰：‘苦饥寒，逐金丸。’”

⑤ 银床：井上辘轳架。

⑥ 彩树转灯：《开元天宝遗事》：“韩国夫人置百枝灯树，高八十尺，竖之高山，上元夜点之，百里皆见。”谓彩灯在树上环绕。错落：交错纷杂。

⑦ 绣檀回枕：绣着回环花纹而带有丝绵外罩的檀被。玉雕锼（sōu）：谓在檀枕上镶嵌着雕刻精美的玉块。形容装饰极其奢侈。

⑧ 当关：守看门户的吏卒。侵晨：凌晨。

⑨ 莫愁：古代女子名，一说洛阳人，一说石城人。

题 解

这是一首借古讽今的七言律诗。作者借张放幼年就继承祖父富平侯爵位之事寄寓讽谏。但全诗所写之事不全与这位小爵爷有关，可见诗歌中的“富平少侯”不过是个假托性的人物，以此代指那些富贵公子，讽刺他们从小骄奢淫逸，以警策当世。全诗首尾呼应，用典自然恰当，字意双关，一气呵成，细细品味，大有深意。

赏 析

这首诗用曲笔，以富平少侯为富贵公子的代称，讽刺唐朝世袭达官贵人不谙国事，整天声色犬马，挥金如土，过着骄奢淫逸的腐糜生活。

首联“七国三边未到忧，十三身袭富平侯”，将国家大事与世袭贵族的小事件结合来写，以突出世袭贵族不忧国事，只沉湎奢靡的腐朽生活。“七国”喻指藩镇割据叛乱，“三边”指边患，“未到忧”即未知忧，指出其不知国家忧患为何物。次句再点醒“十三”袭位，这就有力地显示出幼小无知与忝居尊位的尖锐矛盾。如果先说少年袭位，再说不恤国事，内容虽完全相同，却泛泛无奇，无法突出作者所要表达的主旨。李商隐擅长开头一句语出惊人，体现了他高人一等的构思笔法。

颔联“不收金弹抛林外，却惜银床在井头”意接上联，用一组鲜明的对比直写少年的奢侈无知和沉湎游乐，意思是他只求玩得尽兴，贵重的金弹可以任其抛于林外，不去拾取；而他对放在井上未必贵重的辘轳架（即所谓“银床”，其实不一定用银做成）倒颇有几分爱惜。这说明这些富贵公子由于吃喝不愁、生活奢侈，根本不知生计艰辛，对比说明贵公子的可笑无知。如这般从小骄奢的人物，在承袭了爵位之后又如何能替国分忧呢？这才是作者运笔之所在。

颈联“彩树转灯珠错落，绣檀回枕玉雕锼”用赋体手法将历史上那些豪奢的事件铺陈出来，以强调这种奢侈糜烂生活的普遍性。这一组是对室外室内豪奢生活的白描。华丽的灯柱上环绕着层层灯烛，像明珠交相辉耀；檀木的枕头回环镂空，就像精美的玉雕。颔联中用“不收”“却惜”的对比表达作者的讽刺揶揄之意，此联中则是对奢侈生活的客观描摹，以奢侈品之多之精美来讽刺当朝权贵。接着由“灯”“枕”暗渡到尾联，针线细密，不着痕迹。

尾联“当关不报侵晨客，新得佳人字莫愁”承上联写到一个典型事件：守门人不给清晨到来的客人通报，因为少侯新得了一位佳人名叫莫愁。虽然作者不做评论，但是通过这个具有讽刺意义的对比事件，读者不难理解作者实际上用比喻讽刺少侯沉湎女色，不忧国事；言外又暗讽其有愁而不知愁，势必带来更大的忧愁；今日的“莫愁”，即孕育着将来的深愁。诗歌结尾一般常用议论点题明旨，作者却只用一个历史事件作结，含不尽意味于言表；客观叙述之中，尖刻冷峭，耐人寻味。

作者把发生在古代贵族身上的几件可笑的奢侈事件假托“富平少侯”的名分描写出来，也就不难看出，作者所言并非只是某个不成器的历史人物，而是世代皆有的达官贵人的骄奢淫逸的腐朽生活。他们所关心的本来就是声色犬马，这样的人国家还要整日金银珠宝、山珍海味地伺候着，又如何让他们为国分忧呢？这不是绝妙的讽刺吗？末句以“莫愁”暗讽其终将有愁，和《陈后宫》结句“天子正无愁”如出一辙，也暗示所讽者正是“无愁天子”一流。不过李商隐托古讽时、有特定讽刺对象的咏史诗，题目与内容往往若即若离，用事也古今驳杂，再说托古讽时之作，所托之“古”与所讽之“今”但求大体相似，而未必题目与内容相符。

流　　莺[1]

流莺漂荡复参差[2]，渡陌临流不自持[3]。
巧啭岂能无本意[4]，良辰未必有佳期[5]。
风朝露夜阴晴里[6]，万户千门开闭时[7]。
曾苦伤春不忍听[8]，凤城何处有花枝[9]？

注　释

① 流莺：即莺。流：谓其鸣声婉转。
② 漂荡：居无定所，四处漂泊流浪。参差：不整齐。
③ 不自持：不能自主。
④ 巧啭：指流莺巧啭婉啼。本意：指苦衷。
⑤ 良辰：美好的时光。
⑥ 风朝：即朝风。阴晴里：即阴雨晴日。
⑦ 万户千门：《史记·孝武本纪》："于是作建章宫，度为千门万户。"
⑧ 春：一作"心"。
⑨ 凤城：此指京城长安。

题解

这是一首托物寄怀的七言律诗，大致作于唐宣宗大中三年（849）春，诗人当时正独在长安，无枝可依。作者借流莺漂泊无依、独对凄风苦雨、不遇明时的忧伤来寄托自己时运不济、怀才不遇、身世漂沦的感慨。作品一唱三叹、曲尽其致，以盛年不再、华年易逝作结，含不尽人生滋味于言外。

赏析

这首诗以流莺为发散点，从不同方面着笔，尤其重点描写流莺的叫声，层层皴染，表达人生感喟，寄托身世之慨。

首联“流莺漂荡复参差，渡陌临流不自持”直写流莺漂泊流徙的生活，想到这些又如何能不感慨万千呢？流莺，指漂荡流转、无所栖居的黄莺。着一“流”字，意在强调其漂泊的生活之苦。参差，本是形容鸟儿飞翔时翅膀张敛振落的样子，这里用如动词，犹张翅飞翔。漂荡复参差，是说漂荡流转之后又紧接着再飞翔漂泊。“渡陌”“临流”，则是在不停地漂荡流转中所经所憩，应上句“复”字。流莺这样不停地漂泊、飞翔，究竟是为什么呢？又究竟要漂荡到何时何地呢？诗人虽然没有正面回答，但明眼人一望便知，这是在写作者自己。作者一生不正如流莺一样四处漂泊、无枝可依、不能掌控自己的命运吗？诗人为生计故，过着长期辗转的幕僚生涯，仕途无望，命运多舛，不禁要自问：如此飘来飘去，又为的是哪般呢？这是典型的比兴手法。诗人在桂林北返途中就发出过怅然的叹息：“昔去真无奈，今还岂自知。”（《陆发荆南始至商洛》）“去真无奈”“还岂自知”，正像是“不自持”的注脚，它把读者的思绪引向“漂荡复参差”的悲剧身世后面的社会原因，从而深化了诗的意境。

颔联“巧啭岂能无本意，良辰未必有佳期”，抓住流莺巧啭的特点发散开去，来表现它的内心苦闷：流莺那圆转流美的歌吟中分明隐藏着一种殷切的愿望——希望在美好的三春良辰中有美好的相会。但是流莺的鸣叫声中所蕴含的心意根本不被人理解，因为即便是遇到佳期良辰也无法实现自己的心愿，这是何等的忧闷啊！诗人再次借助流莺传达自己苦闷的心愿。这里的巧啭可以理解为诗人的理想抱负，也可以理解为诗人的济世才华。但是世无知音，没有提携帮助自己的人，即便遇到好时候，仕途依然一片渺茫，早年的抱负又如何能实现得了。“岂能”“未必”，一纵一收，一张一弛，将诗人不为人所理解的满腹委屈和难遇良辰的深刻伤感曲笔传达出来，在流美圆转中有回肠荡气之致。可以说这两句诗本身就是深与婉的统一。这一联即表明了自己有心腾达的心愿，又表达了无力回天的怅惋，为下文蓄势铺垫。

颈联“风朝露夜阴晴里，万户千门开闭时”紧承上联的“巧啭”，写流莺永不停歇地鸣叫哀啼：无论是刮风的早晨还是降露的夜晚，是晴明的天气还是阴霾的日子，无论是京城中万户千门开启或关闭的时分，流莺总是时时处处在啼啭歌吟。它仿佛执着地要将“本意”告诉人们，而且在等待着渺茫无尽的佳期。作者虽然不遇知音、怀才不遇，但是却不能从此沉默，一直像流莺那样执着地倾吐心声。诗人写过大量的寄寓身世之慨的作品，可以看作是无休止的啼鸣。这是诗人表达忧愤的一种方式，也表明作者深切的感伤。这一联还巧妙隐喻了自己漂泊的生活、沉浮不定的人生遭际，读来味可伤神。

尾联“曾苦伤春不忍听，凤城何处有花枝”则是在前几联的基础上更进一步的伤感：自己曾为伤春之情所苦，实在不忍再听流莺永无休止的伤春的哀鸣。然而在这广大的长安城内，又去哪里找到可以栖居的花枝呢？作者本来就哀叹身世，又听到流莺伤春的哀啼，则是苦情又进了一层；不忍听而听，由听而想到如此广大的一个京都竟无枝可依，伤情再进一层，这样层层逼近，其痛伤之深可想而知。联系作者，辗转仕途多年，芳华已逝，何时可以平步青云实现理想抱负呢？至此，作者悲伤的心绪已如杜鹃啼血般凄怨欲绝了。

全诗从流莺的漂泊生活写起，以流莺的鸣叫为主要表现内容，以伤春不忍听为结，逐层递进，字字皆伤，最后达到伤绝之境，体现了李商隐咏物诗的层次构思的高超之法。作品寓情于物，以物之情传人之情，最后统一到不忍听的情景中，让人分不清是物是人，二者已经完全融合在一处，臻于化境。

贾生[①]

宣室求贤访逐臣[②]，
贾生才调更无伦[③]。
可怜夜半虚前席[④]，
不问苍生问鬼神[⑤]。

注 释

① 贾生：指贾谊，西汉政论家、文学家，洛阳人。
② 宣室：汉代宫殿名，在未央宫中。访：征询、咨询。逐臣：被朝廷贬谪的臣子。贾谊被贬长沙，故称逐臣。
③ 才调：指才气，多指文才。无伦：无可比拟，无人比得上。
④ 可怜：可惜。前席：从坐席上移膝靠近对方。
⑤ 苍生：指天下百姓。

题　解

这是一首借古讽今的七言绝句。诗歌借用贾谊的被重视却不取其才的史实来寄托自己怀才不遇的伤怀。诗选取汉文帝宣室召见贾谊，夜半倾谈的情节，写文帝不看重贾谊济世匡时的才华，“不问苍生问鬼神”，讽刺了晚唐统治者服药求仙，荒于政事，不能任贤，不顾民生的昏庸现实。这篇作品跳出历代叹惋贾谊人生遭际的窠臼，别出机杼，另翻新意，引出了一段新警透辟、启人深思的精论。

赏　析

本诗着笔于贾谊被召入京又不得其才而任之的窘况，讽刺当朝统治者整日求仙问佛，不务国政，不能真正重视人才，不珍惜人才的昏庸无能，寄寓怀才不遇的政治感喟。

从诗歌前两句来看，仿佛运笔倾向在于欣慕贾谊这样的才子终遇明主，抱负终于得以施展。其实这正是作者笔法高妙之所在。作者采用了欲抑先扬的手法，层层铺垫，通过强烈的对照和突然的逆转体现强烈的讽刺力量。

首句，从正面着笔，写贾谊虽然被流放蛮荒之地，但是终于得遇明时，拨云见日，被召入宫，在最机密的宣室得到汉文帝的垂问，表面上让人感觉是赞美汉文帝求贤若渴、深明大义，也透露出作者的欣羡之情。此句赞叹贾谊英才勃发、才气盖世、光彩照人的才子风范，仿佛才子遇到明君，正如鱼之入水。看到最后两句，才明白作者的良苦用心，原来这都是反面铺垫之笔。

作者把重点都放在三、四句上，全诗主旨倾泻而出。第三句承前两句，进一步描写贾谊得到重用的动人情景：君臣二人深谈至夜半，一个侃侃道来，一个虚心垂询，凝神倾听，不知不觉在坐席上移膝靠近对方。如果真是得到了这样的明主，以死相报也会在所不惜。这种君臣遇合、互相信任的场景历史上又有几次？但第三句前着“可怜”二字，则将这种理想彻底打碎。“可怜”在感情色彩上不如“可悲”“可叹”一类词那样强烈，却是隐含着冷郁的嘲讽，似轻而重，表明这“夜半虚前席”的可叹、可惜和徒劳无益。它使得句意中对汉文帝的赞扬转为喟叹，由歌颂转为讽刺，也为末句这一全篇的警策之句留了空间。第四句点明“可怜”的原因是“不问苍生问鬼神”，这是全篇最为警策之句，是全篇之眼。帝王郑重其事地虚心征询，真心地推重叹服，不是为了询求治国安民之道，而只是请教荒唐的鬼神之事。贾谊怀经世济邦之才，却没有受到真正的重视，而今却被君王视为巫祝。可见皇帝的求贤爱才，只不过是个荒唐的幌子罢了。对贾谊而言，这是真正意义上的怀才不遇，其不幸更有甚于其此前被贬谪于长沙。这不是暗讽唐王朝的统治者服药求仙，荒废政事，不问民间疾苦的现状吗？他们同汉文帝比较起来，是有过之而无不及。所以，全篇的讽刺在前三句蓄势的基础上一并道出，其反弹之力可想而知，这才能见出讽刺的力道。

本诗虽然是讽刺汉代皇帝，但指向却在当朝皇帝。虽慨叹贾谊无法施展真正的政治才华，却有意寄托自己怀才不遇的感慨。李商隐从青年时代起，就怀有远大抱负，深切关注国家的命运，但偏遭晚唐衰世，志不能伸，只能长期寄迹幕府，以文墨事人。因此，诗中的贾谊，正有作者自己的影子，慨叹贾生的不遇明主，实际是感喟自己的生不逢时，自伤之意尽在言外。更何况，就算贾谊不得其用，但还是曾经被汉文帝赏识，而自己连这一点都无法企及，自伤之情不言而喻。

本篇成功地运用了欲抑先扬的手法，层层铺垫，最后虽是以议论为诗，而议叙中却有栩栩如生的画面，同时寓含诗人深深的感慨。为李商隐咏史诗中的代表作。

代　　赠[1]

楼上黄昏欲望休[2]，玉梯横绝月中钩[3]。
芭蕉不展丁香结[4]，同向春风各自愁[5]。

注　释

① 代赠：即为代拟的赠人之作。
② 欲望休：也作“望欲休”。休：停止、罢休。
③ 玉梯：天梯。在此指楼梯。横绝：横断，中间断了一截。
④ 芭蕉不展：芭蕉心卷缩未伸展开来。丁香结：丁香花蕊初生尚未绽开。
⑤ 愁：愁思，哀愁。

题　解

这首诗是作者代他人所拟的赠人之作。全篇以女子的口吻，写她不能与情人相会的愁怨。诗歌采用寓情于景、情景交融的写法，以女主人公眼中所见之缺月、芭蕉、丁香等景物为情感寄托物，表达女主人公不得与情郎相见的思念之情、孤独之苦，意尽曲折，情尽幽怨，写得情致缠绵、绮丽细密，有如行云流水。

赏　析

此诗虽为代赠之作，借女子的角度，以女子的口吻，写其与情郎相会的愁思，但也隐晦地传达出作者个人的苦衷。

首句“楼上黄昏欲望休”点明时间、地点、事件。黄昏来临，新月如钩，女子独上西楼，望眼欲穿，只盼望能与情人相会。但时间一点一点过去，所思之人还未来到，这深切的愿望在漫长的等待中渐渐落空。“欲望休”三字通过典型的动作细节生动传神地写出了女主人公愁肠百结的心绪，画面感很强，仿佛在读者面前呈现出动态的过程：女子满怀希望来到楼上，先是心潮澎湃、激动不已，在漫长的等待之后又若有所失，进而愁肠百结。但是她还是抱有一丝希望，直到望尽天涯路，才无奈作罢。那到底是什么原因不能与情人相会呢？首句留下一个悬念，自然引出次句。

次句“玉梯横绝月中钩”点明情人未得相会的因由，但不是直露地表达出来，而是借助景物描写，用环境来烘托人物的心理。南朝诗人江淹《倡妇自悲赋》写汉宫佳人失宠独居，有“青苔积兮银阁涩，网罗生兮玉梯虚”之句。“玉梯虚”是说玉梯虚设，无人来登。此诗的“玉梯横绝”，是说玉梯横断，无由得上，喻指情人被阻，不能来此相会。联系首句，我们可以勾勒出一个清晰的心理变化图。女子渴望见到朝思暮想的情人，于是登楼远望，望尽天涯路。但忽然想到他必定不能前来，只好欲望还休。作者通过一个简单的动作就把女子复杂矛盾的心理活动展现在读者面前，传达出女子孤独惆怅的情感，描写细腻传神。这里的月上如钩，是宕开一笔，用月光的冷清写出环境的凄清冷落，以此来烘托人物凄凉的心境。而且，缺月历来是不能团圆的象征，在此表示这一对情人终难相会，蕴意丰富。

三、四两句通过续写景物进一步抒发女子内心的寂寞愁苦。写景由远及近，从抬头所见月上如钩到低头所见草木无尽愁，很有层次感。初到楼上的时候，女子是无心望景的。待情人未来，愁肠百结的时候，才会去注意景物，触景伤情。这里的芭蕉，是蕉心还未展开的芭蕉，稍晚于诗人的钱珝《未展芭蕉》诗中的“芳心犹卷怯春寒”，写的就是这种景象；这里的丁香，也不是花瓣盛开的丁香，而是缄结不开的花蕾。它们仿佛具有了人的情感，与女子同对着黄昏时分清冷的春风，无限哀愁。以芭蕉心之卷缩未伸和丁香花蕊之缄结未放来比喻双方的不解之愁、相思之苦，是再恰当不过的比喻了。更为巧妙的是，这里虽然是借景抒情，情景交融，但同写两种植物，显然别有所指。这既是女子所看到的实景，同时又借物写人，以芭蕉喻情人，以丁香喻女子自己，隐喻二人异地同心，都在为不得与对方相会而愁苦。构思之妙，令人叹服。“同向春风”四字是情感的集中点，无论花草还是女子还是男子，一时间，愁绪铺天而来，漫漫寒夜无际涯，至此，诗歌所要传达的愁绪已经到达极致，作者戛然收笔。

全篇以借物抒情手法为主，又兼之以比兴的运用，逐层推进情感，篇幅短小，却曲见风致。当然，虽然是代人所写，也能流露作者内心的愁苦，要么是思佳人不得，要么是人生不顺，仕途坎坷，希望得遇知音提携，但望尽天涯，何枝可依？无论如何理解，这一篇都是情景交融的佳作，为历代方家所称道。

瑶　池[1]

瑶池阿母绮窗开[2]，
黄竹歌声动地哀[3]。
八骏日行三万里[4]，
穆王何事不重来[5]？

注　释

① 瑶池：神话传说中西王母所居之地，为西方仙境，据《穆天子传》载：周穆王西游到了昆仑山，遇见西王母，西王母在瑶池设宴和周穆王欢饮，还给他吃了长生不死的万岁冰桃。临别，西王母作歌，希望周穆王能再来。周穆王作歌回答，约定三年后重来。

② 阿母：即仙人西王母。据《汉武内传》载，西王母又称玄都阿母。绮（qǐ）窗开：指西王母打开雕饰精美的窗子等待周穆王。

③ 黄竹歌 :《穆天子传》载：周穆王到黄竹的路上，遇到风雪，有冻人，于是作《黄竹歌》三篇以哀民。

④ 八骏：传说周穆王有八匹骏马。

⑤ 穆王：西周的国君，姓姬名满，周昭王之子。后来他成为神话传说中的人物，《穆天子传》就是记载他周游天下的传说的。

题　解

这首诗初看是一首有关神话传说的诗歌，实际上是借此寄怀之作。诗歌借助周穆王西游遇仙人西王母的神话，加以想象，讥刺皇帝求仙的虚妄。全诗虚构了西王母盼不到周穆王重来，暗示穆王已故的故事情节，以揶揄的口吻讽喻了统治者求仙不死的荒诞做法。诗歌以西王母的疑问作结，构思巧妙，讽刺辛辣。

赏　析

这首诗借神话传说行讽喻之事。作者通过对西王母约会周穆王的传说故事巧妙地虚构与想象，以幽默的口吻，讽刺唐朝统治者服药求仙、祈求长生不老的迷信思想，虽不着一字议论，讽意毕现，从而宣扬了生死乃人之常情的唯物思想，并隐晦地批评统治者一味求仙而荒于朝政的可笑做法。

诗歌前两句写西王母在瑶池打开绮窗等待周穆王重来相会，她思念周穆王，耳边还悠扬着他所作的《黄竹歌》。这两句字面上好像不过是叙述一个传说，但字里行间都隐含着质疑的倾向。“动地哀”三字，是背景音乐，渲染佳期无约的悲情，也暗示周穆王不可能到来的事实，只能是一场虚空。作者发挥想象，在如此美好的良辰佳日，配之以悲痛的音乐，反讽意味甚为明显，也体现出李商隐诗歌诙谐的特点。这两句将西王母的殷切期待与周穆王早死不能赴约的现实进行对比，这让一场约会显得是如此滑稽，进一步强化了讽刺意味。

三、四句在前两句铺垫的基础上，进一步表达作者的疑问：穆王有八骏，日行三万里，西行并不困难，为何不再来呢？是不是有什么重要的事情给耽搁了？这个事情只能是死亡之事。说明周穆王早已化作尘土，求仙求到死，让人家西王母白等一场。这两句继续采用对比写法以突出讽刺意味，语调诙谐，让人忍俊不禁。大笑之后，就留下了深刻的思索：整日不理朝政，但做虚诞的求仙之事，这样的君王死了也罢，西王母也不值得为他等待。这样，全诗一、二句对比，三、四句对比，前两句又与后两句对比，通过反复对比，以“何事不重来”重笔作结，讽刺周穆王自身难保，枉费了一场美好的约会，讽刺之深，力透纸背。

作者在艺术构思上大胆采用了虚实结合的写法，将流传的穆天子求长生之事运用想象加以虚构，演绎了传说，挖掘传说的思想价值和艺术价值，力求讽刺的最大化，体现了李商隐卓绝的艺术造诣。诗的首联写西王母心怀美好的约期却独闻遍地哀歌，但又不写哀歌的缘由，让读者在想象中与西王母一起幻想、猜疑，引人入胜。“黄竹歌声动地哀”中的“哀”，虽没有直接点明为谁而哀，但却给人一种沉重之感。第三句“八骏日行三万里”，宕开一笔，仿佛是对西王母的一番自我安慰：既然他有八匹骏马，道路、山川阻隔不了，应该会来赴约的。本想找个理由让自己相信穆王“比及三年，将复而（汝）野”的承诺还会实现，可惜“穆王何事不重来”的疑惑却又泄露了自己知道他永远不能来了的事实。读到这里，我们似乎找到了本诗的关键字就是第二句中的“哀”字，而诗外的重要事件就是周穆王的死。这个“哀”也是作者之哀，哀君王不理朝政，哀君王日日求仙。唐朝的太宗、穆宗、文宗、武宗、宪宗等，都因服长生药而死。因此，本诗第二句中的“黄竹歌声动地哀”中的“哀”，有两种解释：一是封建君王“不问苍生问鬼神”，不顾天下百姓死活的悲哀；二是本欲求仙得道、长生不老，但却还是要命归黄泉的悲哀。饶是如周穆王这样坐拥天下、享受无比尊荣的帝王，最后还是要化作荒冢，无法和情人相会。

本来不过是一个普通的历史传说，作者却用虚构的笔法借用它来讽喻现实中的帝王，这种借用本身就是艺术的再创造，也在构思上强化了讽刺的力度。比如写到西王母的苦苦等待，她是神仙，神仙不知凡人已死，还傻傻地坐等，说明哪里又有神仙！神仙无所不知无所不能，却不能保住周穆王的小命，这真是天大的讽刺。连神仙西王母都不能使穆王长生，何况是人世间的凡人呢，谁又能像西王母那样有神力相助呢，连神仙都办不到的事，凡人又怎能办到呢？这样写就大大加重了本诗的说理力量：无论是谁要想长生不老都是不可能的。

这首诗极尽讽刺之能事，借用传说别出新意，深刻地讽刺了当政者的昏庸荒唐，笔锋犀利尖锐。李商隐的很多讽喻诗，都不过是借用典故和神话传说来说事，诗歌里常常对现实只字不提，却能写出强烈的现实感来。另外，李商隐的诗歌一般很少发议论，常常通过具体想象和史实的描写叙述，为读者留下想象空间和思考空间，这也是他诗歌最主要的艺术特色。

日　　日[1]

日日春光斗日光[2]，
山城斜路杏花香[3]。
几时心绪浑无事[4]，
得及游丝百尺长[5]？

注　释

① 日日：一作“春光”，一作“春日”。

② 春光：春天的光景。指代作者的意中人以及她的爱情。斗：形容争强比胜。日光：太阳的光芒。指代作者以及作者的爱情。

③ 斜路：随意的、倾斜的路。

④ 心绪：内心的思绪感情。浑：全。

⑤ 得及：赶得上。游丝：春天飘荡在晴空中的一种丝絮，用以形容春光之荡漾。《牡丹亭·惊梦》：“袅晴丝，吹来闲庭院，摇漾春如线。”

题解

这是一首借景抒情的春怨诗。美好的春光一向用来表现生机勃勃的活力，但是在作者笔下，却借来抒发决然相反的情愫。春光明媚，万物生长，而阳光又是如此的灿烂耀眼。春天的一切美好事物与日光仿佛在争艳竞妍。诗人从春光中觉察出年华易逝的伤感，便祈求能够寻得心理的平静与安宁。作者借用景物抒情，反其道而用之，意出新奇，似乎很难让人理解，但身临其境，就会发觉自然与作者心灵的巨大反差，因此诗歌中所传达的烦乱郁结的心绪就合情合理了。由此可以看出李商隐诗歌在挖掘诗意上的独到之处。

赏析

李商隐是写景的高手，常常从看似平常普通的景物中寻找到心灵的契合点，由此生发开去，往往翻出新意。这首诗由美好的春光引发出烦躁不安的情绪，表达了作者希望得到心灵安静的愿望。

首句“日日春光斗日光”描写了明媚艳丽的春光里，万物与日光争艳竞妍的景象。这本来是再普通不过了，作者却能从中窥探出一丝不安来。何以言之？春光明媚，让人身心舒畅，但是春光过于耀眼，百花过于明艳，仿佛天地间的活力过于强烈，让人很难接受，这是作者独特的心理感受。着一“斗”字，将双方互争雄长的意态，方兴未艾的趋势，以及天地上下流溢着的热烈气氛全部传出。不但如此，这种相斗相竞的状态是日日持续，怎不让人心生躁动？因为作者并不像年轻时那样活力充沛，在时光的流逝中还杂有人生的失意。如此，美好的大自然的盎然生机就与作者的情感状态形成鲜明的对比，以突出由外界活力而生发的烦乱不安以及韶光易逝、难与春物相竞的惆怅。

次句“山城斜路杏花香”则把目光从广阔的空间背景上转移到眼前的风景上。山城斜路之旁，杏花开得茂盛。在艳阳映照下，飘散出阵阵芳香。这一句是在前句的总体铺陈之下的具体描摹，这样作者的兴感之由就变得非常具体。杏花开花之时，一般都是满树白色，远远望去，娇艳无比。这种强烈的色彩刺激了作者心中的波澜，不能不让他生出无名的惆怅。说是无名，其实情绪早已有之，不过是没有触媒，所以长期郁积在心。前两句均采用以乐景写哀情的艺术手法，反衬出缭乱不安的心绪，在春光陶醉之外，别生幽怨。

三、四两句把前两句所隐含的情绪直接通过发问的方式抒发出来：什么时候才能使心绪摆脱眼前这种缭乱不安的状态，能够像这百尺晴丝一样呢？这表明了作者对安静平和心境的企盼。游丝，是春天里飘荡在晴空中的一种细丝，作为春天独具特征的景象，曾多次出现在历代诗人的笔下，如“百尺游丝争绕树”（卢照邻《长安古意》）、“落花游丝白日静”（杜甫《题省中壁》），或点缀热烈的气氛，或渲染闲静的境界。所有这些，都未跳出游丝的寻常意味。李商隐善于从平常意象里翻出新意，利用“绪”字含有丝绪的这一特点，将抽象的心绪化为有形的丝絮，然后又从丝絮再引出具体的游丝。这样辗转相引，喻体看似离本体很远，但读来却觉得曲尽其妙。

这种游丝百尺长的景象，除了能表现那种轻松悠闲的精神风貌外，还生动形象地传达了一种近乎真空的心理状态。这种感觉信手拈来，妙笔生花，浑然天成，显示了李商隐敏捷的才思。“几时”“得及”，突出了诗人对“心绪浑无事”的企盼，又反过来衬托出了现时缭乱不安的心情。

无　　题

来是空言去绝踪①，月斜楼上五更钟。
梦为远别啼难唤②，书被催成墨未浓③。
蜡照半笼金翡翠④，麝熏微度绣芙蓉⑤。
刘郎已恨蓬山远⑥，更隔蓬山一万重。

注　释

① 空言：虚幻而不切实际，此指虚幻之梦境。
② 啼难唤：悲痛难言。
③ 墨未浓：指古人写字要先磨墨，等墨浓了再书写。
④ 蜡照：烛光。金翡翠：用金丝线绣成翡翠鸟图形的灯罩。笼：动词，笼罩。因罩住上半部灯光，所以说“半笼”。
⑤ 麝（shè）熏：麝香的香气。古代富贵人家用麝香等名贵香料放在香炉中熏被帐。绣芙蓉：绣有荷花的帐子。
⑥ 刘郎：此以刘郎指诗人自己。蓬山：即蓬莱山，传说中海上仙山。

题　解

这首七言律诗是李商隐《无题四首》的第一首。全诗以梦境与现实结合的手法抒写长相思的爱情，缱绻缠绵，痛深伤极。诗歌采用倒叙手法，先写梦境，后说梦醒，层层渲染铺陈，以表达主人公对远在天涯的女子的思恋。作者现实中无法实现的愿望，只能巧妙地借助梦境来传达。这种实虚结合的手法在虚虚实实之间创设了迷离而又感伤的意境，读后令人长叹不已。

赏　析

李商隐的众多无题诗大多都用曲笔来寄托爱情理想与现实的矛盾，这首诗也不例外，而且用虚实之境将那种感伤的爱恋写得缠绵悱恻。

首联“来是空言去绝踪，月斜楼上五更钟”描写梦境与梦醒后的情形。诗人入夜梦回，见那女子轻盈入梦，竟是无一言一语诉说相思；而告别离去之时，也是悄无声息，了然无踪迹。诗人在五更天醒来，耳边传来凄婉的钟声，心中不免无限惆怅，于是独自起身，空望西楼，一弯残月斜挂在天边，无穷的寂寥如潮水般涌来。前后两句是因果关系，因梦境不得一语，故醒来怅惘；也是因为终于能够相见，却只能是在梦中。梦中的相会与醒来后的孤独形成鲜明对比，更突出了相思之苦、孤守之悲。首联实虚相生，而月照西楼，又在无形中渲染烘托了梦醒后的失意。

颔联“梦为远别啼难唤，书被催成墨未浓”继续采用实虚对照的写法，先追忆梦境，后写睡眼迷离之间给恋人写信。恋人入梦无言，又“梦去绝踪”，梦里的诗人未免心急，恰又要离别，于是痛哭失声，但是她却一无所知，着急之下，诗人猛然醒来，匆忙去寻笔墨，未等墨浓就草草写就，要问问恋人为何入梦之时无一言相语，又为何忍心离别而去。“啼难唤”符合梦境的特点，又暗示出郁郁相思不得纾解的怅然；“墨未浓”是一个动作细节，传达出作者分不清现实梦境而又急切想了解恋人想法的心情。这一联采用动作描写揭示人物心理变化，如幻如梦，如泣如诉。

颈联“蜡照半笼金翡翠，麝熏微度绣芙蓉”是诗人还未醒透时所看到的情景：诗人睡眼惺忪，还有一半神思留在梦里，分不清梦境和现实，隐约之中，他看到烛光下笼罩着画有金翡翠的屏风，又依稀闻到绣着芙蓉花的帷帐散透出淡淡的香味，这是梦醒时恍惚迷离中回味的感觉。烛光半笼，光线忽明忽暗，仿似犹在梦里；麝香微度，更像是躺在所爱慕女子的闺房，房间里好像还留下淡淡的余香。本联的虚实运用可以说达到了化境。作者不但分不清梦境还是现实，也分不出是在自己家里还是在恋人身旁，表明了作者已然流连在梦中的相会里，久久回不到现实。忽明忽暗的烛光，似有若无的麝香，不但写出了半梦半醒的特点，也烘托了人物惆怅迷离的心情，可谓一箭双雕。

尾联“刘郎已恨蓬山远，更隔蓬山一万重”借用典故诉说相见之难，表达相思之苦，表明无望之深。“刘郎已恨蓬山远”中的“刘郎”本意可能是指汉武帝刘彻或传说中同阮肇入天台山的刘晨。但从本诗的所表达的主旨出发，诗作与求仙没有关系，所咏的是爱情，可判断此处的“刘郎”应该指作者自己。“蓬山”即“蓬莱山”，传说中的仙境，在这里代指所思念的女子居住的地方。尾联两句用层进法写诗人已经怨恨蓬莱仙山遥远难寻，更奈何所爱之人居住的地方比蓬莱山还要远千万重。这两句诗，更像是两人本就咫尺天涯，仙凡相隔，加上对方又远去，会合的希望就更加渺茫了。这两句是诗人梦境消失后的感叹。以“一万重”作结句，则更见其相思之难，则更突出相思之苦。

全诗以诗人的一席春梦为触发点，现实与梦境交替来写，表达缠绵悱恻的思念和茫然若失的心理感受。比起《无题（相见时难别亦难）》而言，本诗描写的失恋之苦更为无奈、无望。虽说“相见时难别亦难”，但毕竟有相见的机会；蓬山虽远，但还有“青鸟殷勤为探看”，这说明未来还是有希望的，可本诗则说“来是空言去绝踪”“更隔蓬山一万重”，梦里都能消失得如此决绝，更何况现实中相隔万里，与所爱之人的相会应该遥遥无期了。诗人将梦境、现实和幻想糅合在一起，为读者展示了亦真亦假、若即若离的意境，创造了亦梦亦真的艺术境界，同时突出了爱情如梦境一般凄美缥缈、遥不可及的主题。

无　　题

飒飒东风细雨来①，芙蓉塘外有轻雷②。
金蟾啮锁烧香入③，玉虎牵丝汲井回④。
贾氏窥帘韩掾少⑤，宓妃留枕魏王才⑥。
春心莫共花争发⑦，一寸相思一寸灰⑧。

注　释

① 飒飒（sà）：形容风声。
② 芙蓉塘：即荷塘，在南朝乐府与唐人诗词中常为男女相会传情之地，这里即指女主人公与恋人约会的地方。轻雷：指车声。
③ 金蟾（chán）：装饰在锁上的金蛤蟆。啮（niè）：咬。锁：指香炉鼻钮，可以开闭，放入香料。
④ 玉虎：井上辘轳，像虎的形状。牵丝：辘轳上牵引水桶的绳索。汲井回：从井中打水回。
⑤ 韩掾（yuàn）：指韩寿。掾：长官的属佐。
⑥ 宓（fú）妃：传说中伏羲氏之女宓妃溺死于洛水，遂为洛神，此处指曹丕之后甄氏。魏王：指曹植。
⑦ 春心：向往美好爱情的心愿。
⑧ 一寸：谓心为寸心。灰：香销成灰，这里指绝望。

芙蓉塘外有轻雷

题　解

这是一首有关爱情的七言无题律诗。诗歌描写了一位身居闺房的女子不幸的爱情遭遇，表现女子相思无望的痛苦与愁怨。诗歌采用对比、渲染、用典、借景抒情、烘托渲染等艺术手法，将女子从希望与追求到失望与幻灭的情感轨迹曲折表达出来。这首诗也可以理解为是作者借寓之笔，以此来表达政治上的追求屡遭挫折后而产生的失望与悲愤。

赏　析

这首诗是《无题（来是空言去绝踪）》的姊妹篇，主要描写女子无望的爱情。女子被幽禁深闺之中，无法与恋人相会，只好独自品尝相思的苦味。

首联“飒飒东风细雨来，芙蓉塘外有轻雷”是说飒飒的春风吹过之后，细雨就弥漫而来，与恋人相约的芙蓉塘外传来如轻雷般的车声。这里仿佛是写因为天气原因无法赴约，而恋人却如约而至。实际上女子是被幽禁在深闺之中，难得赴约，于是伤痛欲绝，但她还是关心着天气、静听着荷塘的声音，依然心系恋人，是怕他见不到自己伤心，因为等待之久而生病。短短两句，寓无尽之意于言外，更加之景色的渲染，愈见其悲。若深思，这东来之风雨，不正像女子爱情的风雨吗？此之谓化虚为实，虚实相生，忧伤滋味万万千。

颔联“金蟾啮锁烧香入，玉虎牵丝汲井回”借用两种生活常见的景象对比抒情，抒发自己深锁闺中、爱情无望的悲伤。香炉虽然锁了，但烧香的时候还是可以开启添入香料，井水虽然很深，但借着辘轳的牵引还是能把水提上来。可是女主人公被锁在深闺，却只能迎着春风细雨，想象荷塘外恋人车声缓缓走近的情景。这是不能赴约与恋人相见的怨语。女子的爱情命运竟然不如一物，可见其怨之深。对比手法有利于突出这种抱怨，也让人想见女子长日深闺幽居、无聊度日的寂寞与愁怨，这是在首联基础上更深入一层的情感表达。

颈联“贾氏窥帘韩掾少，宓妃留枕魏王才”借用两个典故，说明不趁年少有才追求爱情，等到年老气衰，又如何有人来爱。这两句的大意是说贾氏从窗子偷窥韩寿，是倾慕他英俊年少；宓妃自荐枕席，是看重曹植的才华。从这两句看，诗人认为要想获得幸福的爱情，年轻貌美和八斗之才是必不可少的。而“少”和“才”到年老以后就没有了。可回到现实中，作者已然晚年，虽说才气可能仍在，青春却早已消逝，年老力衰未免力不从心。这两句把幽怨的情感又推向了一个高点，念时光易逝，韶华不再，这份爱情不知道还能不能得到。这是向无望爱情的结局又走近了一步。

尾联“春心莫共花争发，一寸相思一寸灰”是说向往美好爱情的心愿，千万别和春花竞相争荣，免得寸寸相思都会化为灰烬了。诗人仿佛是在告诫自己，如果跟春花竞争，则无形中必添更大的悲伤，花可再开，人又如何可以不老？这长久的相思怕只会因为岁月催人老而万念俱灰吧。至此，作者通过层层描写与抒情，将痛苦的爱情推向绝望的境地，可谓“爱之绝”“情之殆”。这两句实际上是采用以乐景写哀情的手法来反衬韶光逝去之后的伤感，更加突出了相思的痛苦。而“寸”字的使用，仿佛让人看到爱情一点一点毁灭，其痛其伤已到无路可走之地步。

全诗前两联是从女子的角度来写，最后两句是从作者的角度来写，两相对唱，一唱一和，同病相怜，同伤相苦，爱情之痛何以复加。作者晚年政治、生活、爱情都遭遇不幸，常常借助爱情来表达人生的失意和绝望。相思无望，终归幻灭，作者将烧香成灰联想为希望的幻灭，化抽象为具体，字字凄凉。末句语奇笔重，让人触目惊心，写出了作者的郁积和悲愤。这是另一种理解，不是全无道理。全诗构思严密，手法独特，情感尤为含蓄蕴藉。

无　题

何处哀筝随急管①，樱花永巷垂杨岸②。
东家老女嫁不售③，白日当天三月半④。
溧阳公主年十四⑤，清明暖后同墙看⑥。
归来展转到五更⑦，梁间燕子闻长叹⑧。

注　释

① 哀筝：指筝声清切动人。曹丕《与吴质书》："高谈娱心，哀筝顺耳。"急管：指笛声激越，故曰急管。鲍照《白纻歌》："古称《渌水》今《白纻》，催弦急管为君舞。"管：竹制的吹奏乐器。

② 永巷：深巷。

③ 东家：指邻居。嫁不售：《战国策》："处女无媒，老且不嫁。舍媒而自炫，敝而不售。"

④ 白日当天：指日之方中，喻人到中年。三月半：春已去矣。

⑤ 溧阳公主：梁简文帝之女。年十四，有美色，侯景纳为妾。

⑥ 同墙看：一起登墙观览春色。

⑦ 展转：同"辗转"，即转身反侧睡不着觉。

⑧ 叹：叹息。

题 解

这首无题诗以东家贫穷老女为主要描写对象，诉说她因“嫁而不售”而自伤迟暮，与那些过着豪华奢侈、悠然自在生活的贵族夫妇形成鲜明的对比，突出她爱情之不幸。作者采用借喻之笔，以“东家老女”自况，曲折含蓄地表现自己政治失意的愁苦。这与作者晚年仕途不顺、人生漂沦不无关系，这也是李商隐借喻抒怀的常用方法。

赏 析

这首无题诗借“东家老女”婚嫁失时、自伤迟暮的人生不幸来表达作者身世之感。

起首两句“何处哀筝随急管，樱花永巷垂杨岸”描写了永巷里樱花盛开、杨柳飘拂的美景以及箫管悠扬、古筝鸣响的热闹场面，表现了贵族生活的优哉乐哉。李商隐诗歌的开头常常将景物逻辑倒置，把最能体现心灵感伤的景物先自表现出来，以渲染气氛。这里的景象联系后面几句诗显然是东家老女听到的看到的，与自己凄凉的身世形成鲜明的对比，突出老女之自伤迟暮的心绪。虽然人物还未出场，但镜头将欢快喧闹的场面首先呈现出来，以达到先声夺人的艺术效果。

三、四句“东家老女嫁不售，白日当天三月半”承上联的热闹场景，笔锋一转，将镜头对准完全相反的情景，写“东家老女”婚嫁失时，自伤迟暮。这两句的大意是：东家有老女，因为家庭贫寒而一直没有出嫁，像她这样的女人，已至中年，美好的人生的春天已经到了最后的时光。首联中虽然没有写是哪些人在过着美好的享乐生活，但是这一联起笔写到东家老女，鲜明的对比之中可以让人想见首联所写之人物是贵妇人无疑。更何况，正是春光骀荡之时，而老女的春天即将过去，这又是一层对比，突出了容华绝世而婚嫁失时的东家老女面对春光将暮之哀伤。

五、六句“溧阳公主年十四，清明暖后同墙看”写到了另一个与之命运完全相反的女子。溧阳公主是梁简文帝的女儿，嫁侯景，为景所宠。这里借用此人代称贵家女子。同样是阳春三月，丽日当天，一边是年长难嫁，形单影只；一边却是少年得志，夫妇同游。用对比鲜明的图景，表现了两种不同社会地位的女子完全不同的境遇，将老女迟暮的哀愁再推进一层。

尾联“归来展转到五更，梁间燕子闻长叹”写东家老女归来后的情景。美好的春天，老女听到悠扬的音乐，看到富贵人家美好的婚姻生活，不禁触动了内心最痛的一处，让她倍感人生迟暮，幸福越来越远。带着这种苦闷的心情，老女惆怅地踅回家中，一直辗转到五更还未睡去，只听到梁间的燕子叽叽喳喳，根本不懂自己的苦闷愁怨。这里写到了老女辗转难眠的情景，用动作细节表现老女的哀怨；而燕子本是无情物，作者以此反衬东家老女的痛苦心情无人理解同情。“燕子”是迁徙性动物，春天回归老巢，年年回，年年还是旧样子，暗示了现状无从改变的悲伤。

历代诗人都有借女子爱情事诉说自己人生苦闷的作品，这一首也不例外。这首诗，设置了几组鲜明的对比，来表现老女老来不嫁的悲伤愁苦。作者早年也是胸怀天下，有济世匡时的政治理想，但随着年龄的增长，除了经历了漫长的坎坷之外，别无所得，不正像无从为嫁的老女吗？这是作者的自伤之词，自嘲之语，作者借此表达了怀才不遇、世道不公的忧愤。

李商隐的无题诗，以七律为主要形式，以爱情为主要题材，以深细婉曲为特点，以意境的含蓄朦胧为主要特色，多取抒情主人公内心独白的表达方式，很少叙写事件、人物和客观生活场景。这首七古无题却不主抒情，不作心理刻画，以第三人称的表达方式，描写出一幕有人物、有事件的生活场景，以此来传达全诗旨意。本诗语言朴素无华，与其他七律无题那种华美而富于象征暗示色彩的语言有所区别，别具一格。

一　片

一片非烟隔九枝①，蓬峦仙仗俨云旗②。
天泉水暖龙吟细③，露畹春多凤舞迟④。
榆荚散来星斗转⑤，桂花寻去月轮移⑥。
人间桑海朝朝变⑦，莫遣佳期更后期⑧。

注　释

① 一片非烟：指一种吉祥的卿云。《史记·天官书》认为“若烟非烟，若云非云，郁郁纷纷，萧索轮囷，是谓卿云。卿云，喜气也”。诗人用“非烟”，即指“若烟非烟，若云非云”的“卿云”，是一种吉祥之云气。九枝：九枝灯的简称，也叫九光灯，因一干下分九枝，九枝上均有花灯，色彩可不一样。《汉武帝内传》云：西王母降汉殿时，“七月七日，……然（燃）九光之灯”。沈约《伤美人赋》：“拂螭云之高帐，陈九枝之烛灯。”义山为取“枝”韵，故作了这样微小的改变，把九光改为“九枝”。

② 蓬峦：蓬莱仙山，此比玉阳山。云旗：指代神仙家的仪仗。俨：庄重整齐的样子。

③ 天泉：《邺中记》：“华林园中千金堤上作两铜龙，相向吐水，以注天泉池，通御沟中。”此指山泉。

④ 露畹（wǎn）：指道观正前方的露天广场。畹：三十亩为畹。凤：与龙作对，代指女性。

⑤ 榆荚：榆树果实，阴历二月生，三月落。星斗转：北斗星的斗柄，每个月指的方向不同，此指斗转星移，光阴飞逝。

⑥ 桂花：指月中桂树。

⑦ 桑海：沧海桑田。

⑧ 佳期：欢会之期。

题　解

李商隐的众多无题诗常常冠以首句两字为题。这首诗从道观里正在举行的盛大仪式开始写男女之间的恋情，男子热切渴盼女子向自己表达爱情，女子则因为管束太严迟迟不肯表态。诗中以男子的口吻劝说女子：时光易逝，时不我待，要抓紧时机表达爱情，不要一拖再拖，让美好的爱情成为一生的遗憾。

赏　析

李商隐的无题诗常常借用俗常的生活细节来传情达意。这首诗构思精巧，情感曲折细腻，堪称描写人物心理及情感的珍品。

首联描写了一个发生在道观里的庄严的仪式，恋爱双方远远相望却不能倾诉衷肠。女子站在“一片非烟隔九枝”处，朦朦胧胧，看不真切。诗人只能透过似烟非烟的雾一般的云看着恋人，希望她能够向自己表达爱恋。但是因为这是盛大的节日仪式，场面宏阔，各司其职，不得随便走动。所以诗人无法接近她。首联虽然只是描写了场面，但是隐含在其中的男女眼神的交流、内心急切的愿望与纠结，彼此相爱的情感波澜都一一呈现在眼前。此外，这种威严的仪式还象征了家长式的管制，这正是女子不能倾诉衷肠的主要原因。虽然如此，起笔的一片“非烟”却是象征吉祥的云气，不得相恋的苦闷中似乎还有一点好兆头，似乎迎来了美好的希冀。

颔联借用皇家园林的美景写男女双方对待爱情的态度。“天泉”之中，水是暖的，但时机未成熟，故“龙吟细”。“露畹”之中，春情已多，但时机未到，故“凤舞迟”。“龙吟细”比喻男性云情雨意初起，正在主动追求爱情。而女方，则尚未与男方同步，虽有春情，只因管束太严，迟迟不能表态，故诗曰“凤舞迟”。她暂时无法产生激情，虽欲舞而不敢舞；不是不起舞，而是“迟”一刻起舞。本联是对首联的补充说明，寓意于景，隐晦曲折。

颈联在前两联交代爱情现状的基础上以男子的口吻劝说女子赶紧表达爱情，莫等春光逝去，爱情终成空想。这两句的大意是光阴似箭，一去不回：随着春天的消失，榆荚会散落；随着秋天的消逝，桂花不久也会失去香味，甚至不久即会凋落。春来秋去，星斗转移，青春将迅速消逝。这显然是男子劝说女子的理由，仿佛急不可待地在耳边大喊：凤凰啊，希望你能趁此美好年华，翩翩起舞，以求龙凤双舞，和谐悦乐。诗中以时光荏苒、时节转换为主要描写内容，给人以爱情不能等待、青春容易老去的悲叹。

尾联承颈联意思，以迫不及待的口吻直抒胸臆：凤凰啊，要知道，人间社会决非神仙世界，它朝朝在变化，甚至是沧海巨变。你何必一拖再拖，一推再推呢！人生苦短，青春难再，光阴转瞬消逝，如此沧海巨变，怎不令人惊心动魄！何不珍惜青春，及时表达爱情享受爱情呢！李商隐的诗歌很少用直抒胸臆的笔法，这里之所以用这种直白的写法，是因为主人公是青年男女，他们的表达也许不像中年人那样委婉含蓄。这是爱情的真情告白，也是对世人的告白。

这首诗不过是表达初恋男女的爱情观，而作者却能设以巧妙的构思，从宏大场景写起，再到男女之间的情感交流和爱情告白。其中，不乏借景寓意的委婉笔法，读来有曲折的风致。而这首诗的后半段，通过榆荚飘散，桂花失落，形象地表达了月圆月缺、斗转星移、时光消逝的意思。“人闻桑海朝朝变，莫遣佳期更后期”，则有力地表达了诗人忧心如焚、希望女方“莫遣佳期”的意念。前半首中朦胧气氛的渲染，龙吟凤舞的隐比，也是十分成功的。

闻　　歌

敛笑凝眸意欲歌，高云不动碧嵯峨①。
铜台罢望归何处②？玉辇忘还事几多③？
青冢路边南雁尽④，细腰宫里北人过⑤。
此声肠断非今日，香灺灯光奈尔何⑥！

注　释

① 嵯峨：高峻的样子。用以指山，这里指蓝天中的云彩，一动不动，想听美人之歌。

② 铜台：即铜雀台。《邺都故事》：魏武帝遗命诸子曰："吾死，葬于邺之西冈，婕妤美人，皆著铜雀台上，施六尺床，下繐帐，朝晡上酒脯粻糒之属，月朔十五，辄向床前作伎乐。汝等时时登铜雀台，望吾西陵墓田。"

③ 玉辇：古代帝王所乘的车子。《拾遗记》："穆王即位二十三年，巡行天下，驭黄金碧玉之车……王神智远谋，使迹毂遍于四海。"

④ 青冢：汉王昭君墓，在内蒙古呼和浩特市南，相传冢上草色常青，故名。

⑤ 细腰宫：指楚王宫。《墨子·兼爱（中）》："昔者楚灵王好士细腰，故灵王之臣皆以一饭为节，胁息然后带，扶墙然后起。" 北人：指来自楚国北方的秦人。

⑥ 灺 (xiè)：也作炧，灯烛的灰烬。香灺灯光：谓香膏将尽时的灯光。奈何：对付不了，禁受不了。

题 解

这首诗以听闻女子唱歌为切入点，用赋体手法铺陈宫女的不幸命运，罗列历史上众多佳人香销玉殒的事实，着笔于宫廷生活的凄凄惨惨，赞美歌女幸好离开皇宫过自由自在的生活，并对她表达了深深的爱慕之情。这种感受表面看是对宫女的同情，实际上也暗示出作者对身在朝堂的厌恶，对自由生活的追索。

赏 析

这首诗起笔写听闻一位来自宫中的宫女唱歌，她优美的歌声打动了诗人，引起他无限的爱慕。诗人感叹她幸好离开了宫廷，不然将同历史上众多宫女的命运一样，苦海无边。诗歌运用典故列举了历史上四种宫女的悲剧人生，结尾处难掩对歌女的欣喜爱慕。诗歌首联尾联写歌女歌唱之优美动人，表达诗人对她的爱慕；中间两联列举历史故事，极写宫女的悲剧命运。

首联“敛笑凝眸意欲歌，高云不动碧嵯峨”写歌女敛声屏气、全神贯注准备歌唱。这是通过动作神态写她歌唱的专注。虽未开唱，但仿佛已经能感觉到她的歌声之优美。“敛笑”暗示出她已经离开宫廷，故能自由自在，以及歌女性格开朗，为最后诗人心生爱慕埋下了伏笔。次句用拟人化的手法写高山白云似乎也在全神贯注准备享受美妙的歌声，侧面烘托歌声之优美动人。虽然没有写到听众的感受，这种白描式的勾勒已经传达出作者早被深深吸引。

歌女的这种悠然自在的表现不禁引发作者的感慨：如果她现在仍生活在宫廷之中，想必就没有这么快乐了吧。于是作者联想到历史上有关宫女的典故，列举了四种宫女的不幸遭遇：铜雀台的宫女，只能向死人献歌献舞，甚至去作殉葬品。即便是西王母，她向周穆王献歌，最后因穆王求仙事多而失宠。那出塞的昭君，善弹琵琶，绝顶美丽聪明，最后长眠青冢，连南方的大雁也见不到。那楚王宫中的细腰宫女，最后落得被秦兵劫掠的下场。这是颔联和颈联所表达的内容。作者的用意非常之明显：宫廷的生活只能让宫女一生悲惨，只有离开王宫，过自由自在的百姓生活，才能充分享受到人间的快乐。这四种宫女分别拥有不同的身份，命运却几乎是一样的。要么无休无止地为皇帝服务到死，要么被殉葬，要么失宠而一生悲戚，要么连一只南飞的大雁都不如，要么被军队劫掠而去，被当作娱乐的工具。这是本诗表达的重点，也为最后一联做好了铺垫。

尾联“此声肠断非今日，香灺灯光奈尔何”不像中间两联多采用反问句疑问句，而是以感叹句结束，笔调也由伤感叹惋转向欢喜爱慕。最后两句意思是：歌曲所表达的都是过去悲伤之事，好在这些事情早已是过眼云烟，即便唱到烛光燃尽，这些又能拿你怎么样呢？言外之意，歌女选择离开宫廷是对的，以前在宫里满脸愁容，现如今却是满脸春风，开朗活泼，不仅善于歌唱，还绝顶美丽聪明，而这正是作者迷恋她的原因。

回头思味这首诗，绝非字面意思那么简单易懂，不妨联系作者身世另作他解。作者一生最看重的就是仕途发达，他也因此付出很多努力，但由于被卷入党争，从此仕途不顺，在相当长的时间内过着四处漂泊、做人幕僚的生活，政治前途越来越黯淡。在这种情况下，作者有时不免想摆脱官场的束缚，落得轻松自在，本诗旨意不如从这方面探究得之，那么，李商隐就是借宫女之事表达对官场的厌倦，对自由自在生活的向往和肯定。

谒　山[①]

从来系日乏长绳[②]，
水去云回恨不胜。
欲就麻姑买沧海[③]，
一杯春露冷如冰。

注　释

① 谒山：李商隐是怀州河内人，住在王屋山东，旧时常称王屋为故山、旧山。谒山，谒故山王屋及其支脉玉阳山。

② 乏：缺乏。傅玄《九曲歌》：“岁暮景迈群光绝，安得长绳系白日？”

③ 就：向。麻姑：传说中的女仙。

题　解

题目“谒山”，是指作者重游故地王屋、玉阳山，点明地点和因由。作者登高望远，目及之处是水去云回日落的景象，不禁悲从中来。作者却不直写景象感慨，而是借助神话传说的古老题材，以新奇浪漫的面目呈现出深邃的人生话题，感慨时光飞逝、日月如梭，希望时光留驻，青春永在，以此来揭示时光一去不复返、昨日之日不可追的惆怅之感。

赏　析

李商隐的这首借景抒情诗，写景句只有一句，其他则借助神话传说翻出新意，表达时光流逝、青春难再的人生感喟。

诗歌起笔一语惊人：“从来系日乏长绳”，意思是从来就没有那种能帮助太阳不让它沉落的绳子，时光照样飞逝，人照样变老。长绳系日，是古代人们苦于生命短暂，幻想有朝一日太阳不落、人生不老的浪漫想象。但这样的“长绳”又到哪里去找呢？作者之所以发出如此奇妙的玄想，那是因为作者登高所见之景，不由生发了人生的悲叹。作者登高看到逝水东去，白云归山，不免生出怅恨之情，激荡在心间，感情沉到谷底，似乎人生只有这么悲剧着过下去了。这两句前果后因，先写奇想留住时光，再言产生奇想的缘由，之所以倒置，在于起笔给人以突兀之感，再写原因，就能突出所要表达的惆怅。首联情绪低沉，为下联更奇妙的幻想张本。

“欲就麻姑买沧海”语出惊人，作者竟然要向麻姑买下整个沧海！麻姑是古代神话传说中的女仙，她自称曾在短时间内三见沧海变为桑田。诗人因此而认定沧海属于麻姑。初读此句的确感到疑窦丛生并为之惊讶，实际上这与首句的感叹不无关系。既然悲叹人生飞逝，难免发出奇想，要买下沧海，就不会发生沧海桑田的变故，时间就能永久停留，不致再有水去云回之恨了。这是一种天真浪漫的想象，明知不可而请求，可见作者心中是多么伤感，这是迫不得已的选择。这一句貌似在前两句情绪低沉的情调中忽然昂然而起，好像希望就在眼前，从全诗来看，这也是为了最后一句蓄势。

末句同样语出惊人。诗人对第三句不做正面回答，而是用一个意味深长的意象道出了更为悲绝的情感。刚刚还展现在面前的浩渺无际的沧海仿佛突然消失不见了，只剩下了一杯冰冷的春露。沧海瞬间变成一杯水，作者将沧海变桑田的过程缩短为一瞬间，让人感觉到眼前的这一杯春露，不过是无边无际浩大沧海倏瞬间突变的遗迹，顷刻之间，连这一杯春露也将消失不存了。这是对时间飞逝的极度夸张。一个“冷”字，道出时间的无情、自然规律的冰冷无情和诗人无可奈何的绝望情绪。至此，作者情绪已至谷底，登高望远所生发的情感也已是汹涌澎湃。

全诗短短四句，却包含无尽的情感无尽的内涵。作者在原有神话传说的基础上，大胆想象，大胆改造，提出了许多不合常理的奇想。正是这些奇幻而瑰丽的想象，不但充分表现了诗人的艺术想象力和创造力，还将时光飞逝、韶华难留的怅惘感伤推向最深处。本诗的构思可谓精巧，起笔倒装以成顿挫之致；二句写景，寓情于景；三句情感突起，似乎希望大有，又顿挫一笔；末句直落谷底，让人满怀悲情。全诗情感线条曲折有致，层次感鲜明。风格上，既有杜甫的沉郁顿挫苍凉，又有李贺的奇幻想象，可谓兼古今之大美，艺术性很高。作者不过是登高望远，却能生发出如此多的悲叹，是他人生悲情的曲折表达。诗言志，诗言情，所谓不同人不同景也。

端　　居①

远书归梦两悠悠②，
只有空床敌素秋③。
阶下青苔与红树，
雨中寥落月中愁④。

注　释

① 端居：闲居。

② 远书：指远地来的书信。归梦：指做梦梦见归乡。悠悠：指邈然无望。

③ 敌：对，对着。素秋：梁元帝《纂要》："秋日白藏（气白而收藏），亦曰收成，亦曰三秋、九秋、素秋。"

④ 寥落：指寂寥落寞之感。愁：愁苦。

题 解

这首诗是李商隐客居他乡做幕僚时的作品，叙述急盼妻子来信却久未收到，梦中未能相聚，醒来独对空床的现实寂寞，再通过描写阶下青苔与红树，白天在雨中寂寥落寞，夜晚在月光下也同样地形单影只来抒发孤单寂寥的心绪。这是一首典型的借景抒情的作品，虽题为“端居”，表面上是闲居无事，实际上愁苦无法排遣。

赏 析

这首诗描写自己客居他乡、游幕思归、怀念妻子的寂寞怅惘。

首句“远书归梦两悠悠”采用虚实结合的手法述说两件事。诗人离开家乡到异地做幕僚已经很久了，自然是想念故土。妻子的来信是他寂寞生活的安慰，可惜已经很久没有收到了，恰又逢此清秋之夜，闲居无聊，满怀的寂寞一时间变得如此强烈。作者本想借梦回乡，以安慰自己的孤苦，却不曾想，归梦难得。作者带着惆怅从梦中醒来，想到相别经年，不禁一声叹息。“悠悠”二字留下无尽的怅惘的余味，仿佛书信幽渺难得，梦中相聚亦难得，无处可以排遣，只能在寂寞之中任时光前行，那么这两个字就不仅仅是写两件事，而是对整个人生的怅惘感受。

次句“只有空床敌素秋”写深夜醒来独对空床、空对冷清的寂寞凄凉。“素秋”指秋天，使人联想起洁白清冷的秋霜、皎洁凄寒的秋月、清澈寒冷的秋水，联想起一切散发着萧瑟凄寒气息的秋天景物。这一个“素”字用得极妙，不但写出了秋天的冷清萧瑟，也写出了自己对冷秋的独特感受，尤其是与前面的“空”字照应，传达出寂寥虚空的滋味，也符合深夜的特点。本来空床就已经让人寂寞得难以忍受，再加一凄冷的秋天的气象，不是更让人悲戚难抑吗？“敌”字用得也很巧妙，本可用一个较为平常普通的“对”字。但“对”只表现“空床”与“素秋”默默相对的寂寥清冷之状，不过是一个客观景象，而“敌”则除了含有“对”的意思外，还传出空床独寝的人无法承受“素秋”的清寥凄寒，又不得不承受心灵深处的悲伤，那种伤心入骨的感受，更能表达主观的感受。此外，这里的“素秋”还有渲染凄清氛围、烘托寂寥心情的作用。

三、四两句“阶下青苔与红树，雨中寥落月中愁”，目光所及，从室内转向室外，描写青苔、红树、秋雨、冷月，借景抒情，移情入景，写尽了醒来后的怅惘情思。可见作者已经无法再次入眠，强烈的孤独感让他披衣出门，望着天地间清冷的景色，黯然神伤。

作者着眼于阶前的青苔，盖是长久孤身一人，也少有人来。秋夜的青苔，更显出一份冷寂；经霜而赤的红树，仿佛历尽了凄冷。青苔、红树，色调本来是比较明丽的，但在迷蒙雨色、朦胧夜月的笼罩下，色调便显得黯淡模糊。在满怀愁绪的诗人眼里，这“阶下青苔与红树”似乎也在默默相对中呈现出一种无言的愁绪和清冷的意绪。这两句中“青苔”与“红树”，“雨中”与“月中”，“寥落”与“愁”，都是互文错举。“雨中”与“月中”，似乎不大可能是同一夜间出现的景象，这正是艺术的真实，而非生活中的真实。诗人把不同时间里的景象放在一起，为的就是突出凄迷冷清的氛围，以此来衬托孤寂的心理。这三组词两两互文错举，后两组又句中自对，使诗句具有一种回环流动的美。如果联系一开头的“远书”“归梦”来体味，那么这“雨中寥落月中愁”的青苔、红树，似乎还可以让我们联想起相互远隔的双方“各在天一涯”默默相思的情景。风雨之夕，月明之夜，胸怀愁绪而寥落之情难以排遣，不禁令人满腹怅然，亦生怜惜之心。

本诗起笔写事，落笔写景，中间一再写景言事，有的实写，有的虚写，有的正面描写，有的侧面衬托，整体色调统一，情感一致。又兼层层铺陈，则寓居他乡之清苦孤寂深切而沉郁，思念之苦则更加动人心魄。

为　　有①

为有云屏无限娇②，
凤城寒尽怕春宵③。
无端嫁得金龟婿④，
辜负香衾事早朝⑤。

注　释

① 为有：这是取首二字为题的“闺怨”诗。与王昌龄的《闺怨》诗大同小异。

② 为有：因有的意思。云屏：有云形彩绘的屏风，或用云母作装饰的屏风。古代皇家或富贵人家所用。

③ 凤城：指京城长安。

④ 无端：没来由。金龟：唐代官员的一种佩饰。金龟婿：佩带金龟（即做官）的丈夫。

⑤ 香衾：温馨的被窝。

题　解

这是一首描写闺怨的诗歌，大致写于唐武宗会昌六年（846）至唐宣宗大中五年（851）间，当时作者的妻子已经过世，李商隐被迫去外地过起了幕僚生活，仕途前景和家庭处境都很艰难。题目“为有”是取首句前两字，等同于无题诗。诗中写闺中少妇后悔嫁得贵婿，丈夫却要趋事早朝而辜负了温暖的香衾。少妇虽然生活富贵无忧，但夫婿不能长相陪伴因而心生苦闷，揭示了富贵利禄并不是幸福生活的全部。

赏　析

这首诗在人物刻画上特色突出，诗中的女主角娇嗔怅惋，言外有刺，寓理于情，可与王昌龄的“悔教夫婿觅封侯”媲美。

一、二句“为有云屏无限娇，凤城寒尽怕春宵”采用对比手法描写了两种情景和两种心理，表达一对宦家夫妇的怨情。“云屏”，云母屏风，指闺房陈设富丽，“无限娇”称代娇媚无比的少妇。华美的陈设，女子娇艳无比，两情相悦，缱绻缠绵自是必不可少的。但是从第二句看，两人却无端地怕起春宵来了。丈夫为官富贵，妻子年轻貌美，在这春宵苦短的美好时光里，本该卿卿我我、逍遥自在才是，到底是什么原因怕起春宵来呢？回头看首句“为有”二字，只提示了这其中必有缘由，与最后两句呼应，埋下了伏笔。

三、四句“无端嫁得金龟婿，辜负香衾事早朝”以少妇的口吻将“怕春宵”的缘由和盘托出：寒冬已过，春风和暖，本来可以衾枕相悦，情意绵绵，怎奈偏偏嫁给了你这个身佩金龟的官人，天不亮就要早早起床去上早朝，让我一个人孤零零地留在闺房里，心情该是多么糟糕。这两句如同少妇在枕畔对夫婿抱怨之语，说得夫婿也无话可讲。“无端”二字流露出少妇内心的矛盾。嫁了一个富贵的官宦人家，生活倒是无忧无虑了，但是还不如一个普通百姓那样夫妻恩爱。这是对丈夫的责怪，写出了少妇娇嗔可爱与痴情。其实，妻子的苦恼也是丈夫的苦恼。前面的“为有”和“凤城”二句就正面描述了丈夫的怨情。他“怕春宵”比妻子有过之而无不及。除了留恋香衾，不愿过早地离去，撇下娇媚多情的妻子，让她忍受春宵独卧的痛苦，还怕听妻子的责备和数落。不愿早起离去，又不得不早起离去。对于娇妻，有内疚之意；对于早朝，有怨恨之情；对于爱情生活无端受到搅扰，则有惋惜之感。“辜负”之句，出自妻子之口，同时也表达了丈夫的心意，显得含蓄深婉，耐人寻味。

这首诗由一个恩爱的场景开始，以一个抱怨的语气结束，对表达主旨起到了强调的作用。全篇以“怕”字为中心，上联春宵苦短，下接早朝致怨，并在前两句造成悬念，吸引读者急欲寻知端详。这首诗所表达的主旨很有新意，完全冲破了传统观念，这与作者的经历是有关系的。

李商隐一生因卷入朋党之争，无端地受到牵连，所以仕途一蹶不振。为了生活，他远离故土，长期在外，寄人篱下，过起了游幕生活。这时候妻子也已故去，一双儿女年纪尚小，不在身边，人生可以说是非常凄凉。回想这一切，他仿佛悟到，当初真不该立志为官，如今妻子也离开了，早知如此，还不如与妻子恩恩爱爱，过普通人的生活好，流露出他追悔莫及的痛苦心情。

由此看来，这首诗不能单纯理解为贵妇人的怨怒，而是作者借怨妇之口，表达自己对仕途坎坷、未能悉心照料妻子、未能与妻子长相厮守的追悔与怅惘。

银河吹笙①

怅望银河吹玉笙②，楼寒院冷接平明③。
重衾幽梦他年断④，别树羁雌昨夜惊⑤。
月榭故香因雨发⑥，风帘残烛隔霜清⑦。
不须浪作缑山意⑧，湘瑟秦箫自有情⑨。

注　释

① 银河：天河。

② 玉笙：用玉石镶饰的笙。笙：管乐器，用若干根长短不同的簧管制成，用嘴吹奏。

③ 平明：拂晓。

④ 重衾：厚被子。他年断：指往年已经梦断，不再追寻。

⑤ 别树：树木伸出的斜枝。羁雌：《古诗》："羁雌恋旧侣。"《列女传》载鲁国陶婴《黄鹄歌》："夜半悲鸣兮，想其故雄。"谓失侣而寄宿在树枝上的雌鸟。

⑥ 月榭：台上赏月的屋子。故香：残花的余香。

⑦ 风帘：挡风的帘箔。

⑧ 浪作：徒作，空作。缑山意：即谓修道成仙。《列仙传·王子乔传》云：王子乔者，周灵王太子晋也，好吹笙，作凤凰鸣，……道士浮丘公接以上嵩高山。三十余年后，求之于山上，见桓良曰："告我家，七月七日待我于缑氏山巅。"至时，果然乘白鹤停立山头，数日升仙而去。

⑨ 湘瑟：这里借指舜妃。《楚辞·远游》："使湘灵鼓瑟兮。"湘灵，即湘水之女神。秦箫：《列仙传》："萧史者，秦穆公时人也，善吹箫，能致白鹤、孔雀于庭。穆公有女字弄玉，好之，公遂以女妻焉，日教弄玉作凤鸣。居数年，吹似凤声，凤凰来止其屋。公为作凤台，夫妇止其上，不下数年，一日皆随凤凰飞去。"湘瑟秦箫：指代人间快乐的夫妻生活。

题 解

这是一首爱情诗，取首句四字为题，实为无题诗之一种。诗歌描写了不能与倾心的女子见面，就如同银河阻断牛郎织女一样，只能无奈怅望银河，用玉笙来衬托心中的失意与愁闷。作者又采用实虚结合的写法描写梦境和回忆往事，着笔于孤独凄清的内在感受，一波三折，一唱三叹，委婉曲折。全诗沉郁苍凉，言浅意永，寄寓颇深。

赏 析

在李商隐的众多爱情诗里,《银河吹笙》是一首诗意迷离、寄寓朦胧的诗作。诗歌采用了实景与幻境相结合的写法，时空转换得心应手，常常让人感觉词意不甚明了。但是了解李商隐身世经历以及他类似爱情诗歌的人，能够从中捕捉到清晰的情感脉络。

首联“怅望银河吹玉笙，楼寒院冷接平明”写天色将明之时，诗人起身来到室外，只见天上银河凄清，不知谁在远方吹笙，音乐直逼而来，作者这才忽然感觉到周围是如此的寒冷，在昏暗的光亮下，高楼孤寒，院落冷清，而这时，天色越来越亮。紧要的是起首“怅望”二字，直接点出作者心情，这种心情不是因为周围环境的凄冷，而是别有他因，起笔就留下了悬念。而周围凄清冷落的景物却能起到渲染氛围、烘托人物内心感受的作用。

颔联“重衾幽梦他年断，别树羁雌昨夜惊”则用倒叙手法，返回写昨夜梦断之事。昨夜早早入梦，梦中一幕一幕美好的旧情一瞬间仿佛觉得还在他年。梦醒后才忽然发觉，这不过是一场幽梦，往日的美好已经仙鹤杳去，是再也回不到从前了。正当诗人满腹惆怅之时，耳边传来雌鸟的惊啼声，让诗人倍感同声相应，失侣之痛在心间翻滚。于是诗人无法入眠，起身来到室外。这是李商隐经常采用的结构方法，目的在于突出梦醒后的惆怅悲凉。第一句的“重衾”看似闲笔，却别有用意，一则说天气寒冷，无奈要多盖被子；二则说心境凄凉，被子再多又如何能温暖得过来。诗人与枝头惊啼的雌鸟互相衬托，愈见孤独凄凉之深切。

颈联“月榭故香因雨发，风帘残烛隔霜清”用对照写法分别描述了不同时间不同地点发生的决然相反的两个情景，也是梦境与现实的对照描摹。诗人梦中仿佛重回故园台榭，园中的一树繁花因为雨水的滋润而更加美丽，花香在院子里弥漫开来；醒来后只有风吹珠帘，残烛当照，帘外一片清霜。这种鲜明的对比，更加深了作者的孤独冷落感，可以说此联所表达的情感较之前四句则又进了一层，这也是李商隐诗歌最显著的特点之一，他常常采用层进法来写情感，常常要把情感写至悲绝才肯罢手。

尾联“不须浪作缑山意，湘瑟秦箫自有情”则是宕开一笔，聊作安慰：梦醒了，愁思怎遣散？追随骑鹤吹笙的王子乔学道修仙去吧，说不定能摆脱这日夜萦绕心头的世情牵累。还是学湘灵鼓瑟、秦女吹箫，守着这一段痴情自我吟味吧。尾联虽然表面上摆脱了孤凄的情绪，实际上是一种无法摆脱的无奈，那么，这种孤独苦闷凄凉的情绪只能深深地沉落在心间。

全诗从当前所见所闻所感的物象起兴，引出对往日欢情的追忆和昨夜鸟啼的景物描写，再跳跃到远隔异乡的故园花开的梦回，又折回眼前风帘残烛的实景，最后更从有关神仙传说激起的天外想象，落脚到埋藏于自己衷怀的一片伤情。作者为了更好地传达孤独凄清的感受，采用时空自由穿梭的构思方法，借景抒情，寓情于景，情景交融，力求让情感表达最大化，也使得诗歌层次跌宕，曲折有致，艺术性很高。除此之外，这首诗还可以理解为思念妻子之作，因为它有着与其他悼亡诗一样的结构方式、运笔技巧、意境特点和情感轨迹。

天　　涯①

春日在天涯，
天涯日又斜②。
莺啼如有泪③，
为湿最高花④。

注　释

① 天涯：指遥远的地方。此诗中所指桂州、梓州（今四川省三台县），相对于京城长安来说，已算是遥远的地方，故谓天涯。

② 斜（xiá）：这里指太阳偏西，黄昏时分。

③ 莺啼：语义双关，明写莺啼，暗喻作者自己哭泣。

④ 最高花：花树最高处的花朵。

题解

这首诗写于诗人于桂州幕府或梓州（治所在今四川省三台县）幕府充任幕僚时。全诗借春色言情，表惜春之意，抒迟暮之感，发漂泊之痛。诗歌为五言绝句，寥寥数语，言浅意深，含意蕴藉。作者采用拟人手法，借莺啼有泪的奇想，来曲折表达内心的伤感，可谓短小精悍，颇有余味。

赏析

李商隐的这首五言绝句，情意悲伤，用语却极清丽。春天常常给人生机勃勃之感，在诗人眼里，却充满了无限的孤寂和哀愁。作者巧妙借春光、莺泪来抒发天涯孤愁，寄寓身世之感和人生的悲凉滋味。

首句“春日在天涯”将大好的春光与天涯羁旅结合在一处，以乐景写哀情，抒发深沉凄婉的感受。春日给人以生机盎然之感，天涯给人漂泊之感，以春光反衬羁旅愁思，则更见忧愁之深切。

次句“天涯日又斜”采用顶真格，重复天涯二字，强调题意。但是两个“天涯”含意颇不同。前者泛指遥远的天边，后者是特指具体的天边，回环重复，更见低回缠绵之致。本来春光明媚，让人心情愉悦，但是人在天涯，再美的风景都不能激发快乐的情感，只能更加让人惆怅。“春日在天涯”已经使人黯然神伤；而“天涯日又斜”递进一层，就更加渲染了在天涯海角，踽踽独行，穷愁漂泊的悲凉气氛。“日又斜”重点强调迟暮之感，这就给艳丽的春景笼罩了一层慵倦凄暗的阴影。联系春光的描写，作者所传达的是惜春悲时之情。春光再美好，也有凋残的时候，更何况自己已经韶华早逝，人生道路多曲折坎坷，所以看到春光不免感伤，日色将晚，则悲情又涌向心间。着一“又”字，更见日暮途穷，这样层层递进，将那一份孤独寂寥、愁闷无依之感深切地传达出来。总之，前两句既包含着对美好事物无限留恋珍惜之意，也包含着生命必将凋残的无奈，迟暮之情，暗含其中。

最后两句“莺啼如有泪，为湿最高花”意思是：声声啼叫着的黄莺，如果你有泪水的话，请为我滴在枝头上那朵最高的花瓣上吧！黄莺的鸣叫本来是悦耳动听的，可是身在天涯、漂泊凄苦的诗人觉得它好像是在哭泣，其实是诗人自己的心在流泪。诗中“啼”写听觉，看花写视觉，“湿”是触觉，为我而滴湿最高之花更是一种意念，这就把诗人敏锐的联想和深切的感受写出来了。诗人借景抒情，又通过奇妙的想象，希望莺儿把泪洒在最高的花瓣之上，而泪水所湿之花，自然也泪痕斑斑，凄楚欲绝。莺花之娇艳，最足以代表阳春的盛景，然而春归花落，总不免于凋零寂灭，这正是诗人因为悲伤而表现出来的无奈情绪，是深婉的悲叹、无望的希望。

问题是诗人为什么要让黄莺把眼泪洒在最高的花朵上呢？这是因为树梢顶上的花，也就是开到最后的花，意味着春天已过尽，美好的事物即将消逝，就让眼泪浇灌最后的花朵，让它醒目地多开一些时日。联系诗人身世不难得知，诗人一生遭遇坎坷，仕途很不顺利，而他又正当晚年，早年的志向已经化为云烟，整日只有哀愁度日，情何以堪！诗人看到春天的美景，自然感伤自身，作者借此表达对个人前途命运的绝望。生命短暂，人生虚空，惜春却怕花开早，一朝落花春去也。

诗人的悲痛已经远远超过了天涯羁旅之愁，包含着深深的人生感慨和幻灭的痛苦。这种韵外之致，荡气回肠，往往会令人不能自持，与作者同悲同戚。这首美艳而凄绝的绝句既是春天的挽歌，也是人生的挽歌，更是诗人那个时代的挽歌。

忆住一师①

无事经年别远公②，
帝城钟晓忆西峰③。
烟炉销尽寒灯晦④，
童子开门雪满松。

注 释

① 住一师：生平不详。住一：或作匡一，为僧人法号。

② 经年：经过一年。远公：东晋名僧慧远（334—416），于孝武帝太元六年（381）入庐山，住在东林寺传法，弟子颇多。这里代指住一。

③ 帝城：即京城长安。钟晓：即晓钟，报晓的钟声。西峰：东林寺位于庐山西北麓，故谓“西峰”。

④ 晦：暗淡。

题　解

这首诗是作者为忆念住一法师所作，是一首忆念朋友的深情之作。当时作者客居长安，虽然与住一法师相别经年，但是仍然怀念与他在一起的美好时光。二人相交甚笃，平时言语相激发，歌诗相唱酬，建立了深厚的友谊。而长安的仕宦生活让作者不免感到厌倦，所以对住一师的思念越来越深。

赏　析

这首诗最大的特点是不对相忆僧师作正面描写，而是通过三、四两句的侧面描写，即把山僧所处清绝的境界，呈现在读者面前。

住一师对李商隐来说不仅仅是一个僧人，更是一位意气相投的朋友，也是他仰慕的才士，这从诗歌里对他的称谓便可看出。他称住一师为“远公”，这个名称原来是用来称呼东晋庐山东林寺高僧惠远（一作慧远）的，惠远可是净土宗的初祖。由此可见，住一师绝非平庸之人。

一、二句“无事经年别远公，帝城钟晓忆西峰”实为倒置句，正常的语序应是先二句后一句，即诗人清晨听到长安宫中及各个寺庙钟声一齐长鸣，声震京都。这让诗人忽然之间想到了住一师所在的嵩山东林寺西峰佛寺里的晓钟，想起了曾经在一起谈论佛法、诗赋人生的故交，这才感觉到，自己已经离开住一师一年有余了。往昔的一切涌上心头，让他无限怀念。“无事”即“无端”之意，表明当初是无端而别，这让久别的怅惘更深一层。而耳边余音袅袅的钟声又在无形中渲染了思念的氛围，烘托了作者思念的情愫。在这里，西峰、京城的钟声似乎可以穿透时空的阻隔，声波相接，越发激越、悠远，使人能够清晰地感觉到这一空灵飞动的意境。

三、四两句“烟炉销尽寒灯晦，童子开门雪满松”溯时光而上，回忆起两人在一起的生活，选取了最能表现相知相惜相敬的情景，借景言事，借景抒情，含蓄地抒发了对往日深情厚谊的怀念。烟炉销尽，表明时间很长；寒灯不明，表明夜已很深，天将拂晓。这一句貌似什么都没说，连住一师都没出现，实际上这正是本诗的高妙之处，体现了李商隐高超的写作技巧。他借助两种景象含蓄地叙说了两人拥炉深谈，谈兴正浓，完全没有睡意，东方既白也毫无察觉，这正是两人相谈投机的表现。最后一句，小童推开山门，只见皑皑白雪，洒满苍翠的松枝。这一句紧承上句，一则写因为相谈甚欢而对室外飘雪毫无察觉，二则此句一有，境界全出，不但写出了周围环境的幽静，还以雪、松喻人，暗示住一师高洁的品格和绝尘的风骨，表现他不染一尘的高逸出世形象。这“西峰松雪图”分明就是人间仙境，与京城长安的枯燥生活相比，真是天壤之别。

全诗以回忆为主要表现内容，二句是回忆的缘由，一句引出三、四句，三、四句以白描手法写回忆，通过侧面描写和烘托，暗示住一师飘逸出尘、才可盖世的大师风范，这也是作者钦佩他并能同他成为故交的原因。清人田玉（香泉）评这两句说：“只写所住之境清绝如此，其人益可思矣。相忆之情，言外缥缈。”（《李义山诗集辑评》纪昀引）诗人的构思，确实是很高妙的。

这首诗，境界极美，情致幽远。清代田兰芳称此诗“不近不远，得意未可言尽”，纪昀说它“格韵俱高”，都对这首诗大加赞赏。

乐 游 原①

向晚意不适②，
驱车登古原③。
夕阳无限好，
只是近黄昏。

注 释

① 乐游原：亦称乐游苑，汉宣帝建，故址在今陕西省西安市郊。原为秦宜春苑。汉宣帝神爵三年（前 59），修乐游庙，因以为名。

② 向晚：傍晚。向：接近。意不适：情绪不好。

③ 古原：指乐游原。

夕阳无限好

题 解

此诗作年不详，但历来被许多评论家认为是哀时之作。诗人身处晚唐，晚年多遭不幸，身世漂沦，怀才不遇，所以才有“向晚意不适”之感。此诗以“向晚意不适”倒装切入，以“夕阳无限好”之赞叹转而感叹“只是近黄昏”。这一唱三叹，将诗人的国运日衰之忧、身世沉沦之痛表达得淋漓尽致，更显悲凉无比。诗中前两句写心情不适时登古原，遥望夕阳而生感慨。后二句既叹晚景美好，但又因近黄昏而惆怅。

赏 析

这首诗抒写作者登乐游原时的无限感慨。诗人心情不好，于是驱车遣行，来到可以俯瞰整个长安美景的乐游原的最高处。此时，夕阳西下，余晖照耀着苍茫的四周，火红的夕阳是如此的迷人。诗人伫立风中，望着眼前的一切，不禁感慨万千。景物倒是美不胜收，不过是正值黄昏，夕阳无限，一种无形的悲情在心中起起伏伏。诗歌属于五言绝句，短短二十字，传达的却是来自人生几十年、国家几百年的感伤。李商隐之所以能发现美景下潜伏的忧伤，与他韶华逝去、功业未成有关。在他眼里，再美的风景都不能消除心灵最深处的惆怅。

诗歌前两句，点明了作者出游的时间、原因和地点。“向晚”表明时间是黄昏，为最后一句埋下伏笔；“意不适”只是说明心情不好，并未点明什么原因，也与最后一句遥相呼应；“驱”字显示心情不好的时候急欲外出散心的心理特点；一个“登”字，仿佛一瞬间愁绪尽散，心情大好。前两句作者虽然用字极为平常，细品却有味道，尤其是在构思运笔方面。

登上高处，作者没有把看到的景物全部铺陈出来，而是抓住最能表现景物优美之处的“夕阳”，着一“无限好”的概括性的词语，表达自己当时的感受。夕阳西下，山川都镀上了一层红色，远远望去，色彩鲜艳，瑰丽迷人。这一句仿佛把首句中“意不适”的惆怅彻底祛除。诗人沐浴在夕阳的柔辉中，他的心灵感到了深深的慰藉并变得舒展、明朗起来，使得诗人不得不惊叹：夕阳无限好啊！此刻作者多么希望时间就此停滞，留住眼前的辉煌。可是夕阳在一点点下沉，愈来愈接近地平线。失去阳光的点染，这世界将会是多么暗淡啊！想到此，诗人又不无惋惜：夕阳虽然艳丽依旧，可惜它毕竟接近黄昏了。诗人站在乐游原的高处，无限地低回留恋。

最后两句诗，在美学上的价值超过了它的文学价值。一切奋发向上的人，绝不会从瑰丽奇美的景色中感受到伤感，相反，更会激励自己，更爱惜时光，不辜负这无比壮美的黄昏时光。诗人既激赏晚景的美好，又因其“近黄昏”而无限低回流连，惋惜怅惘。唯其“无限好”，怅惘惋惜之情才会更加浓重。诗人身处衰世，国运陵夷，身世沉沦，岁月蹉跎，对好景不长的感受很深。登古原骋望，见夕阳沉西时辽阔苍茫的景象，不免触发郁积于胸的感受；而家国之忧，身世之感，时光流逝之恨一齐涌来。同时诗人那颗异常丰盈、幽微、复杂的心灵世界此刻完全隐没在面对夕阳的深沉感慨中了。诗中所表现的对于美好事物消逝的哀婉，既有一定的普遍性，又带有那个衰颓时代特有的感伤色彩。整首诗在意境的蕴蓄、概括的深广、感情的沉郁等方面，都表现得非常突出。

全诗以“意不适”起笔，以“驱车”为情绪稍缓的开始，以“登古原”为情绪高昂起来的前奏，以“夕阳无限好”为情绪的高点，以“只是近黄昏”为情绪的最低谷，一波三折，曲尽其妙。尤其是最后两句的情感落差，突出了人生向晚、国运渐衰的感慨，寓复杂的情感于美景中，出言却又如此浅显晓畅。历来注家多认为是抒写“迟暮之感，沉沦之痛”，慨叹诗人的悲惨身世、忧时之作。联系作者时代、生活、思想及其他作品，这种理解有一定根据。

北　青　萝[①]

残阳西入崦[②]，茅屋访孤僧。
落叶人何在，寒云路几层。
独敲初夜磬[③]，闲倚一枝藤[④]。
世界微尘里[⑤]，吾宁爱与憎[⑥]。

注　释

① 北青萝：地名，在今河南省济源县王屋山中。

② 崦（yān）：指日没的地方，本诗中泛指山岭。《离骚》："望崦嵫而勿迫。"

③ 初夜：初更，入夜之时。

④ 一枝藤：指藤条制作的手杖。

⑤ 微尘：佛教语，指极细小的物质。《大智度论》九四："譬如积微尘成山，难可得移动。"《北齐书·樊逊传》："法王自在，变化无穷，置世界于微尘，纳须弥于黍米。"

⑥ 宁：岂，为什么。

题 解

本诗为作者历尽人生坎坷意有归隐佛家之作。诗歌前四句述说去茅屋拜访孤僧，却不曾见到，只见落叶满地，寒云四起，山路掩映。诗歌后四句写与孤僧深夜倾谈的情景。僧人独自击磬焚香，又倚杖与我闲聊。僧曰：大千世界渺若微尘，我们岂以爱憎自扰耶？表现了诗人在苦闷彷徨之时，不满现实而向往佛家的消极情绪。全篇高妙超脱，五、六句尤其古雅，结句亦很自然。

赏 析

这首诗写作者日暮去拜访孤僧，与之倾谈，悟出人生禅理。

首联“残阳西入崦，茅屋访孤僧”写诗人去拜访孤僧一事。先点明时间，为夕阳西下之时。景物描写的作用不单单是说明时间，主要是渲染了冷清、幽静的氛围，也写出了景物由明而暗的变化。在这种情境下，作者独身一人去寻访孤僧。作者为什么要选择这个时间去？又会寻他何事？首联为读者留下了悬念。一个“孤”字，表明僧人生活的境况，也为结尾处所谈的能耐住寂寞孤苦、自由自在的禅理埋下了伏笔。

颔联“落叶人何在，寒云路几层”写寻僧不遇。颔联续用首联的笔法，在叙述之中，以景物点染之。本联写寻访孤僧的过程，只见风吹落叶不知人在何处；已经是傍晚时分，天气渐凉，诗人冒着寒云寻找，却一直找不到，只见白云掩映之下，细路悠长，若隐若现。落叶既点明季节特征，又接续前联渲染萧瑟气氛。之所以说这首诗满含禅意，不仅在于最后一句，此句中“路几层”仿佛让人觉得人生之路实在渺茫，不知道要往哪里去，暗示出作者人生的迷惘。

颈联“独敲初夜磬，闲倚一枝藤”写终于找到僧人，写僧人的几件寻常举动，不过是独自敲打钟磬，然后又怡然自得地拄着枯藤做成的拐杖。“独”字写僧人敲磬的孤寂的身影，“夜”字是背景，二字合在一处，则愈见长夜冷寂、磬声清晰，此之谓以动衬静法。“闲”字状僧人神态，仿若仙人幽栖，飘逸洒脱。作者虽未谈及二人之间所言何事，但从僧人仪态姿容来看，谈兴正浓，随性自然。这是侧面描写的手法，未着一字，僧人超尘的风范、作者静听的痴迷、二人相谈的云淡风轻跃然纸上，可谓高绝笔法。

尾联“世界微尘里，吾宁爱与憎”抒发从僧人那里得到的禅机：想这世界万物俱在微尘之中，既然一切皆空我又有什么好去谈说个人的爱与憎呢？这是全诗的落笔之处，之前一切皆为此而设。至此，我们方才领悟到，诗人之所以时间如此之晚还急急寻来，是因为心中对人生的迷惑和彷徨，所有凡尘的爱憎情感，不过是大千世界的一粒微尘，皆可忘之。

全诗通过暮色中寻访孤僧，通过渲染山中凄清冷寂的景色，却反笔描摹孤僧恬静闲适的生活，领悟“大千世界，全在微尘”的佛家境界。这首诗采用寓情于景的写法，处处设伏笔照应，处处渲染氛围，烘托人物心理。而在一系列的景物中，最值得称道的就是景物描写之中蕴含禅意，这一点与唐代的王维写景之法异曲同工。李商隐一生挣扎于宦海，人生多坎坷沉迷，正需要僧人这样的禅理驱散心头的犹疑，排遣生活的抑郁苦闷。这不是消极，而是面对喧扰世界的淡定和寂静。

本首诗在用词上也有很多讲究，尤其是在“孤”字与“僧”字上下功夫：“独敲”“一枝”“人何在”，岂不孤乎？“夜磬”“微尘”“残阳”“落叶”“寒云”“世界”“爱憎”等词语都与佛有缘，为结尾处的禅理抒发做好了充分的铺垫。人们还可以从诗中深味那超然物外的清幽恬静的生活——虽孤寂却有情趣，虽为孤僧却并不惨苦。诗人领悟到“大千世界，全在微尘”（《法华经》），更衬出孤僧高洁的心灵。

宫　　词

君恩如水向东流①，
得宠忧移失宠愁②。
莫向樽前奏花落③，
凉风只在殿西头④。

注　释

① 君恩：指皇帝的恩宠。

② 得宠失宠：《论语·阳货》："鄙夫可与事君哉！其未得之，患得之；既得之，患失之。"

③ 樽前：指宴席前。奏花落：《乐府杂录》："笛，羌乐也，有《落梅花曲》。"花落：《梅花落》。汉《横吹曲》名。本笛中曲。南朝鲍照、吴均、陈后主、徐陵、江总等所作乐府，均有此篇。皆见《乐府诗集》二四《横吹曲词》。

④ 凉风：江淹《拟班婕妤咏扇》诗："窃悲凉风至，吹我玉阶树。君子恩未毕，零落在中路。"比喻失宠受到冷落。殿西头：比喻近在眼前。

得宠忧移失宠愁

题　解

这是一首著名的宫怨诗。作者借宫嫔得宠失宠之事兴发感叹，叹宫嫔命运的波谲云诡，叹她们的不幸生活，并由此暗喻争宠臣子的命运走向，矛头直接指向暂时得宠的牛党，以告诫的口吻指出他们也有失宠的一天。通篇全用议论，写得含蓄婉曲，寄寓遥深。由于比喻、双关运用得极其巧妙，就使它在议论中含着形象，所以令人读来意味深长，比起明白直说，含蕴有味。纪昀称此诗“怨诽之极而不失优柔唱叹之妙”，正是道出了此诗含蓄的特点。

赏　析

这首托事寄讽的宫怨诗，以宫嫔得宠失宠之事写她们的悲惨命运，讽刺极尽阿谀争宠之能事的牛党臣僚。

起首一句“君恩如水向东流”把皇上的恩宠比喻成滔滔东去的流水，设喻生动恰当。东去的流水常用来比喻时光不以人的意志为转移，匆匆流过；此处比喻皇恩，一则常言“皇恩浩荡”，二则皇恩与流水共性在于来时滔滔，去时杳杳，流动不定。即宫嫔得宠也许只是一瞬间，失宠也来得迅速而突然，且无恒久不变的静态，今日来，明日走，一旦失宠，皇恩如同流逝之水，一去不复返。此句用在起首，却影射全篇，亦是宫嫔命运的祸源。

首句自然引出次句“得宠忧移失宠愁”。这句诗言简意赅，具有高度的概括性和一针见血的效果，写出了宫嫔前后的典型心理：得宠时害怕君王感情变化，恩宠转换；而失宠时又愁肠欲断，悲苦难言。这样，就把宫嫔得宠失宠前后的患得患失的心理矛盾醒目地展现出来。得宠时整日担心，还是免不了失宠，失宠后就只能一生悲苦，再无出头之日。这是觊觎皇恩的必然结果，这种生活从开始就免不了悲剧的结局。

后两句“莫向樽前奏花落，凉风只在殿西头”以失宠者的悲剧命运来警告得宠者，不要只看眼前，早晚会跟她们一样。《花落》即《梅花落》，是乐府《横吹曲》中笛曲名。樽前奏《花落》，谓伴侍君王宴饮作乐的奢华场面。这里借用了南朝梁江淹《拟班婕妤咏扇》诗：“窃悲凉风至，吹我玉阶树。君子恩未毕，零落在中路。”诗中以班婕妤自比团扇，凉风一至，团扇被废，喻君恩断绝。这两句运用双关的修辞，意思是：你不要如此得意地在君王的酒宴前演奏《梅花落》了，你自己不就是一朵即将凋零的花吗？凉风近在殿的西边，你不久也将像花朵一样被无情地吹落！“花落”语含双关，既指曲名，又暗指花被凉风吹落，隐喻得宠者之恩宠难以维持。

宫嫔的得宠失宠，全是由于皇帝的喜怒哀乐，因此皇恩本来就是朝晴暮雨，阴晴难定的。本诗的用意没有限于如此狭窄的题材范围内，而是借题发挥，讽刺牛党李党之争。牛党李党势力此消彼长，一旦倒台，还不如一般人。作者曾无辜受党争之苦，对此早已厌恶。因此，作者用这首诗隐含曲折地告诫这些妄自争宠的臣子：得宠之时，不要得意忘形，幸灾乐祸。得意过头将会迎来失意，那会比一般的命运更悲惨。同时，也讲述了一个朴素的辩证法原理，适用于一切事。一、二句谓君恩如水，逝者如斯，谁能保之？既得之，患失之，无日不在忧愁中。两句指明君恩不可待。三、四句谓得意者樽前歌舞之日，即是秋风立至之时，被宠者自当猛醒。得意之时，君恩宠爱似流水之滔滔不定；失恩宠时也自然如春尽之落花，只能随着凉风而随处飘散。

这首诗通篇全用议论。由于比喻、双关运用得极其巧妙，就使它在议论中饱含生动的形象，读起来意味深长，引人深思，余味堪永。

陈 后 宫

茂苑城如画①，阊门瓦欲流②。
还依水光殿③，更起月华楼④。
侵夜鸾开镜⑤，迎冬雉献裘⑥。
从臣皆半醉，天子正无愁。

注 释

① 苑：泛指华美的宫苑。

② 阊（chāng）门：在苏州，是苏州古城的西门，通往虎丘方向，始建于春秋时期，是阖（hé）闾大城的八门之一。瓦欲流：形容琉璃瓦光艳，釉色几乎要滴流。

③ 依：靠着，傍着。

④ 月华楼：虚构的殿名，与前句“水光殿”泛指陈后主新建的宫殿。

⑤ 侵夜：刚入夜。鸾开镜：即“开鸾镜”，指宫人对镜晚妆。

⑥ 雉（zhì）献裘（qiú）：即“献雉裘”。这里指晋朝太医司马程据献雉头裘的典故。《晋书·武帝纪》：“太医司马程据献雉头裘，帝以奇技异服典礼所禁，焚之於殿前。”后用作称赞帝王抵制奢侈的典实。

题解

这是一首借古讽今的五言律诗。陈后宫，是南朝陈后主陈叔宝皇宫所在地，此人是历史上有名的荒淫皇帝，在政期间，大兴土木，与群臣妃嫔整日歌舞升平，骄奢淫逸，导致政乱国亡。作者李商隐所生活的晚唐时代，世衰道微，宦官专权，藩镇混乱，党争激烈，加上执政者又不念国事，荒淫奢靡，因此国道日渐衰落。这首诗就是借陈后主事讽喻当朝，以为统治者鉴戒。

赏析

这首诗歌借南朝陈后主骄奢淫逸、不理朝政的史实讽喻晚唐的统治者，体现了李商隐的政治远见。

首联“茂苑城如画，阊门瓦欲流”总写陈后宫的外观：华美的茂苑城如画般豪奢，阊门闪耀着釉色琉璃瓦，在阳光下，釉彩如水般恍惚迷离。本联主要用意在于描写当初陈后宫的富丽堂皇，从侧面来暗示陈后主骄奢淫逸的腐朽生活。“如画”是实景的特点，也与最后的结局形成鲜明的对比，具有强烈的反讽意味。

颔联“还依水光殿，更起月华楼”，景物由总体到局部，由长镜头到特写镜头，对准最具有代表性的两处建筑：靠着水光殿的一旁又建起了供贵族们游赏玩乐的月华楼，俨然就是一派欣欣向荣、繁华热闹的景象。“还依”“更起”有承上更进一步的意思，充分表现了封建贵族们无穷的享乐主义，表明这些统治者的欲望是无法得到满足的，也就必然导致亡国亡身。

颈联“侵夜鸾开镜，迎冬雉献裘”考虑对仗平仄，使用了倒装的句式，正常语序是：侵夜开鸾镜，迎冬献雉裘。大意是：入夜后宫中妃嫔对镜晚妆，浓妆艳抹，等待夜宴歌舞的表演；冬天来了，臣下就送来了用雉鸡头上的毛做成的奇装异服。这两句从外部宫殿的高大华美精致写到日常生活的两个典型场景，由外到内，由建筑到生活，可以说更深入一步，目的是讽刺陈后主骄奢浪费，不知勤俭。这两句反映了封建统治者不论昼夜冬夏，一味淫乐奢靡，讽刺了陈后主的奢侈生活。这两句以点带面，揭示统治者无时无刻不在享乐，批判力度更进一层。

尾联“从臣皆半醉，天子正无愁”用漫画式的手法，勾勒了一幅臣“半醉”而君“无愁”的享乐图景，抒发对醉生梦死的腐朽上层统治集团的愤慨。此句中的“醉”在这里一字双关，除了指众臣因喝多了醉得东倒西歪，亦指群臣精神麻木，不明国政。看到这幅情景，贵为天子的皇帝竟然无动于衷，无忧无虑，可见他从不把国事当作一回事。作者借此讽刺陈后主荒淫昏庸，不可救药。

这首诗描写了封建统治者大建宫室、生活奢侈、昼夜玩乐的情景。全诗以全景式的华丽建筑开篇，以君臣醉卧的场景煞尾，大开小合，由外到内，描写逐步进入到统治者腐靡生活的核心，如同层层剥笋，将赤裸裸的奢侈骄纵、不务国政的乱象呈现在读者面前，构思布局堪称绝妙。这是典型的铺陈手法，意在极写豪奢。作者之所以旧事重提，当然是别有用意的。李商隐生活时代的晚唐统治者，也一直在大兴土木、劳民伤财，生活极度奢华，导致朝政混乱，这番情景与当年殊无二致，与所有朝代堕落的统治者殊无二致，这都是历史的教训，作者借古讽今，表达了深沉的感慨，透露出作者的清醒和对少年袭位的当朝执政者的深深忧虑，同时起到了警醒世人的作用。

汉 宫 词

青雀西飞竟未回①，
君王长在集灵台②。
侍臣最有相如渴③，
不赐金茎露一杯④。

注 释

① 青雀：青鸟，传说是西王母的信使。西王母至汉宫会见汉武帝，有三青鸟在旁，及去，西王母许帝以三年后复来，后竟不来。此处即是说这个故事。

② 集灵台：汉武帝时有集灵宫、望仙宫。唐亦有集灵台，在华清宫长生殿侧。唐武宗会昌五年（845）正月筑望仙台于南郊。

③ 相如渴：司马相如为汉武帝文学侍臣，患有消渴病（即糖尿病）。李商隐曾官秘书省正字，故曰侍臣。

④ 金茎：铜柱。汉武帝造承露台，有铜仙人舒掌捧铜盘玉杯，以承云表之露，和玉屑服之，以求长生。

题 解

这是一首借古咏怀的诗作，亦可看作是借古讽今的作品。诗歌借助汉宫事起兴，运用想象，巧妙地将神话传说、历史故事、现实景象糅合在一起，讽刺了汉武帝求仙的虚妄，批评他沉湎仙事、不惜人才的做法，以此影射唐武宗整日求仙若渴，却不能求贤若渴，对有才华的人竟无一滴雨露之恩，抒发了自己怀才不遇的激愤之情。

赏 析

本诗以汉宫故事为诗情的发散点，嘲讽汉代统治者求仙的愚蠢，指陈统治者不爱惜人才的行为，将矛头直接指向唐代最高统治者。

一、二句“青雀西飞竟未回，君王长在集灵台”简笔勾勒了一个汉宫故事，巧妙将神话传说与历史故事艺术化。青雀，即《山海经》中为西王母“所使”的青鸟，诗中借喻为替西王母与汉武帝之间传递音讯的使者。青鸟，这任重致远的使者，向西方极乐世界飞去，却竟然一去未回，杳无踪迹。然而，异想升天的汉武帝依然长久地守候在集灵台，等待佳音。“竟”字表示出人意料，意思是身为神仙的西王母竟然也言而无信，这就足以证明神仙本就不存在，求仙的事情从开始就是一件荒唐的事。这个字还妙在写出了汉武帝左等不来右等不来的愚蠢相，用笔诙谐有力。“长”字描写汉武帝痴痴等待的神情，一心以为青雀西飞定会带来仙界好音，谁知一去竟然未回，这实在出乎他意料之外，也极具讽刺效果和幽默意味。本联揭露了武帝迷恋神仙的痴心妄想，寓揶揄嘲弄于轻描淡写中，显得委婉有致，极富幽默感。

三、四句“侍臣最有相如渴，不赐金茎露一杯”则转换了一个角度，从侧面写汉武帝的荒唐行事，进一步刻画汉武帝一心求仙而无意求贤的思想行径。文学侍臣司马相如有消渴病（今称糖尿病），因此水对于这种病人之重要，简直可以说是“救命之水”。但是，汉武帝一心祈求自己能够长生而全不顾惜人才的死活，就是一杯止渴救命的露水也不肯赐给相如。其中，“最”字表明相如之饥渴程度，“一”字表明极少的数量，两次呼应显意，深刻地揭示出好求仙甚于爱人才的偏执思想，讽刺辛辣尖锐。李商隐善于从历史故事中寻找最有表现力的事件，经过加工改造，再准确遣词，以达到最佳的讽刺效果。本联从臣子的角度讽刺了统治者不爱惜人才，不把人才当回事的昏庸现实。

《汉宫词》所写的虽然是发生在汉代的历史故事，讥讽的是虚妄好仙的汉武帝，但内里却一直指向唐代统治者唐武宗。武宗于会昌五年（845），“筑望仙台于南郊”，还服食长生药，“饵方士金丹，性加躁急，喜怒不常”。如果说，这首诗在讽刺汉武帝的迷信与昏庸这方面，写得比较明显而尖锐，那么，在讽喻唐武宗的问题上，便显得含蓄深隐，曲折而婉转。而诗歌中写到的司马相如，正是作者自比。李商隐也是一个满腹才华的人，但是一直怀才不遇，郁郁寡欢，从未有机会施展自己的才华，间接原因是朋党之争受到无辜牵连，实际上主要责任还在于统治者根本不把人才当回事，导致佞臣当道，忠臣末路，人才流落江湖。所以，李商隐借汉宫事所抒发的不仅仅是个人的怨愤与无奈，也代表了整个时代的贤才的共同悲哀。

这首诗也是有感于自己的身世，不满唐武宗虚妄求仙，荒诞无稽，贬视人才。诗人用典精巧贴切，灵活自然，委婉地表达出不便明言又不得不言的内容来，将辛辣的嘲讽寄寓在神话、历史与现实巧妙织成的奇幻的幽默的政治景象中，表达了独特的政治思考，表现了李商隐驾驭历史典故的才情和卓越的艺术天分。

隋　　宫①

乘兴南游不戒严②，
九重谁省谏书函③？
春风举国裁宫锦④，
半作障泥半作帆⑤。

注　释

① 隋宫：隋炀帝杨广建造的行宫。

② 南游：隋炀帝为满足其荒淫享乐的欲望，自大业元年（605）曾三次巡游江都。不戒严：封建礼制规定，皇帝出游时要实行戒严。这里说“不戒严”，是说隋炀帝自以为天下太平，不加戒备。

③ 九重：指皇帝居住的深宫。宫门九重，故“九重”可指皇宫，也可以借指皇帝。省（xǐng）：这里是省视、察看的意思。谏书函：函封的谏书。

④ 宫锦：按照宫廷所规格织成的华美锦缎。裁宫锦：指织制宫锦。

⑤ 障（zhàng）泥：披在马身上遮盖泥土的毡子。

题 解

隋宫是隋炀帝杨广在江都建造的一系列的豪华行宫。隋炀帝是中国历史上有名的荒淫残暴君王之一，他曾三下扬州，吃喝玩乐，尽情挥霍，劳民伤财，以至到了令人发指的程度。本诗以隋宫为切入点，对他的骄奢淫逸进行讽刺批判；同时，全诗又以唐王朝的乱政为落脚点，委婉讽谏，希望统治者引以为鉴。

赏 析

隋炀帝是历史上有名的残暴昏庸荒淫君主的代表，后代常以他为讽喻诗的题材。他在位十四年，基本荒于朝政，整日游山玩水、歌舞升平，生活奢侈。他的统治激化了阶级矛盾，也导致了各地力量揭竿而起，最终灭掉隋王朝。这首诗着力批评他生活豪奢，沉湎游乐，不顾朝政，深刻揭露隋炀帝纵欲拒谏、不顾国家安危和人民死活的反动面目，用意指向唐王朝的统治者。

首句“乘兴南游不戒严”开门见山，点明南游事，说他一路尽情享乐，快意到连戒严之事都毫不在乎了，只顾着乘兴肆意，为所欲为。“乘兴”言纵情意，“不戒严”言纵情的程度，亦可理解为他丝毫感觉不到潜伏的危机，骄纵昏聩，以此来嘲讽隋炀帝贪图享乐、不惜民力、骄横任性的行径。其中，“不戒严”是重点，也是暗藏主旨所在。

次句“九重谁省谏书函”与首句相互照应，相互补充，言内外皆与国事无关，皇宫之内根本看不到谏诤的书函，即便偶有一两件，也根本无人查看，隋炀帝更是连想都不想，这是更深入地揭露和嘲讽隋炀帝的荒淫无度、荒废政事。一个“谁”字表明隋炀帝所亲近之人与所重用之人都是些只管阿谀逢迎、一味顺纵皇帝肆意而为的佞臣贼子，可见当时隋炀帝已经是昏聩到独夫境地了。

第三句“春风举国裁宫锦”则把目光投向全国，从侧面描写隋炀帝的奢侈浪费。这句以“春风”开头，与第一句的“乘兴”呼应，诙谐地说春风为荒淫的天子南游助兴，“举国”的人民都停下手中繁重的农活来为天子“裁宫锦”，可见皇帝奢靡到何等程度！举全国之力为一人铺张，这样的人哪有资格做天子，又怎能保住自己的性命和江山呢？

最后一句“半作障泥半作帆”最具讽刺意味。原来这些由全天下搜集而来的宫锦不是全用到人身上，有一半用作马鞍，一半用作船帆。联想隋炀帝南游的盛景：乘风破浪，骑兵夹岸，锦帆纷飞，照耀千里！这一热闹非凡的盛况历历浮现在了我们眼前，诗人借此侧面表现了对人民血汗的痛惜。“春风”，见其破坏农业生产；“举国”见其危害之广；“障泥”和“帆”分别写出水、陆两地的“宫锦”之用。

本诗从隋炀帝下江南事说起，先后从不看谏书、不理朝政，举全国之力为一人浪费的行为，逐层深入到隋炀帝骄奢淫逸的本质上，对贵为天子却逆天行事的皇帝进行了无情的讽刺，也揭示了隋朝灭亡的主要原因。作者所处的唐末时代，农民大起义正在酝酿，而封建统治者的奢侈淫逸却有增无减。作者怀着深刻的隐忧之思追溯隋亡历史，希望现实中的封建统治者能以史为鉴。

全诗结构清晰，层次井然，构思精巧。前两句大处落笔，后两句小处入手。首句写隋炀帝恣意游乐，不重朝政；次句写隋炀帝不理朝政，专心淫逸。“乘兴南游”揭示南游之目的纯出于享乐欲望，又勾画出隋炀帝肆意而行、无所顾忌的行径，为下文的叙述埋下伏笔。最后两句，抓住典型事例——裁宫锦来集中进行描写，以点带面，一实一虚，一水一陆，反映了“乘兴南游”实在是劳民伤财，给人民带来无穷灾难。诗人运笔跌宕起伏，对比鲜明，在风华流美的格调中陈述，又暗含着深沉的思虑与感慨。

吴　宫

龙槛沉沉水殿清①，
禁门深掩断人声②。
吴王宴罢满宫醉③，
日暮水漂花出城。

注　释

① 龙槛：雕刻有龙纹的栏杆。沉沉：深邃。水殿：指建在水滨或水上的宫殿。

② 禁门：指宫门。深掩：深闭。

③ 吴王：吴王夫差。吴王阖闾之子。公元前 495 至前 473 年在位。初在夫椒（今江苏吴县西南太湖中）打败越兵，乘胜攻破越都。继开凿邗沟，以图向北扩展，在艾陵(今山东莱芜)大败齐兵。公元前 482 年在黄池（今河南封丘西南）和诸侯会盟，与晋争霸，越王勾践乘虚攻入吴都，夫差自杀。

题　解

这是一首咏史诗。本诗题目说明所写内容与吴王夫差有关，实际上从全诗来看，也不是特有所指，不过是借咏怀古迹来嘲讽封建统治者的荒淫骄奢。诗人没有直接描写当年历史史实，而是以侧面描写为主，以景物为主要表现内容，来烘托奢靡浮华的宫廷生活，进而揭示其必将灭亡的命运。

赏　析

这首诗在李商隐甚至整个唐代的咏史作品中独树一帜。诗歌没有引经据典，以史实托寄，而是抓住皇宫生活不易为他人所察觉的细节让读者见一斑而窥全貌，从而达到讽刺目的。

一、二句“龙槛沉沉水殿清，禁门深掩断人声”宏观描写黄昏时分吴宫一片死寂。龙槛，指宫中临水有栏杆的亭轩类建筑；水殿，是建在水边或水中的宫殿。龙槛和水殿，都是平日宫中最热闹喧哗的游赏宴乐之处，现在却悄然不见人迹，只见在暮色沉沉中隐现着的建筑物的轮廓与暗影。起笔一个“龙”字既点明宫殿所属，又暗示所讽之对象；“沉沉”二字即为“死寂”之意，既是对环境气氛的总体描写，也可以看成是未来灭亡的征兆。一个“清”字，画出在平静中纹丝不动的水面映照着水殿的情景，暗示了水殿的空寂清冷；一个“深”字让人想见宫殿之幽深连绵；一个“断”字则仿佛将宫廷内外完全阻断，说明宫廷内外是决然相反的两个世界。这两句分别从视觉、听觉来刻画意境，整体景物描写渲染了凄清冷寂的氛围特点，引发读者想象，为后几句张本。

第三句“吴王宴罢满宫醉”才点明以上描写的真实面容，主人公是吴王夫差，事件是宫廷宴会之后的满宫皆醉。如此，则前两句所描绘的沉寂情景就反过来引发读者去充分想象在这之前满宫的喧闹歌舞、狂欢极乐和如醉如痴的场景。而且前两句越是把死一般的沉寂描绘得很突出，读者对疯狂享乐场景的想象便越不受限制。“满宫醉”三字不但描写简练，而且还有更深层的意味。它不仅仅是指一场宴会之后君臣妃嫔全都喝醉的情景，也暗示出宴会之时所有人纵情歌酒、肆意享乐的荒淫腐糜的场面。更深邃的意义在于，它写出了当时宫廷里君臣醉生梦死的状态，而这种状态反映出君王荒于朝政，大臣在其位不谋其政的现状。

末句“日暮水漂花出城”又把目光转向了城外，写眼前之景：日暮时的吴宫，悄无人迹，只有御沟流水，在朦胧中缓缓流淌，漂送着瓣瓣残花流出宫城。在别人看来，这是一个无关紧要的细节，但是作者却抓住这个景物，赋予它更深刻的用意。它比起那些巍峨壮丽的宫殿来说当然微不足道，尤其是在黄昏时分，光线暗淡，谁还会去注意低处的流水呢？作者抓住这一典型细节，写出了这首诗的传神之笔。一方面，它和前几句写死寂宫殿一样，主要烘托日暮吴宫的静谧和沉寂，由此反衬出宴饮的疯狂和喧闹；另一方面，“日暮”暗示如此乱政必将导致国家覆亡，吴国早已有了日落西山的征兆。落花流水，则更是将这种比兴发挥到极致，预示着吴宫繁华的行之将尽与消逝，让人感受到一种“流水落花春去也”的悲怆之感，而这一切的深刻原因就是以宴饮纵乐为代表的骄奢淫逸的政治乱象。

一般的怀古诗，多多少少都要提到当年事，借事来达到讽喻的目的。这首诗，自始至终没有提到一件重大的史实，不过都是平常宫廷生活的一些小细节。全诗也只在第三句才提到了正面人物，此外全用侧面描写来表达深刻的政治主题，这不是一般人所能做到的，充分显示了李商隐咏史诗的变化和功力。不但如此，每一个字中都暗藏玄机，处处伏笔，由静至动，再到静；层层引出，看似平常的述写，却突显出诗人文字的功底与张力。

当然，李商隐也不是就事论事发无端之慨。作者生活在唐王朝晚期，政治混乱，统治阶级穷于荒淫奢靡之事，早置朝政于不顾。作者从中看到了不祥之兆，因此，他的大量咏史诗都表达了这样一种主题，目的是提醒当政者，小心长期的浮华奢靡，小心重蹈像吴王一样最终烟消云散的悲剧命运，寓意深隽。

龙　池①

龙池赐酒敞云屏②，
羯鼓声高众乐停③。
夜半宴归宫漏永④，
薛王沉醉寿王醒⑤。

注　释

① 龙池：今西安兴庆公园内有其旧址。《雍录》："明皇为诸王时故宅，在京城东南角隆庆坊。宅有井，井溢成池。中宗时数有云龙之祥。后引龙首堰水注池，池面益广，即龙池也。开元二年七月，以宅为宫，是为兴庆宫。"

② 云屏：云母屏风。

③ 羯鼓：一种演奏用的鼓乐器。南卓《羯鼓录》："羯鼓出外夷，以戎羯之鼓，故曰羯鼓。其声……破空透远，特异众乐。"

④ 宫漏：宫中的铜壶滴漏，是以水为动力的机械计时器。

⑤ 薛王：唐玄宗的弟弟李业曾封薛王，玄宗开元二十二年（734）薨，其子嗣位为薛王。寿王：玄宗子，李瑁。

题 解

这是一首咏史诗，所讽喻的内容就是唐玄宗将原为其子寿王瑁之妃的杨玉环占为己有的事情。诗歌题为“龙池”，是因为全诗主要以龙池所在的兴庆宫的宴饮为描写叙述的核心，再现了唐玄宗与杨贵妃饮酒寻欢的场景。作者通过豪奢的宴会场景，侧面表现唐玄宗与杨贵妃纵情享乐的情景，同时运用对比，描写酒后不同人不同的心理反应，尖锐地揭露了唐玄宗的秽行。全诗讽而不露，蕴藉委婉，但又含不尽嘲弄于言外。

赏 析

这首诗在原有史实的基础上，通过合理的想象，抓住宴会中的细节，再现历史上宫廷生活的片段，描写人物复杂的心理活动，借此含蓄揭露唐玄宗不合人伦的秽行。

前两句“龙池赐酒敞云屏，羯鼓声高众乐停”以描写龙池宴饮为主要内容，烘托宴会的豪奢。龙池在兴庆宫内。龙池赐酒，敞开分隔内外的云母屏风，表明这是玄宗在宫中摆设的不分内外的家宴，参加者除玄宗、诸王外，自然也包括宫中新宠杨贵妃在内。一个“敞”字，说明唐玄宗与杨贵妃两人的关系已经十分明朗，不再像以前那样躲躲藏藏。这里的“云屏”不仅仅是一个装饰品，也有隐喻的作用。次句显然是以描写宴会的规格为重点。作者没有去写摆设用具之奢侈，而是另找到一个侧面——乐器，十分巧妙地表现了唐玄宗这次宴会的级别。奏乐助兴的乐器不是一般的丝竹管弦，而是唐玄宗最爱的羯鼓，状如漆桶，用两杖敲击，声音激昂高亢，穿透力强。既然音乐规格如此之高，那就可想而知宴会各种用品的奢华程度了，从侧面活画出玄宗春风得意、无所忌惮的无耻之状，为后两句做好了铺垫。

三、四句“夜半宴归宫漏永，薛王沉醉寿王醒”写宴罢归寝，通过薛王、寿王一醉一醒的迥然情形，反映不同人物不同的心理。薛王与杨贵妃事并无牵连，席上自当开怀畅饮，故宴归后沉醉酣睡。寿王则不同，杨贵妃事自然给他造成心灵的隐痛，却又不得不忍受，将一切苦水装在心中，当他在宴会上目睹王府旧欢已成宫中新宠，更不免受到强烈刺激，滴酒难以下咽，因此宴罢归来，自然是伴随着悠长的宫漏彻夜无眠了。这一个“醒”字用得绝妙，将寿王思念、痛苦、愤恨、羞辱之情包蕴其中，更加上一个“醉”字作对比，正所谓“众人皆醉我独醒”，那种滋味又岂是一言半辞所能写尽，故诗中的一个“永”字写出了寿王悲戚难眠、无人可与诉说的心灵痛苦。

作者对唐玄宗强夺儿子寿王宠妃一事并没有一丝半毫的正面描写，几乎全是通过侧面描写来隐晦传达，包括玄宗这个正面人物也没有一笔涉及，这正是本诗的高妙之处。作者借助一件摆设、一件乐器、两个人物，巧妙烘托出正面人物和主要事件，完全可以让人猜测到宴会上玄宗的龙颜大悦，贵妃的风态欢喜，这实际上在暗里又构成一个鲜明的对比，批判力度进一步加深。另外还有一组对比，那就是宴会上的热闹喧嚣与宴会之后寿王的孤寂戚悲的对比，突出了人物的心灵痛苦。所以，李商隐很擅长从细节处入手，窥一斑而见全貌。

全诗对场面的描写不是漫笔铺陈，而是抓住典型性较强的细节小处入手，大处着眼。对寿王的心理矛盾也没有大肆铺写，因为这毕竟不是小说，必须一字传神。这些，都是诗歌里常常采用的白描手法。借助一个场景、一个生活细节、一个典型性的神态动作，都可以起到包蕴众象、以点带面的作用。通篇没有一处正面揭露玄宗的乱伦之行，没有一句直接谴责的话，不过是借助细节描写，却收到了比正面描写更直接更强烈的艺术效果。全诗讽而不露，含蓄深沉，构思巧妙。

花下醉

寻芳不觉醉流霞①，
倚树沉眠日已斜②。
客散酒醒深夜后，
更持红烛赏残花③。

注　释

① 芳：指花。醉：陶醉、沉醉。流霞：指仙酒。《抱朴子·祛惑》说：河东蒲坂项曼都，与一人入山学仙，十年而归家，家人问其故，他说："仙人但以流霞一杯，与我饮之，辄不饥渴。"

② 倚：靠的意思。

③ 更：再、又。赏：观赏、欣赏。白居易《惜牡丹》："明朝风起应吹尽，夜夕衰红把火看。"即为此句所本。

题　解

这是一首写景抒怀的七言绝句。题目“花下醉”，语意双关，一是真正的醉酒于花下，二是对花之美艳心灵无比陶醉。这首诗主要描写诗人爱花、寻花、醉花、赏花的过程，层层递进，塑造了一个花痴的鲜明形象。如果仅仅单纯地把花理解为自然之花，也许还不能说尽作者的用意；如果把花理解成一种象征，则意味自然是丰富优美。但究竟所喻何物，一千个读者有一千个解释，这正是本诗的绝妙之处。

赏　析

这首诗描写了作者欣赏花朵的过程，用托寄之笔言多重意义于言外，诗意深长，味道堪永。

首句“寻芳不觉醉流霞”写诗人寻花醉花的过程。因为爱花，所以要去寻花；因为看到花朵娇艳，所以流连忘返，不能自已；因为流连不已，被花之美艳所吸引，所以不知不觉为之陶醉。首句虽然短短七字，却写出了一系列的动作和心理变化。“不觉”本意是不知不觉，表明花之美自然而然让诗人陶醉。“醉”字语意双关，既指饮美酒而醉，又指因花之美丽而醉，可见作者当时的心情，那真是兴致正浓，陶然忘我。“流霞”也是双关语，原指仙酒，在此还指代花之姿容，色彩艳丽，芳香四溢，流光溢彩。这一句关于花没有太多正面的描写，基本上是通过作者醉花的样子从侧面幻化出花的神韵。但作者是因为醉酒而有了醉意，还是因为花之美丽而有了醉意呢？原本可以不必分清，生理的沉醉和心理的陶醉合二为一，传神地描绘出目眩神迷、身心俱醉而不自知其所以然的情态，让诗人一起笔就有了一种朦胧迷离的美感。

次句“倚树沉眠日已斜”续写诗人沉醉的状态。因为醉酒，诗人飘飘然如遗世独立，不知不觉随处而卧；因为醉花，诗人不愿离去，不知不觉对花而眠。一直到醒来，方才感觉到夕阳西下，世界一片瑰丽。夕阳的环境描摹起到了烘托作者怡然自乐心理的作用。醉眠于花树之下，整个身心都为花的馥郁所包围、所浸染，连梦也带着花的醉人芳香。所以这“沉眠”不妨说正是对花的沉醉。

这一句是对上句醉花的深层描写，好像把作者沉醉迷离的喜悦心理写到了极致，其实不然，读完最后两句，读者方恍然大悟，原来这两句也不过是铺垫之笔。

三、四两句“客散酒醒深夜后，更持红烛赏残花”忽又峰回路转、柳暗花明，呈现出新奇的意境来。在花树下醉眠之后，诗人醒来，夕阳西下，还是不忍离去。不知不觉到了深夜，客人陆续散去，这时作者也酒阑人醒，周围一片寂静安谧。一般来说，这种情况下，诗人该写自己不忍告别花儿们，独自回去才是。但作者笔锋又一行转：等众人散去，独秉红烛，欣赏满地残花。原以为醉眠花树之下至天色暮晚已将爱花之情写尽，不曾想，此句一出，前几句皆可不提。这是点睛之笔，全诗爱花之情在达到高潮之后戛然而止，留给人无尽的回味。酒阑客散，正可静中独赏；花落满地，自当别有一番风致。白日间盛开的花朵，到了明朝也许就将落英缤纷、残红遍地，一种对美好事物的深深的爱惜之情油然而生，促使他抓住这最后的时机领略行将消逝的美，于是，便有了“更持红烛赏残花”这一幕。在夜色朦胧中，在红烛的映照下，这行将凋谢的残花在生命的最后瞬间仿佛呈现出一种奇异的光华，美丽得像一个五彩缤纷而又隐约朦胧的梦境。诗人也就在持烛赏残花的过程中得到了新的也是最深刻的陶醉。赏花、爱花、惜花之情溢于言表。

全诗采用层层皴染法，将爱花醉花惜花之情层层推进，花尽其美，意尽其味，情尽其深，将作者对美丽花朵如痴如醉的情感写到无可再写的程度，千古能有几人可以相较？读罢沉思，这美丽的花朵也许正像那美好的往事或者是爱情，当我们沉醉于它外在的美好之时，有谁又知道深藏在美丽之中的忧伤？赏花不如醉花，醉花不如惜花，真正能读懂花语的恐怕只有诗人自己了。

日　　高

镀镮故锦縻轻拖①，玉筦不动便门锁②。
水精眠梦是何人③？栏药日高红髲䰐④。
飞香上云春诉天，云梯十二门九关⑤。
轻身灭影何可望，粉蛾帖死屏风上。

注　释

① 镀镮：镀金的门环。故锦：已经旧的锦缎带子。縻：系。轻拖：轻轻地下垂。此指灵都观宫观的大门上，镀金的门环上系着一条已经陈旧的缎带，缎带轻轻地下垂着。

② 玉筦：即玉匙，指开锁的钥匙。《黄庭经》：“玉匙金钥身完坚。”注曰“筦，或为匙”。

③ 水精：指水晶门帘。

④ 栏药：花圃栏中的芍药花。髲䰐（bì wó）：花苞裂开，即将怒放的样子。原是人的蒙眬醉态。这里以花比人。

⑤ 十二门：指灵都观内“碧城十二曲阑干”。九关：九重门。《楚辞·招魂》：“虎豹九关，啄害吓人些。”

题 解

这是一首仿“长吉体”短篇七言古诗，题目“日高”取自诗中二字，暗示这段情感的时间背景，属于“无题诗”之一种，抒发了诗人对一位水晶帘中眠梦的女子强烈的爱恋与无望的相思之情。诗人跳出常见爱情诗常用的铺陈浮艳的笔法，运用象征、暗示等手段表达抒情主人公内心的渴望、执着的情感和无望的爱情，华丽而不靡艳，轻灵而不滞板，艺术性较高。

赏 析

这首无题诗由物及人，写景又由外及内，采用烘托、比喻、白描、虚实结合等艺术手法来再现无望的情感，笔致曲幽，意蕴丰美。

开头两句“镀镮故锦縻轻拖，玉筦不动便门锁”描写女子居所的大门的景象，刻画幽居的特色，以此来衬托女子的心理状态和诗人的主观感受。镀金的门环上系着旧锦，轻轻下垂摇曳；华美的锁钥悄然不动，便门深深闭锁。这种景象华美冷寂，暗示出女子的身份和生活状态。她一定是位幽居的贵家女子，过着孤寂冷清、与世隔绝的生活。“拖”字貌似悠闲之笔，实际上是通过细节描写女子生活的孤冷；“不动”，烘托出环境的寂静清冷。作用着笔全在于外观，用意全在于大门之内。

三、四句“水精眠梦是何人？栏药日高红髲鬌”承上句外观，由外而内，将镜头推到卧室。作者先替读者表达了疑惑：水晶门帘之内正在做美梦的是何种女子呢？作者并不直接回答，而是宕开一笔，将目光投向盛开的芍药花。在艳阳高照之下，美丽的芍药红光荡漾，这一句真是绝妙。作者不说女子是谁，却借芍药之美，比喻正在眠梦之人的姿容风韵，让人不禁心旌摇动。这盛开的芍药与睡梦中的美女子有着天然的相似点，尤其是那种艳而不妖、美而不娇的姿容，形象生动传神。盛开的芍药还可以正面衬托女子之美，烘托环境的安静。这两句虽然都是实写，暗里却是虚实相生，别出一种韵致；虽是疑问，实为设问，突出美人的风韵，勾魂摄魄，暗示出诗人难以遏制的爱慕之情。但这种情感在文字上都是含而不露的，这就更强化了情感。

五、六句“飞香上云春诉天，云梯十二门九关”紧承对芍药的描写，转而写诗人的追求与求之不得的心境。“飞香”承上“栏药”；“春”指自己的春心。诗人感觉到那盛开的美丽的芍药花正在散发着缕缕清香，慢慢弥散到周围，让自己无法克制迷香的心动，于是想象着自己要飞上天去，向天帝表达自己炽热的爱慕之情。可是，道观内碧城十二，天门九重，高不可攀，很难进去。天帝居处，云梯十二，重门紧闭，也无法上天去一诉衷曲。这就叫寻访无计，上天无门，这燃烧的激情一时无处可诉，只好郁郁寡欢，心情何其苦闷。这两句的想象笔法，堪与李贺的诗歌相媲美，是诗人爱情不得申告的虚笔描摹。

最后两句“轻身灭影何可望，粉蛾帖死屏风上”接上联无望之申告，写诗人幻想自己可以变成一只粉蛾，不用在乎谁的目光，身子变轻，影子无形中消失，这样就能自由进入水晶门帘内，贴在屏风上痴痴地欣赏睡梦中的美人，即便因此而死在屏风之上也在所不惜。这是在申诉天帝无望的情况下突发奇想，用超自然的方式来解决相恋之苦，哪知这种愿望表达出来之后却让人感觉更加无望，充分有力地说明了作者痴情之深、爱情之执着。由此，我们可以将“水精帘”“屏风”看作是爱情阻隔的象征，只有幻化成非人的样子，才可以获得相爱的自由，不是更能说明这种爱情毫无希望吗？最后一联采用了李商隐比较擅长的实虚结合手法来写苦情，比直接表达更有力量。

综论全诗，作者原想表达见恋人不得、望美人不见、申诉天帝无望的爱情悲歌，却将实际的情形转化成环境、细节、虚笔的映衬勾勒，写得一唱三叹，曲尽其妙，把一份执着却又无望的爱情写尽，写深，写出苦味来，代表了李商隐一贯的风格和技巧。另外，这首诗当然可以从字面理解就是写一位爱之无望的女子，也可认为是运用了象征手法，将自己所追求的人或理想比喻成女子，那种苦苦追求而最终无所收获的愁苦，也是李商隐一生坎坷、无人可以诉说的沉郁滋味。

凉　　思①

客去波平槛②，蝉休露满枝。
永怀当此节③，倚立自移时④。
北斗兼春远⑤，南陵寓使迟⑥。
天涯占梦数⑦，疑误有新知⑧。

注　释

① 凉思：指凉夜不寐，积思成念。
② 槛（jiàn）：栏杆。
③ 永怀：长久思念。
④ 移时：指在不经意间，经历一段时间。《后汉书 · 吴祐传》："祐越坛共小史雍丘、黄真欢语移时，与结友而别。"
⑤ 北斗：指北斗星，这里指皇帝所居住的京城长安。
⑥ 南陵：今安徽南陵县。《旧唐书 · 地理志》："梁置南陵县，武德七年属池州。后属宣州。"
⑦ 占梦：占卜梦的吉凶。
⑧ 疑误：怀疑。新知：新结交的知己。

题　解

这是一首借景抒怀的五言律诗，写诗人滞留在南陵，久羁不归，心绪悲凉。全诗以叙事为主，兼写静物，并将景物、叙事巧妙结合在一起，以直抒胸臆与寓情于景的方式表达思归不得的怨情，用笔微显，层次跌宕，更兼景物之渲染烘托，将一份绵绵的悲凉滋味写至饱满丰沛，读后不禁让人生出一丝怅惘幽远的感受。题目之所以命为“凉思”，正是心事悲凉之意。

赏　析

这首诗描写诗人初秋夜晚所见所思所感，表达羁留久不归的悲凉心绪。

首联“客去波平槛，蝉休露满枝”着眼于环境描写和心灵感受，写访客离去之后，诗人忽然感觉到池水涨平了栏槛，秋蝉停止噪鸣，清露缀满寒枝，巧妙地传达出诗人内心心绪难平的悲凉感受。客来之时，并无心思去观察秋水涨落，待客人离开，百无聊赖，自然注意到栏杆之下秋水增溢，正如作者越来越复杂的心情。而偏偏此时，秋蝉不鸣，一份孤寂滋味袭上心头；更兼那冷露满枝，一时间悲从中来，百感交集。此联也照应了题目，暗写愁思与凉意。作者在叙事的同时，又用水涨、蝉静、露寒来渲染气氛，烘托悲凉的心境，一起笔就止不住的凉气习习，为后几句点明心事做好了铺垫。

颔联“永怀当此节，倚立自移时”在首联渲染铺垫的基础上转写“凉思”。永怀，即长想。此节，此刻。移时，历时、经时。诗人的身影久久倚立在水亭栏柱之间，他凝神长想，心潮起伏。一个“自”字表明作者对自己长久伫立根本毫无察觉，不知不觉中已经站立多时。诗人一定是想到了很多事情，一时间满怀愁思，当发现时间已晚，这才醒过神来。因此，这一句应该在前，首联应该在后，诗歌前两联采用倒叙手法，先言环境之凄冷，再说长久伫立，以突出“凉”“思”二字。但所思为何？这一联还是没说，又延宕一笔，曲折有致。

颈联“北斗兼春远，南陵寓使迟”是所思内容之一，写作者离开长安已有两个年头，滞留远方未归；而托去南陵传信的使者，又迟迟不带回期待的消息。以“北斗”代指君主，自然是隐晦的曲笔；但“兼春”二字却点明了自己客居异地已经整整两年了。处在这样的境地，任谁也会急切思归，但是归期渺茫，又怎不让人心生凉意呢？这里写到自己不能回去的两个理由，实际上实写自己漂泊一生的两个原因。一是皇帝根本没有注意到他，他一直怀才不遇；二是没有人推荐他，他只能长年累月漂泊四方，给人家做幕僚。所以，本联明是写事，实则写愤。一个“远”字，写出了渺茫无希望的未来，一个“迟”字写自己已届晚年，仕途当是无望，只想回乡了度残生。

尾联“天涯占梦数，疑误有新知”是写诗人自己因为被搁置天涯、孤苦无告，于是常常借梦境占卜吉凶，甚至猜疑所联系的对方有了新结识的朋友而不念旧交了。这自然是长期客居不得返京的复杂心理。李商隐一生不得志，在朝只做过短短两任小官，其余时间都漂泊异乡，寄人篱下。这首诗大约写在又一次飘零途中，缅怀长安而不得归，寻找新的出路又没有结果，夙愿难伸，托身无地，只有归结于悲愁抑郁的情思。结尾两句，以李商隐擅长的虚景落笔，写到梦中占卜，亦是无望之笔，实则将凄凉之苦写至悲绝。

这首诗以直抒胸臆和借景抒情为主要表现方式，风格沉郁清峻，笔调婉曲有致，有别于他精工典丽的作风，但正好用来表现孤寂凄凉的心境，而且层层点染，情尽其曲，是大家手笔。

滞　　雨

滞雨长安夜①，
残灯独客愁。
故乡云水地②，
归梦不宜秋。

注　释

① 滞雨：因下雨而滞留异地。

② 故乡：作者原籍在怀州河内（今河南省沁阳），后居住在郑州荥阳。荥阳北接黄河，南有嵩高等山，风景优美。云水地：因为眼前的大雨，所以作者想象故乡此刻也必然是云雾缭绕、雨水丰足的样子。

题　解

这是一首借景抒情的小品，题为“滞雨”，意为因下雨而滞留异地，暗示了本诗的题材和情感倾向。作者因大雨阻隔，暂时羁留在长安。短暂的停留原本不用小题大做，但是联系李商隐一生，不难理解，这个曾经无辜被牵连于朋党之争的诗人，后半生几乎都仕途无望，常常漂泊异乡，寄人篱下，而眼下正是秋雨连绵，凄清冷寂的季节让作者无法阻止内心的孤独凄凉，于是借此抒怀，表达思乡之情，也是表达一生的漂泊之感。

赏　析

羁旅行役之愁是唐代诗歌的主旋律之一，这一首意在人生滋味，隽永感伤。

首句“滞雨长安夜”照应题目，点明天气、地点、时间、事件。当时作者客居长安，因雨天而行程延搁，只好独对残灯忧愁不寐，思念故乡。放眼望去，繁华的长安笼罩在凄迷的秋雨中；在如此浩大的城市中，诗人无亲人可与亲近，无故交可与促膝，于是触景伤情，怀念起远在他乡的亲人。首句中“雨”字迷蒙起凄清连绵的秋愁，次句中的“残”字写出了孤独寂寥的处境，两处合在一起，渲染孤寂冷清的氛围，烘托作者寂寞难耐的羁旅行愁。这两句写景由外而内，抓住最具代表性的景物寓情于景，末字“愁”直抒胸臆。首句“滞雨长安夜”，却不说“长安夜滞雨”，突出强调和映衬了题目——“滞雨”。用“滞雨”，诗人却不说“雨滞”，这样巧妙的安排，就使得原本平常的“雨”，因为一个“滞”字，就多了几分缠绵、伤感和凝重。总之，前两句选取深夜、秋雨、孤灯等意象，将景象中的中心人物团团围住，诗人也就难逃其悲了。我们仿佛看到了秋夜中一个对着孤灯独坐、目光里满是思乡愁绪的诗人形象。

三、四句“故乡云水地，归梦不宜秋”则由异乡秋雨联想到故乡景象，借以表达自己的哀愁。故乡本是烟树晴岚、碧水萦回之地，可是现在正值秋雨绵绵之时，即使梦回故里，所见也是霏霏淫雨，令人抑郁烦忧，故归梦亦不宜当此风雨潇潇之秋时。实际上作者想表达的意思是：眼前异乡的秋雨让我联想到故乡也该是秋雨连绵吧，在如此凄清冷寂的雨夜，一旦思乡，也会沾上清冷的雨丝，那梦里也该是清冷一片，不胜悲愁吧。最后一句，看似语言直切，实则意味含蓄。夜雨残烛的晚上，正是客愁思乡的时候，作者却说“归梦不宜秋”，这种口是心非的背后，正显示出作者内心的苦闷、无奈与叹息。全诗的重点在“不宜秋”三个字上，秋夜怀乡，不宜归梦，作者以此表达一夜思乡不眠之意。另外，“不宜秋”与“云水”之意相连。萧瑟的秋日，暮云迢迢，流水呜咽，更增独客之愁。

这首诗语言浅近晓畅，完全没有他以往多用典故、用词精工典雅的特点，大概在于思乡之情是如此浓烈，而只有浅显简单的文字才能将更深的情感包蕴其中吧。诗人由滞雨长安而生独对残灯的客愁，由思归不得而转生梦归故乡的愿望，但又转想值此秋霖苦雨之际，故乡恐也为层云叠雾凄风苦雨所笼罩，故有“归梦不宜秋”的感慨。这种感慨不仅仅是秋士见阴而悲，不仅仅是滞留他乡之愁，更重要的是人生的苦闷无处诉说。看到眼前的大雨，感觉自己的人生路似乎也如秋雨连绵一样，无穷无尽。诗人独坐残灯之前，孤独忆旧，不知道自己何时可以摆脱秋雨般凄凉的人生。诗人由眼前的景又联想到自己的现实遭遇，抒发了遭受排挤而郁郁不得志的苦闷无奈的心情。

锦　　瑟①

锦瑟无端五十弦，一弦一柱思华年②。
庄生晓梦迷蝴蝶③，望帝春心托杜鹃④。
沧海月明珠有泪⑤，蓝田日暖玉生烟⑥。
此情可待成追忆⑦，只是当时已惘然⑧。

注　释

① 锦瑟（sè）：绘有如锦花纹的瑟。瑟：古代的一种拨弦乐器，古代的弦是五十根，后来一般只有二十五根弦。无端：没有由来，无缘无故。

② 柱：系弦的木柱，可以上下移动，以定声音的清浊高低。思：怀想，追念。华年：青年时代的美好日子。

③ 庄生：即庄周，战国时哲学家，著有《庄子》。《庄子·齐物论》："昔者庄周梦为胡蝶，栩栩然胡蝶也。自喻适志与，不知周也。俄然觉，则蘧蘧然周也。不知周之梦为胡蝶与，胡蝶之梦为周与？"晓梦：清晨时的梦。

④ 望帝：相传战国末年蜀国国君杜宇，号望帝，国亡后其魂化为杜鹃鸟，暮春三月啼叫，鸣声凄凉。春心：指对某种美好希望的向往追求。托：寄托，托寓。

⑤ 沧海：大海。珠有泪：据张华《博物志》中记载：有一种在大海生活的鲛人，哭泣时落下的眼泪都成珠。

⑥ 蓝田：山名，又名玉山，在今陕西省蓝田县东南，是有名的产玉之地。玉生烟：司空图《与极浦书》引戴叔伦语云："诗家之景如蓝田日暖，良玉生烟，可望而不可置于眉睫之前也。"

⑦ 可待：岂待。

⑧ 惘（wǎng）然：失意的样子。

锦瑟无端五十弦

题 解

这首取首句前两字为题的诗歌实际上是一首无题诗。此诗写作年代不详，大致是诗人晚年回顾生平，抒写身世之感的篇章。因诗意朦胧，历来众说纷纭，有咏瑟、悼亡、自伤身世、自序其诗诸说。近年来多谓回想平生、自伤不幸，乃晚年之作。诗以锦瑟悲声兴起“思华年”，中间四联以四幅画面运用典故显示其一生的迷惘、哀伤、叹息、缥缈的心态。尾联则表明这种感受并非今日追忆才有，而是当时身历其境时已惘然。此诗工于用典，声韵凄婉，意境迷离，妙语连珠，极富象征意味。

赏 析

有人说，这是一首最早的朦胧诗。这首诗不仅诗意迷离，主旨也难有定论，全在于此诗的浑然天成、卓绝大美。

诗歌运用比兴、用典、象征、渲染、烘托等多种表现手法，为我们展示了蕴意丰美、色彩浓丽、诗意朦胧的艺术境界，笔调蕴藉，语言清丽，情思凄婉。诗歌以锦瑟为触发点，兴起所咏之词，回忆美好年华，寄寓一生感喟。华年之思，由锦瑟之外形、悲声而生，笔触跨越时空界限，因情取景，因思选典，寄托遥深。李商隐少年时就展露才华，一直怀抱凌云之志，意欲报社稷、济苍生，但是由于无端被卷入朋党之争，仕途一直不顺，晚年更是妻亡命蹇，长期在外为人幕僚，过着四处漂泊的游宦生活。在李商隐的众多诗作中，表现身世之慨的作品很多，这一篇似与同类。诗歌起笔由锦瑟起兴，因锦瑟五十弦而想到自己辗转五十载烟雨人生无端虚度，又进而从不同角度不同侧面抒发理想破灭、抱负成空、才能不展的深沉感慨和无穷遗恨，寓意隐晦，诗意多解，具有多方位的情感普遍性，为诗中绝唱。

首联由锦瑟恰巧五十弦引发五十年人生的感慨，人生也恰似锦瑟，回首从前的每一年，仿佛年年悲声，日日哀情，心中自然是感慨万千。颔联首句总写一生感受，如同“庄周梦蝶”分不清哪里是真哪里是幻，正如锦瑟的悲音所传达给人的感受一样。这种虚虚实实恍若梦境的人生，一时间让诗人悲不自胜。

颔联次句则把凄凉哀怨之情，借杜鹃的鸣声表达出来，似写景，实用典，既表感慨，又烘托感慨。这里作者用望帝国亡身死，魂化杜鹃，悲鸣寄恨比喻自己理想抱负不能实现的遗恨和忧国伤时的感情，其声之悲，谁人可知！颈联作者选用了两个典故，组成含意朦胧的意境，用象征的手法极言人生悲凉，希望渺茫。茫茫无际的大海上，海面上那鲛人的悲泣幻化的千万明珠，在明月的笼罩中更显悲凉；而蓝田山上沉埋在泥土里的美玉，在太阳的照耀下生出了缕缕轻烟，升腾空际。这种意象不可用现实比对之法一一找到对应之事，只能从诗意所传达的主观感受来揣摩品味作者的情感。身世漂泊如梦似幻，伤春伤己如杜鹃泣血，才华弃用如沧海遗珠，向往之事如蓝田玉烟，诗意就不难理解了。作者糅合这些典故，以明珠比喻自己失意痛苦如长流不断的清泪。月明，以暗示泪珠大滴而圆莹。古人常以玉象征美好的人和事物。在这里作者说“玉生烟”，实际是暗喻美好的往事如烟雾般消散无痕；年轻时的追求，一生的努力和奋斗，只留下缥缈迷离而又刻骨铭心的怀思。尾联在追忆往事的悲情中抒发怅然若失的情感。作者怀想当年的雄心壮志，追思种种人生波折，当年已经感到惘然，更何况是现在以至将来呢？这是李商隐诗歌的结句方法，一定要把情写尽，写透，写绝。

本诗是李商隐诗歌的代表作，体现了他一贯的蕴意丰富的风格，不仅用典多，而且诗外有诗，意境迷离，诗意朦胧，瑰丽缠绵，虚实相生，寓意深远，使人产生不尽的联想。所以历来对此诗的诠释分歧之多超出了一切诗篇的解释，又都合情合理，这真是诗歌艺苑里的奇观。意境的深邃，内涵的丰富，使人们对本诗似乎永远说不完、道不尽，它永远是一个难猜之迷，也永远消退不了绝美之诗的魅力。

图书在版编目（CIP）数据

李商隐诗歌赏析 / 马玮主编.— 北京 : 商务印书馆国际有限公司, 2017.6（2020.6重印）
（中国古典诗词名家菁华赏析丛书）
ISBN 978-7-5176-0409-9

Ⅰ. ①李… Ⅱ. ①马… Ⅲ. ①李商隐（812-约858）-唐诗-诗歌欣赏 Ⅳ. ①I207.227.42

中国版本图书馆CIP数据核字(2017)第109121号

LISHANGYIN SHIGE SHANGXI
李商隐诗歌赏析

主　　编　马　玮
责任编辑　解洪科
责任校对　王朝晖　陈桂杰
装帧设计　皓　月
出版发行　商务印书馆国际有限公司
地　　址　北京市东城区史家胡同甲24号（邮编：100010）
电　　话　010-65592876（总编室）
010-65122489（编辑部）
010-65598498（市场营销部）
网　　址　www.cpi1993.com
印　　刷　北京中科印刷有限公司
开　　本　710mm × 1000mm　1/16
字　　数　276千字
印　　张　16.875
版　　次　2020年6月第1版第4次印刷
书　　号　ISBN 978-7-5176-0409-9
定　　价　35.00元
